잘 가요
엄마

잘 가요 엄마

김주영 장편소설

문학동네

1

"내려오셔야 하겠습니다."

새벽 세시에 걸려온 전화가 예사로울 리는 없었다. 예감이 없지 않았기에 얼른 수화기를 집어들었다. 벽시계를 바라보았다. 유리문에 스치는 새벽바람 소리가 날카로웠다. 입주한 이후 이십 년 넘도록 벽지 한 번 바꾼 적이 없는 어둑한 거실로 스며드는 빗소리는 더욱 을씨년스러웠다. 허탈감이 가슴속으로 밀려왔다. 시골로 내려와야겠다라는 아우의 말에도 빗소리에만 귀를 기울이고 있던 내가 말했다.

"언제?"

"두시 조금 지나서 돌아가셨습니다."

"그런데, 뭘 꾸물대다가 이제야 전화했어?"

퉁명스럽게 쏘아붙이는 내 말에 찔끔했던 아우가 머뭇거렸다. 그는 초임 발령 이후 이십 년이 넘도록 고향 근처의 벽지 학교로만 맴돌면서 교사생활을 해왔다. 덕분에 도시 사람들처럼 매몰찬 인정에 부대끼며 살진 않았다. 그런 생각이 문득 가슴을 스치는데, 내 속내를 빤히 들여다보고 있었던 것처럼 그의 성품에 걸맞은 대답이 들려왔다.

"진작 전화드린다 해서 숨 거두신 분이 소생이라도 하겠습니까."

"눈은 잘 감겨드렸어?"

"눈은 일주일 전부터 벌써 감고 계셨는걸요."

"그건 왜?"

"그야, 곧 숨 거둘 분의 속내를 제가 어떻게 알겠습니까. 고독하게 사시다가 돌아가셨으니까, 이것저것 보기 싫은 게 많았을 수도 있겠고, 그 연세라면 당신이 가실 저승길이 훤하게 바라보였을 수도 있겠는데…… 그처럼 환하게 보이는 것이 많아 아예 감고 계셨을 수도 있었겠지요."

"눈 감고 계셨단 말은 처음 듣는 얘기네."

"조만간 숨 거두고 돌아가실 분이 눈을 감고 있었으면 어떻고, 뜨고 있었다 해서 뭐가 달라졌겠습니까. 그게 그거지요."

"하긴……"

"눈은 감고 계셨지만…… 무슨 까닭인지 입은 벌린 채로 숨을 거두시길래 다물고 가시도록 거두어드렸습니다."

8

"입을 다물지 않았던 것은 무슨 말씀이라도 하고 싶었던 게 아닐까."

"무슨 말씀이 있었겠습니까…… 형님도 알고 계시다시피 평생 동안 입 한 가지는 천근같이 무거웠던 분이 아니었습니까. 더욱이나 이웃을 헐뜯는 말이라면 온 동네가 모두 알고 있는 소문이라도 알은척하지 않았던 분이셨어요."

뒤통수 때리는 것으로만 알고 있었는데, 다음 대꾸에는 아우가 내게 희미한 적의를 품고 있을지도 모른다는 생각까지 들었다. 버럭 소리라도 지르고 싶었는데, 뒤틀린 심사와는 달리 나도 모르게 속으로 기어들어가는 목소리가 나왔다.

"병원에서 그대로?"

"예."

"날 밝으면 준비해서 오후쯤 내려갈게."

"형편대로……"

아우는 될수록 빨리 내려오라는 의례적인 말도 없이 전화를 끊어버렸다. 이른 새벽에 통기받은 어머니의 죽음에 대한 회한이나 통절함은 느낄 사이도 없었다. 어머니 연세 아흔넷, 그만하면 장수했다는 말을 들을 만했다. 그것 때문에 가슴이 철렁 내려앉는 듯한 충격을 느끼지 못한 것일까. 나는 단절음이 끊어지지 않고 있는 수화기를 들고 얼빠진 사람처럼 멍하니 앉아 있었다.

뼈저리게 슬픈 것도 아닌데, 이번에는 내가 먼저 아우에게 전화를 걸었다. 아우가 전화를 받았다.

"그런데…… 숨 거두기 전에 남기신 말씀이라도?"

"그런 말씀은 없었는데요."

"그럴 턱이 있나."

"그럴 턱이 없다니요? 창자 속으로 껄떡껄떡 넘어가려는 숨 다잡기도 어려웠을 텐데, 그런 속내가 있었다 할지라도 말씀 남길 경황이 있었겠습니까. 유언이란 게 그렇습니다. 이승에 남긴 자손들이 서로 피가 튀는 아귀다툼 벌이지 않도록 공평하게 나누어줄 게 있는 자산가라든지, 자손들이 들어서 평생을 두고 감명받고 좌우명으로 삼을 만한 몇 마디 유식한 말을 할 수 있는 유명인사 같은 처지가 되어야 하는 것 아닙니까. 어머니가 그럴 형편이 못 된다는 것은 형님이 더 잘 알지 않습니까."

"그래도 나한테는 몰라도 너한테만은 몇 마디 해주었을 법한데."

"그렇습니까? 그 말씀은 의외입니다. 나를 위해서 몇 마디 해줄 것은 애당초 바라지도 않았고요. 오히려 형님을 위해서 몇 마디나마 하고 가실 줄 알았는데, 끝내 말씀이 없었습니다."

나는 수화기를 놓고 창가로 갔다. 커튼을 걷고 창문을 열었다. 4월 중순의 짜릿한 새벽 기운이 목덜미를 헤집고 들었다. 창밖으로는 바람에 휩쓸리는 빗줄기가 겨울 습지의 갈대들처럼 누웠다 일어서기를 하염없이 거듭하고 있었다. 저만치 아래쪽, 대각선으로 그어놓은 분리선을 따라 주차된 승용차들의 보닛 위로 빗줄기가 바람에 휘감기는 거미줄처럼 뒤엉키며 흩어지고 있었다. 맞은편에서 시야를 가로막고 있는 5동 아파트와 바로 옆의 6동 아파트 사이로 8차선 대로 한 토막이 빠끔하게 바라보였다. 그 공간 사이로 새벽의 차량들이 빗줄기를 걷어차며 내닫고 있었다. 그 기하학적 공간 사이로 이제 막 잠에서 깨어난 도시의 현란함들이 수조 속의 물처럼 출렁거리기 시작했다.

그런데 문득 차량들의 소음이 블랙홀로 빨려들어가버린 것처럼 뚝 끊어져버렸다. 소리의 파장들이 무언가에 뒤통수를 얻어맞고 기절해버린 것처럼 형상은 바라보였으나 소리 그 자체는 들려오지 않았다. 요란했던 전화벨 소리에 청각이 마비되어버린 것일까. 어머니가 돌아가셨다는 소식을 듣는 순간, 내가 왜 그런 착각에 빠진 것인지 알 수 없었다.

지방의 소도시에서 살다가 서울로 이주한 지 삼십 년 가까이 되었다는 생각이 스쳐갔다. 처음엔 청량리 근처 뚝방동네에서 오륙 년 동안 피부병 앓는 강아지처럼 주눅이 들어 살다가 이 아파트에 입주한 첫해의 늦여름, 처음이자 마지막으로 어머니가 서울을 다녀간 적이 있었다.

늙고 키 작은 여인이 낡은 고무신을 끌고 무려 아홉 시간을 버스와 기차를 번갈아 타야 하는 여행이었다. 아홉 시간 동안의 긴 여정을 어머니 혼자서 감당하기엔 역부족이었다. 낫 놓고 기역자도 모르는 어머니가 표지판이나 로드 사인을 읽는 일. 지정된 시간에 지정된 버스에 승차하는 일. 낯선 소도시에 도착해서 또 어디로 가서 기차를 갈아타야 하는지를 알아내는 일. 대합실에서 기차 시간을 기다려 어느 출구로 가야 지정된 기차를 탈 수 있는지 알아내는 일. 다행히 지정된 기차에 올랐다 하더라도 당신이 탄 기차가 서울 청량리역에 정확히 도착하는 시간 따위를 알아내는 일. 기차가 연착했을 경우에 어떻게 대처해야 하는 것인지 알아내는 일. 기차에서 내려 또다시 버스를 타고 서울 아들이 살고 있는 아파트로 찾아가는 일……

그런 잡다하고 낭비적인 일정들이 어머니에겐 번거로움을 넘어서서 위협이었고 공포였을 것이었다. 한국전쟁 때 전쟁의 포화를 피해 피난길을 나섰을 때도 태어난 마을에서 이십 킬로미터 이상을 벗어난 적이 결코 없었던 어머니의 서울길은, 당신 몸뚱이 전체를 담보로 한 일생일대의 모험일 수 있었다. 아우와 동행이 아니었다면, 어머니는 아마도 그때의 서울 나들이는 엄두조차 못 냈을 것이었다.

이른 아침에 시골집을 떠나서 서울 아파트에 여장을 푼 것이 오후 해질 무렵이었다. 어머니는 그야말로 파김치가 되어 있었다. 손에는 악어가죽을 흉내낸, 검은 비닐을 재단하여 구성한 싸구려 핸드백이, 나 이래 봬도 핸드백이요, 하는 것처럼 생색을 내며 들려 있었다. 어머니를 부축하며 동행한 아우 손에 역시 비닐 끈으로 꽁꽁 묶어 잡도리한 비료포대 하나가 들려 있었는데, 그 포대 속에는 대여섯 근이나 됨 직한 마른 고추와 곰팡이가 허옇게 핀 메주 세 덩이가 들어 있었다. 땀을 뻘뻘 흘리던 아우는 그 무거운 짐을 입에서 휘파람소리를 내며 현관에 내려놓았다.

아우는 먼 상경길에 어머니 곁부축하랴, 무거운 짐짝을 손상 없이 운반하랴, 진땀을 뺀 것이었다. 어머니는 필경 그 짐짝을 여행길 내내 진흙바닥에 내려놓거나 내동댕이치지 않도록 아우를 닦달했을 것이었다. 그러나 어머니는 며느리가 도회지 쪽으로 진화된 삶을 살게 되면서부터 곰팡이 핀 메주를 풀어 된장을 담그는 일이나, 고추를 빻아 엿기름과 끓인 찹쌀풀을 버무려 고추장 담그는 일 따위의 구질구질한 재래식 일상들과는 진작부터 결별해버렸다는 것을 눈치채지 못했을 것이었다.

며느리가 그나마 넓은 안방을 비워주겠다는데도 거들떠보지도 않고 어머니는 너절한 그림책들이 널린 협소한 문간방에 피곤한 몸을 뉘었다. 난생처음 큰아들의 집에 다니러 오셨으니 계시는 동안만이라도 안방을 쓰시라고 여러 번 채근을 하였지만, 들은 척도 않았다. 버릇을 못 배운 손자와 손녀가 방문을 뺼쭘하게 열고 시늉만으로 꾸벅 인사를 드렸다. 어머니는 도무지 살갑지 않아하는 그 아이들을 손짓하여 방 안으로 불러앉혔다. 그리고 치마를 걷어올리고 고쟁이에 꿰매 단 개화주머니에서 꼬깃꼬깃 접은 만원짜리 지폐 두 장을 꺼냈다. 그 지폐를 아이들의 손에 쥐여주고 난 뒤, 당신께서 해야 할 도리는 이것으로 끝냈다는 듯 아이들을 손짓하여 문밖으로 내치고 새우처럼 등을 구부리고 누웠다.

아이들은 어머니가 누워 있는 방문을 열고 콧등만 살짝 디밀었다간 어느 순간 끓는 물에 덴 것처럼 소스라쳐 문을 쾅 닫고 거실로 달려가는 못된 버릇을 몇 번이나 반복하고 있는데도 어머니는 전혀 알은체를 않았다. 버릇없이 굴고 있는 아이들이 보기에 민망했던 아내는 두 아이를 거실에 불러앉혔다. 아내는 손가락으로 아이들의 이마를 정면으로 꾹꾹 눌러가며 말했다.

"너희들 둘 다 꿇어앉아."

남매 중에서 맏이인 아이가 말했다.

"엄마 왜?"

"엄마 왜, 라니. 할머니한테 버릇없이 구니까 그렇지."

"그러면 안 돼?"

"그걸 몰라서 물어? 너 정신나갔어?"

"나 꿇어앉기 싫어."

"싫어도 꿇어앉아."

"싫어."

"너 정말 고집 부릴래?"

아내는 한마디도 놓치지 않고 말대꾸하는 큰아이의 따귀를 찰싹 때렸다. 그러나 따귀 맞은 아이는 울지 않고 곁에 있던 작은 계집아이가 기겁을 하고 왁 울음을 터뜨렸다. 큰아이가 벌떡 몸을 일으키고 제 어머니를 째려보며 말했다.

"나 엄마 싫어."

큰아이는 할머니가 쥐여준 만원짜리 지폐를 거실 바닥에 내동댕이쳤다. 그리고 입귀를 비쭉거리며 현관문을 열고 밖으로 내달았다.

"너 어디가?"

아내가 작살을 낼 것처럼 소리질렀으나 큰아이는 들은 척도 않고 문밖으로 사라졌다. 예상하지 못했던 아이의 도발이 따귀라도 때려주고 싶도록 눈에 거슬렸으나 따귀는 이미 아내가 때려준 뒤였으므로 나 역시 바라보고만 있었다. 얼이 나간 계집아이는 종내 울음을 그치지 않았다. 거실에서 그런 소동이 벌어지고 있는데도 어머니는 기척도 않고 있었다.

안방을 쓰라는 며느리의 간청을 어째서 매몰차게 외면해버리는 것인지, 그리고 할머니라면 응당 갖고 있어야 할 손자손녀들에 대한 수다스런 호기심 따위는 왜 갖고 있지 않은 것인지 나는 짐작하고 있었다. 옛날부터 그날에 이르기까지 며느리에게 눈꼬리를 사납게 뜨고 살벌한 언사를 뇌까리거나, 잡아먹을 듯이 노려보며 삿대질한다거나, 정신이 번쩍 들 정도의 위압적인 막말을 퍼붓는 일 따위는 저지르지 않았다. 그러나 며느리와 마주 앉아 오손도손 속내를 털어놓고 얘기를 나누거나, 이마를 마주하고 앉아 명절 음식을 만드는 다정한 모습 역시 목격한 적이 없었다. 모범적인 가족들처럼 자주 만난 적도 없지만, 어머니는 애당초 당신의 며느리와 상종하려 들지 않았고 며느리 역시 시어머니에게 깍듯한 예의를 갖춘 적은 없었다. 그처럼 처음부터 소원한 관계를 줄곧 유지하고 있었으므로 가시 돋친 말 따위를 주고받을 겨를도 빌미도 없었던 셈이었다. 그러나 고부간에 치명적인 갈등이 없고서야 서로 등을 돌린 채로 평생을 살아가지는 않을 것이었다. 하지만, 나는 그 내막을 모르고 있었다. 세상에는 제 발등에 떨어진 일도 자기 자신만 모르고 남들은 모두 알고 있는 일이 다반사인 것처럼.

문간방에서 하룻밤을 쉰 어머니는 그 이튿날 오후에야 문밖으로 모습을 드러냈다. 집은 복도식 아파트의 칠층이었다.

16

전날 밤 그리고 그날 오전까지 내처 누워 지내며 얼추 여독을 푼 어머니는 아우를 따라 아파트의 현관문을 열고 복도로 나섰다. 그리고 복도의 난간을 붙잡고 서서 이면도로를 물끄러미 내려다보며 종일을 보냈다.

긴 시간 동안 미동도 않고 서 있는 모습이 딱해 아우가 아이들 방에서 의자를 가져와 앉혀주었다. 그러나 의자에 앉게 되면, 아이들 키 높이만큼의 난간이 시야를 가렸다. 어머니는 지쳤다 싶으면 의자에 앉아 한숨 돌렸다가 다시 일어서서 아귀다툼을 벌이고 있는 이면도로의 살풍경을 내려다보는 일을 되풀이하면서 하루해를 보냈다. 어제의 소동이 있은 뒤로 아이들은 저들 할머니 곁에는 얼씬도 하지 않았다.

오후 퇴근 무렵 나는 집 앞에 있는 이면도로의 버스정류장에서 내렸다. 아파트로 가기 위해 횡단보도를 건너고 있는데, 그때까지 난간의 가녘을 붙잡고 서 있던 어머니가 먼저 나를 발견하고 여윈 팔을 들어 보였다. 어머니는 이면도로에서 펼쳐지는 서울의 악다구니를 구경하고 있었다기보다, 언제 돌아올지 모를 아들을 하루 종일 기다리고 있었는지도 몰랐다. 나를 향해 손을 들었을 때, 허공으로 들린 어머니의 거동이 무기력하다는 것을 깨달았다. 그것은 나이 많은 노인으로서 응당 보여줄 수 있는 거동일 수도 있었다. 그러나 어머니는 젊은 시절부터 품팔이로 단련되었던 몸이었기에 그 무기력함이 더욱 쓸쓸해 보였다.

아내가 모처럼 장보기 해서 마련한 저녁식사를 나와 아내 그리고 아이들은 식탁에서, 어머니와 아우는 우리들의 식탁과는 멀찌감치 떨어진 거실 귀퉁이에 마련한 간이식탁에서 들었다. 어머니는 시골마을을 떠돌아다니는 돌팔이 기공사가 만든 틀니를 끼고 있었다. 음식을 씹을 적마다 그 틀니에서 딱딱거리는 마찰음이 들렸다. 멀찌감치 비켜 앉은 아이들이 그 소리를 듣고 처음엔 놀랐고 그다음엔 킥킥거리고 웃었다.

텔레비전도 나와 아이들은 소파에 앉아 보았고, 어머니는 거실 바닥에 앉아서 보았다. 언제 어떤 곳에 가든 낮은 데를 찾아 자리잡는 것은 젊을 때부터 몸에 밴 습관 때문이었다. 저녁 아홉시쯤 뉴스가 시작되려는 시간에 어머니가 턱짓으로 아우를 가리키며 말했다.

"니 동생하고 같이 내일 내려갈란다. 니 동생도 개학이 임박했기 때문에 오래 있을 형편은 못 될 것이고……"

불쑥 꺼낸 말 같았으므로 속내를 미처 헤아릴 수 없었던 나는 한동안 어머니의 얼굴만 물끄러미 바라보았다. 어머니는 문간방으로 돌아갈 채비를 했다.

"왜요? 불편한 일이라도 있습니까?"

"그런 일 없다."

"그런데 오신 지 딱 하룻밤을 묵었는데 내려간다는 것입니까? 서울 구경도 하셔야지요. 평생 처음이신데……"

"서울 구경 하루만 했는데도 배부르게 했다."

"언제 서울 구경을 하셨다고 배까지 부르다고 하십니까. 하루 내내 복도에 서 계셨다면서요. 남산타워에도 가보시고, 63빌딩도 가보시고, 소문난 식당도 가보시고, 청와대라고 대통령 내외분이 사시는 집도 구경가보시고 해야지요."

"육십삼층 집 구경가자고?"

"예."

"나는 그렇게 높은 집 허리 아파 못 쳐다본다."

"밖에서 층수 헤아리자는 게 아니고요, 육십삼층 꼭대기에 있는 전망대로 올라가면 서울 시가지는 말할 것도 없고 인천 앞바다까지 훤하게 볼 수 있어요."

"내가 높은 곳에는 어지럼증이 있어 못 올라간다. 낮에 칠층에 서 있는데도 속이 울렁거려서 참는 데 애를 먹었다."

"탈도 많으십니다. 그럼 유명한 식당에서 식사하시는 일은 어떻습니까?"

"평생 구더기 끓는 된장만 퍼먹고도 팔구십까지 사는 사람들 많이 봤다."

"청와대 구경은요?"

"대통령 내외가 산다는 집도 우리네와 크기 차이만 있을 뿐이지, 사람 사는 형편이란 게 다 그렇고 그런 거지 별다른 게 있을라고."

"입이 무겁기로 소문났다는 분이 말문 트이고 나니, 잘도
둘러대시네요. 그런 억지부리지 말고 며칠 더 계시다 가세요.
태어난 곳에서 지금껏 사시다가 오십 리 밖으로 여행한 것은
어머님 평생 이번이 처음 아닙니까."

"그 말은 맞다만, 내일 갈란다."

나는 더이상 어머니를 만류할 수 없었다. 굳이 물어볼 것도
없이 집에서 하루를 보내는 동안 아내와는 말 한마디 나누지
않았을 것이었다. 그런 간극은 어머니가 만들어낸 것일 수도
있었고, 아내나 내 탓일 수도 있었다. 그러나 그것은 오랫동
안 방치되어온 종기처럼 이젠 도저히 회복이 어렵다는 것도
알고 있었다. 그런데도 당사자들끼리라 할 수 있는 우리들 중
어느 누구도 문제가 심각하다는 것을 깨닫고 개선을 위해 머
리를 싸매고 고민했던 적이 없었다. 우리는 그 간극들을 무슨
보물을 넣어둔 보따리라도 되는 것처럼, 누가 건드릴까봐 마
음을 졸이면서 힐끔힐끔 곁눈질만 해온 셈이었다. 어머니가
아우의 곁부축을 받아 문간방으로 들어가자, 머쓱해진 아내
역시 서둘러 안방으로 들어가버렸다. 거실에는 나와 아이들
만 남았다. 아이들은 재빨리 텔레비전으로 다가가 채널을 만
화 프로그램에 고정시켰다.

두 사람의 간극은 신혼 때부터 시작된 듯했지만 확실한 동

기는 생각나지 않았다. 아내는 도무지 종잡을 수 없이 뒤숭숭
하고 고단했던 어머니의 오랜 과거를 한 가지씩 알아채게 되
면서 대학을 졸업한 어엿한 중산층 집 규수라는 자존심에 상
처를 입었고, 자연 어머니를 경원시하게 되었을 것이었다. 어
머니는 또 나름대로 마디마디 피맺힌 삶을 살아온 자신을 조
소와 경멸의 시선으로 바라보기 시작한 며느리와 소원하고
어색한 관계에 놓이게 된 듯했다.

　어머니는 그래서 만날 때마다 겉으로는 다정하고 온순한
척하는 며느리의 불쾌하기 짝이 없는 미소를 오히려 수치로
여겼다. 대단한 운치도 가지지 못했으면서 꽤나 교양 있는 척
행세하는 여편네들이 그런 표정을 짓는 데 익숙하다는 것을
어머니는 오랜 밑바닥 생활의 경험으로 눈치채고 있었기 때
문이었다.

　어머니처럼 나이 든 늙은이들이 자식들에게 꿰어 살게 되
면, 응당 그들의 생활리듬에 맞추어 살기 마련이었다. 식사시
간, 취침시간, 기상시간, 혹은 노인회관의 출입 따위가 자식
들의 생활리듬에 맞춰져야 할 것이었다. 그런 처신이 스스로
를 추스르고 편안하게 만든다고 생각한다. 그러나 어머니는
그러지 않았다. 당신이 먹고 싶을 때 먹었고, 초저녁이든 꼭
두새벽이든 졸릴 때를 기다려 잠자리에 들었고, 아우가 태워
주는 승용차를 굳이 마다하고 당신이 좋은 시간에 쉬엄쉬엄

걸어서 노인정 출입을 했다.

자연 당신과 자식들 사이에 틈이 생겨나고 그것이 발전하여 간극으로 이어진 셈이었다. 자식들의 시간에 맞춰 살았더라면 가벼운 분란은 피할 수 있었고, 갈등도 없었을 것이다. 그것을 어머니도 충분히 짐작하고 있었을 것이었다. 그런데도 불구하고 어머니는 당신의 시간을 고집스럽게 지켜나가는 것이다. 그것은 아마도 어머니가 타고난 지지리도 못난 팔자를 당신 자신이 짊어지고 살아온 내력이 은연중 몸에 밴 탓일 것이었다. 그것이 나와 아우에겐 고집으로 보였을 뿐이다. 우리들에겐 고집불통으로 보였으나 어머니 스스로에겐 오래돼서 몸에 익숙한 옷을 입은 것처럼 편안했을 것이다.

이튿날 새벽 거실 소파에 누워서 새우잠을 자고 있는 나를 아우가 귓속말로 깨웠다.

"형님, 우리 내려갑니다."

주섬주섬 담요를 걷고 일어나는 내 시선에 나를 가만히 내려다보고 서 있는 어머니의 얼굴이 들어왔다. 평생 동안 나무비녀가 꽂혀 있던 어머니의 쪽찐 머리가 파마머리로 바뀌었다는 것을 그때야 깨달았다. 하얗게 쉰 성긴 머릿결 사이로 검버섯이 듬성듬성하게 핀 머릿속이 들여다보였다. 아직도 잠이 덜 깬 내 이마에 어머니의 차가운 손이 가만히 내려와 얹혔다. 자주는 아니었지만 어린 시절 간혹 내 이마를 쓰다듬어주었던 어머니의 손바닥은 더없이 부드럽고 따뜻했다는 기억이 가슴속으로 뭉클했다.

그제야 며칠이나마 서울 구경하고 돌아가시라는 간청을 끝내 뿌리쳤던 어머니의 속내를 짐작할 수 있었다. 어머니가 보고 싶었던 것은 서울 경치도, 며느리도, 손자나 손녀도 아닌 바로 평생 당신께 부담만 주었던 당신의 늙은 아들이었다. 잠깐 사이이긴 했으나 그때까지 거실에는 아내나 아이들의 모습이 보이지 않았다.

"깨우지들 마라."

현관에만 켜둔 작은 불빛에도 어머니가 챙겨든 작은 비닐 핸드백은 몸을 움직일 때마다 살아 있는 악어가죽처럼 번들거렸다. 어머니에게 그 핸드백을 사서 건네주었을 때 아우는 분명 소가죽이나 악어가죽으로 제작한 것이라고 거짓말을 했을 것이었다. 아니라면 어머니가 잠들 때마다 핸드백을 애지중지 머리맡에 모셔두진 않을 것이었다. 그런 아우가 먼저 현관으로 나가 어머니의 하얀 고무신을 복도 쪽을 향해 돌려놓고 있었다.

나는 허둥지둥 슬리퍼를 찾아 신고 길거리로 나가 택시를 잡았다. 그리고 차문이 열리고 닫힐 때, 어머니의 치맛자락이 문틈에 물리지 않도록 거두어주었다. 떠나는 어머니를 위해 할 수 있는 최상의 배려인 것처럼. 그것이 서울에서 만났던 어머니의 최초이자 마지막 모습이었다. 그때는 늦여름이었고, 숨을 거둔 것은 그로부터 삼십 년 가까운 세월이 흘러간 4월 중순이었다.

2

나는 창문을 닫고 소파로 돌아와 앉았다. 바로 코앞에 버티고 있는 건너편 아파트의 작은 창문에서 흘러나오는 불빛이 바라보였다. 아파트의 구조를 참고한다면 부엌에 달린 작은 창문이었다. 움직이고 있는 사람의 그림자가 그 창을 통해 어른거렸다.

그때 비로소 집에는 나 혼자뿐이라는 사실을 깨달았다. 아내는 여행중이었다. 이십오 년 전 어머니가 서울을 다녀갔을 때, 소파에 쪼그리고 앉아 텔레비전에 시선을 빼앗겼던 아이들은, 지금은 모두 성장해서 뿔뿔이 흩어져 살고 있었다. 일년에 대여섯 번씩 전화하거나 한두 번 만나는 것이 고작이었다. 그렇지만 가족들 중에 어느 누구도 세상의 풍속이 너무 각박해졌다느니, 혈육간의 끈끈했던 정리 따위는 이미 먼

옛날에 스쳐간 전설이 되어버렸다는 식의 넋두리를 늘어놓는 경우는 없었다.

언제부터인지도 모르게 모두가 화석처럼 그렇게 굳어져버렸다. 그랬다. 어머니가 돌아가셨다는 소식을 듣고도 갑자기 찾아온 난청의 증세 이외에는 아무것도 달라진 것이 없는 나 자신을 포함하여, 나를 둘러싸고 있는 모든 것들을 상어의 이빨처럼 날카로운 연모로 찍어댄다 할지라도 자국조차 남지 않을 정도로 굳고굳은 화석이 되고 말았다.

나는 소파 사이에 끼여 있는 리모컨을 찾아 파워버튼을 눌렀다. 순식간에 벌거벗은 사내의 유들유들한 어깨가 벌떡 확대되면서 화면 가득 클로즈업되었다. 여자의 희고 가느다란 두 허벅지가 잔뜩 고조되어 있는 사내의 양쪽 볼기짝을 끼고 비 내린 날의 죽순처럼 기운차게 하늘로 뻗어 있었다. 사내의 하반신이 여자의 음부를 정조준하면서 전진과 후퇴를 노골적으로 거듭하고 있었다. 하반신을 밀었다 당기는 사내의 동작에 따라 흔들리거나 출렁거리고 있는 두 가지가 있었다.

흔들리고 있는 것은 천장을 향해 쳐들고 있는 여자의 두 다리였고, 출렁거리고 있는 것은 사내의 목에 걸린 목걸이였다. 섹스중인 모습을 쳐다볼 수 있게 천장을 모두 유리로 덮어놓은 방, 오르가슴으로 뒤엉킨 자신들의 모습을 쳐다보며 더욱 흥분을 느끼도록 꾸민 방보다 내가 주목하고 있었던 것은 남

26

녀의 성행위를 따라 출렁거리고 있는 체인형 목걸이였다. 저 남자는 어째서 섹스 그 자체와는 거리가 먼 것 같은 목걸이를 굳이 착용하고 촬영에 뛰어들었던 것일까. 그것은 아마도 남자의 격렬한 동작에 따라 목걸이가 빚어내는 육감적인 출렁 거림이 영화를 시청하는 사람들로 하여금 음란성의 강도를 시각적으로 배가시켜줄 수 있기 때문일지 몰랐다. 수치심을 가리기 위한 착안이 의외의 성과로 이어질 수 있겠다는 생각을 하면서 오랫동안 화면에서 시선을 떼지 않았다.

여자는 무언가 간절하게 애원하는 듯한 표정도 짓지 않았고, 남자에게 이빨을 악물고 대들지도 않았으며, 좀처럼 얼굴 정면을 보이려 들지 않아, 뻣뻣하기만 했지 디테일이 부족해 전혀 현실감이 없는 하반신 연기에 비하면, 그 목걸이의 율동은 얼간이들끼리 벌이고 있는 설익은 분위기를 음란하게 덧칠하는 데 박수받을 만한 역할을 하는 것 같았다. 그러나 내 시선이 사뭇 고정되어 있었던 곳은 에로틱하지 못한 남녀의 섹스 동작이 아니었다. 내가 눈여겨보고 있는 것은 천장으로 뻗어서 흔들리고 있는 여자의 두 다리가 가리키고 있는 벽이었다. 그 벽에는 좌우 귀퉁이가 평행을 이루지 못하고 삐딱하게 기울어진 액자 하나가 걸려 있었다.

시니는 그때 갑자기, 턴블링을 넘는 운동선수처럼 여자의 발가벗은 몸뚱이를 사타구니 뒤쪽으로 밀어내며 몸을 일으켰다. 그리고 여자를 그 액자가 걸린 벽 아래로 떠밀어 세웠다.
그런 다음, 기립의 자세로 섹스를 나눌 채비를 하고 있었다.
그러나 그 액자 속에는 서로 가볍게 팔짱을 낀 남녀가 비현실
적으로 한적한 분위기의 시골 풍경 속을 걷고 있었다. 전형적
인 이발소 그림이었다. 포르노 영화 속에, 이발소 그림이라
하더라도 한 폭의 그림을 배경에 삽입하다니…… 별난 녀석
들도 다 있군. 그렇게라도 음란물의 격이 달라지기를 바란 것
일까. 그런 생각을 하던 나는 그런 영화에서 응당 들려야 할
남녀의 교성이 들리지 않는다는 것을 깨달았다.

그제야 지난밤 채널을 바꾸었을 때, 볼륨을 제로에 맞춰두
었다는 것을 기억해냈다. 성냥갑을 쌓아놓은 것처럼 숨 막히
도록 밀착되어 다닥다닥 붙어 있는 공동주택에서 혹시나 벽
이나 천장의 틈을 타고 그들의 교성이 전달될 수 있다는 것을
염두에 두었기 때문이었다. 늙은 남자가 혼자 집을 지키면서
포르노를 보고 있다는 사실을 애써 드러내 보일 필요는 없었
다. 그래서 볼륨을 죽이고 영화를 보다가 전원을 끄고 그대로
잠이 들었던 것이었다. 거실의 커튼을 쳤던 것도 그런 까닭에
서였다.

"이런 씨발."

내 입에서 느닷없이 그런 욕설이 튀어나왔다. 창문을 열어
빗소리를 듣다가 그만, 걷어젖혔던 커튼은 그대로 둔 채 창문

만 닫았다. 그리고 조명도 밝히지 않은 채 텔레비전을 켠 것이었다. 팔을 뻗으면 서로의 손끝이 서로 맞닿을 것 같은 맞은편 아파트의 여자가 부엌에서 오락가락하고 있는 희미한 실루엣을 목격했었다.

그녀는 부엌의 작은 창문을 통해서 맞은편 같은 층 아파트에 살고 있는 남자가 음란물을 보기 위해서 사뭇 거실에 기거하고 있다고 생각할지도 몰랐다. 거실에 설치한 칠십 인치짜리 대형 LCD 스크린에서 과장되어 터져나오는 섹스 장면들을 멀리서 바라보아도 화면의 사소한 움직임을 어렵지 않게 식별할 수 있을 만큼, 문명성은 사람의 얼을 빼버릴 정도로 진화되어 있었다.

나는 서둘러 텔레비전을 꺼버렸다. 그리고 소파에 우두커니 앉아 있었다. 의도적이었든 아니면 우연이었든 방금 어머니가 숨을 거두고 말았다는 통기를 받은 사람이 음란물을 시청하고 있었다는 것은 얼간이도 저지르지 않는 파렴치라는 모멸감이 가슴속을 파고들었다. 자신을 길러준 어머니가 오랜 신산을 겪은 끝에 소슬했던 이승의 삶과 드디어 이별하고 말았다는 소식이 나의 저속하고 어리석은 일상에는 아무런 파문도 일으키지 않았다는 증거를 스스로 경험한 셈이었다. 무언가 내 나름대로 조치를 해야겠다는 생각이 들어 다시 수화기를 집어들었다. 그러나 다시 놓아버리고 말았다.

여행중인 아내에겐 휴대폰도 없었고, 어디서 묵고 있는지
조차 알 수 없었다. 한 지붕 아래 살고 있었지만, 서로가 소 닭
보듯 무덤덤하게 살아온 것은 꽤나 오래전부터였다. 서로 오
래도록 떨어져 있다 해도 그토록 간절하게 서로 안부를 주고
받을 일 따위는 생겨나지 않았다. 현관문이 여닫히는 소리로
가나보다 오나보다 하는 무미건조한 일상이, 이십 년이 넘도
록 벽지 한 번 갈지 않았던 것처럼 익숙해져버렸다. 축소할 것
도 없었고 과장할 것도 없었다. 나는 다시 수화기를 들었다.
그러나 조금 전보다 더욱 난감한 심정에 빠지고 말았다. 보름
전인가 아우와 통화했던 일이 문득 떠올랐기 때문이었다.

　전화를 받으면 아우는 반드시 "형님 맞습니까?" 하고 되
물어 확인하는 버릇이 있었다. 그렇다고 대답해야만 전화를
건 까닭을 늘어놓았다. 그것은 어릴 적부터 시골생활에 길든
사람들 특유의 어눌함과 조심성 때문이라 할 수 있었다. 그
러나 보다 근본적인 이유는 이 집에서 아우가 가족으로 생각
하고 있는 상대가 나뿐이기 때문일 것이었다. 아우는 나 외
에는 어느 누구하고도 어머니와 관련된 얘기를 나누려 들지
않았다. 그것이 어머니의 사주 때문이었는지, 혹은 아우 스스
로의 의지 때문이었는지는 알 수 없었다. 어쨌든 전화를 받은
사람이 나인 것을 확인한 아우는 침통하지만 건조한 목소리
로 말했다.

"어머니 입원하신 게 이번으로 벌써 연거푸 세번쨴데……
의사선생님도 태도가 전과 달리 시큰둥하네요."

"왜?"

"약발은커녕, 이제는 주삿바늘 꽂을 자리조차 없다고 투정
을 부리네요. 쾌차하시기는 어렵다는 얘기겠지요. 의사선생
님도 성품이 원래 꼬장꼬장하고 과묵하신 분인데, 그런 말씀
을 하는 걸 보면, 희망을 갖지 말라는 뜻이겠지요."

"만신창이가 되었다는 얘긴데…… 약을 삼키지도 못하시
나?"

"입을 꼭 다물고 계십니다. 열려고 하지를 않아요."

"막무가내로 꽉 다물고 계시다는 말이지?"

"그렇습니다."

"의사는 뭐라 그래?"

"물어봤자 속 시원한 대답이 있겠습니까."

"언제부터?"

"언제부턴지 그건 잘 모르겠어요. 아마 효험도 없는 약을
우격다짐으로 자꾸만 먹이니까, 어머님도 진력이 난 것 같습
니다."

"그렇다고 포기할 수는 없지."

"당연하지요. 거부하더라도 숟가락으로 버텨서 입을 벌리
고 약을 밀어넣거나, 물에 타서 흘려넣으면 그럭저럭 복용이

야 할 수 있겠지만, 그게 모두 마지못해 저지르는 어거지 아
니겠습니까."

"집으로 모시라는 얘기야, 그게."

"나도 결정을 내리기가 어렵네요."

"그래서?"

"그래서 말입니다. 어차피 그냥 바라볼 수밖에 없겠어요.
나도 그렇고 의사선생님도 그렇고…… 차도가 있기를 바라
기보다는 퇴원하지 않고 입원실에서 그냥 지켜보고 있겠다는
거지요."

"어머니에게 위로의 말이라도 건네주지 그랬냐."

그때까지 가만가만했던 아우의 언성이 갑자기 거칠어졌다.
건성으로 대꾸하고 있는 것 같은 대응에 부아가 끓어오른 것
이 분명했다.

"형님 지금 올곧은 정신 가지고 하는 말씀입니까? 어째서
흡사 남의 얘기하듯 그러십니까. 어머니는 이제 위독의 차원
을 넘어선 분입니다. 죽음과 마주하고 누워서 가쁜 숨을 몰아
쉬기도 바쁜 어머니의 귀에 대고 이삼 일 안으로 퇴원해서 집
으로 돌아갈 것이라고 속삭여주라는 말입니까? 그런 새빨간
거짓말을 나를 낳아주고 길러준 어머니 귀에 대고 나불거려
도 된다는 얘깁니까? 엎어진 사람 뒤통수 밟는다더니, 그런
무지막지한 폭력이 어디 있습니까. 어머니 역시 그런 거짓말

을 듣는다면 제 뺨이라도 때려주고 싶을 것입니다. 궁상스럽다는 핀잔을 듣더라도 조용히 지켜보는 것이 그나마 자식으로서의 도리가 아니겠습니까. 말 많은 집구석의 장이 쓰다는 말이 있지 않습니까."

그건 아우의 말이 옳았다. 이삼 일 안으로 운명할 것이 분명해 보이는 중환자의 얼굴에 대고 이삼 일 안으로 곧 퇴원할 것이라는 위로의 말을 속삭이는 문병인을 지켜보고 있노라면, 그 악담을 어떻게 받아들여야 할지 몹시 당황스러웠다. 환자 역시 그 얼토당토않은 거짓으로 얼마의 위안을 얻을 수 있을까. 그나마 남아 있는 기력이 있다면 그의 따귀라도 때려주고 싶을지 모른다.

"왜 갑자기 화를 돋우고 그러냐. 나도 이렇다 할 통박이 없어서 하는 말인데."

"이것 보세요 형님, 통박이라니요. 그런 저속한 언사를 함부로 쓰는 게 아니지 않습니까."

"왜 말꼬리 잡고 늘어지고 그러냐."

"형님이 처음부터 지금까지 위독한 어머니를 두고 강 건너 불 보듯 하니까 화가 치밀 수밖에요. 정말 너무 심하시네요."

"미안하다. 내가 아무리 애성바르게 군다 한들 어머니를 사뭇 모시고 살아온 너만 하겠냐."

거기에서 나와 아우의 대화는 잠시 멈추었다. 그러나 서로 보이지는 않았지만, 두 사람 모두 귀에 대고 있던 수화기는 떼지 않고 있었다. 아우는 자신의 의중을 형이 알아채기를 바라고 있었고, 형인 나는 이 순간 무슨 대답을 할까 내심 궁리 중이었다. 아우가 기다리기 진력날 즈음 내가 말을 이었다.

"그래, 병원비는 내가 마련해볼게…… 지금까지도 너희 내외가 고생해왔지만, 끝까지 간병은 잘해드려라. 너도 명색 선생님이니까, 어떻게 처신해야 하는 것인지 너무나 잘 알고 있겠지."

숨 거둘 시간이 불과 며칠 남지 않은 어머니의 병석에 형 내외 중에 한 사람이라도 내려와 간병하는 게 도리가 아니겠느냐는 아우의 속내를 뭉클하게 읽고 있으면서도 나는 또다시 남의 일처럼 그렇게 말하고 있었다. 병원비는 내가 마련하겠다는 선언을 함으로써 어머니에 대한 불효막심함이 어느 정도 상쇄라도 된 것처럼.

"고생스러울 것도 없습니다. 며칠 버티지도 못할 것 같으니까……"

아우는 다시 한번 나의 냉담함을 에둘러 꾸짖었다. 그러나 나는 아우의 의중을 알아듣지 못한 것처럼 말머리를 돌려버리고 말았다.

"전에 하셨다는 그 말씀은 아직도 변동이 없고?"

"그럼요. 이번에 입원할 때도…… 아주 오래전부터 작정하고 있었던 그 말씀을 곱씹어 하셨어요. 오래전부터 말썽만 피우던 틀니도 빼드린데다가 혀조차 굳어서 말은 나도 알아듣지 못할 정도로 어눌했지만, 자세히 들어보면 지난번 누차 하신 말씀에 토씨 하나 바뀐 게 없었습니다. 형님이 곤란한 처지를 당할까봐서, 형님 쌓아오신 명성에 누가 될까봐서 돌아가시는 날까지 철저하게 배려를 하시는 것이 분명합니다. 어머님 소원대로 장례식 없이 화장해야겠지요. 그걸 직장直葬이라고 말하지 않습니까. 요즘 같은 무연사회에선 그야말로 안성맞춤의 장례 방법이겠지요."

"내게 무슨 명성이 있다고 그런 말까지 하냐…… 소가 들어도 웃을 일이다."

"그래도 어머님은 그렇게 생각하지 않습니다. 형님이 소년 시절부터 객지로 홀로 나가서 일가친척은 물론이고 어느 누구의 도움도 받지 않고, 자수성가하고 명성도 얻으신 분이라고 믿고 있었습니다."

"너는 안중에도 없었고?"

"형님 그거 몰라서 물으십니까. 어머님에게 나란 존재는 굴러온 돌에 불과했어요. 애물단지였지요. 자나 깨나 예나 지금이나 어머님 가슴속에는 형님 한 분뿐이었습니다. 제가 고아원에서 데려온 아이도 아니고 똑같은 어머니의 피붙이임이 틀림없는데도 왜 유독 형님에게만 집착을 하시는 건지 그걸 진작 물어보지 못했습니다. 제 나름대로 짐작하자면…… 말해도 괜찮겠습니까?"

"말해. 이제 와서 형제끼리 못 할 말이 어디 있겠어."

아우는 잠깐 뜸을 들이는가 하였더니 말을 이어갔다.

"형님이 친아버지에게 버림받은 상처가 있는데다가…… 제겐 친아버지이지만, 형님에겐 의붓아버지 되는 분의 눈칫밥을 먹고 자랐지 않습니까. 그처럼 어머니가 고통받고 궁핍을 겪고 있을 때, 그 시련을 함께했던 자식이었기 때문이 아닌가 생각하고 있을 따름입니다."

"너가 그렇게 말하니까. 눈물날라 카네. 너 말마따나 너도 똑같은 피붙인데, 널 왜 대수롭지 않게 여겼을까."

"형님 그거 모르고 물으십니까. 어머니가 돌아가신 아버지와 애틋한 정분이나 정욕에 이끌려 결혼한 게 아니었지 않습니까."

"흔히 있는 혼례식도 치르지 않았으니, 굳이 결혼식이라고 할 수도 없었지."

"하긴 그러네요. 그땐 형님도 어려서 기억에 희미하겠지만, 굳이 혼례라 한다면 외삼촌하고 중매쟁이, 그리고 어머니 아버지 그렇게 네 사람이 장춘옥에 모여서 군만두 한 접시, 냉채 한 접시 가운데 두고 짜장면 한 그릇씩을 놓고 혼례 대신 한 게 고작이었다는 말을 들었습니다."

천성이 착할 뿐 아니라, 언제나 차분하게 가라앉은 목소리를 가진 아우가 그 대목에 이르러서는 심사가 틀어진 듯 목소리가 출렁거렸다. 아우는 유년 시절부터 마음껏 엄마를 차지하지 못했다. 아우의 가슴속에 그런 응어리가 있다는 것을 일찍부터 눈치채고 있었다. 심지어 아우는 총각 시절부터 이때껏 줄곧 어머니를 부양해왔었다. 그럼에도 불구하고 형만을 편애해왔다는 것을 내 냉담한 처신에서 다시 한번 읽고 나서 심사가 언짢아진 것이었다.

어머니를 시중들고 간병하는 아우의 태도는 시종일관 진지하고 알뜰했었다. 누가 범접할까봐 병 주둥이를 노끈으로 꽁꽁 묶어 벽장 속에 감춰둔 꿀단지처럼 안절부절못하면서 어머니를 모셨다. 그러나 아우처럼 어머니를 몸소 부양하지는 못했지만, 나 역시 어머니에 대한 애정은 부끄러운 수준은 아니라는 생각을 갖고 있었다. 매달 통장에 입금해주는 얼마간의 생활비가 그것이었다. 그것이 나와 아우 사이가 혈육임을 증거하는 유일한 단서가 되기도 했었다. 그러나 아우가 말했던 것처럼, 노구의 불편한 일상을 몽땅 아우에게 떠맡기고 있는 어머니는 그에 대하여 동물적인 애정을 보내는 것은 아니었다.

3

　어머니가 정부에서 선발해서 시상하는 '장한 어머니상'을 받게 된 것은 오 년 전 일이었다. 그때도 전화로 어머니와 대면했었다. 여든아홉 해를 넘기고 있는 어머니의 발음은 여전히 또렷했고, 귀가 어두운 것도 아니었다.

　"건강은 어떠십니까, 어머님?"

　"나야 맨날 그 대중이다만 니는 어떠냐? 건강 챙겨라, 내가 살아보니까 뭐니뭐니 해도 건강이 제일이더라."

　"제 걱정은 마시고요. 어렵겠지만…… 조만간 서울에 한 번 더 다녀가셔야 하겠습니다."

　"서울? 무슨 일로……?"

　"내키지 않아도 꼭 다녀가셔야 할 일이 생겼습니다."

　"이십몇 년 전인가 한 번 다녀왔으면 됐지, 또 무슨 서울을 다녀가란 얘기냐."

무슨 서울이냐고 되묻는 어투에서 나는 대뜸 어머니의 냉담한 반응을 읽었다. 그렇다 하더라도 이번의 일만은 단념하기 어려웠다. 난생처음 어머니가 나를 낳아주고 길러준 은혜를 갚을 수 있는 기회를 얻었을 뿐 아니라, 어머니로 하여금 하찮은 존재가 아닌 눈부신 아들을 두었다는 자긍심을 심어줄 수 있다는 것에 나는 고조되어 있었다. 더불어 내 목소리도 어느 때보다 과장되어 있었다. 바라보는 사람이 없는데도 나는 뱃구레를 앞으로 내밀며 말했다.

"어머니가 '장한 어머니상'을 받으시게 되었습니다."

"무슨 상이라고?"

"장한 어머니라고 정부에서 드리는 상입니다."

"그게 정말이냐?"

"정말이고말고요."

농담이 아니란 것을 확인한 후 어머니는 수화기를 든 채로 한동안 뜸을 들이는 듯했다. 그런 다음 말했다.

"오래 살다보니까, 별일도 다 겪어보네."

"별일이 아닙니다. 당연한 것이지요."

"니는 당연한 일인지 모르겠다만, 내한테는 별일이다."

"그럼 서울 올라오시는 기죠?"

"나는 그 상 받으러 못 간다."

"거동하시기 어렵다는 것은 저도 알고 있습니다. 동생더러 짬을 내서 데려다달라고 하십시오. 그러잖아도 어머니 거동이 불편한 분이라는 것을 알려드렸는데도, 이 상만은 반드시 본인이 직접 받으셔야 한답니다."

그리고 나는 덧붙였다.

"한 냥짜리 금비녀를 부상으로 준다고 합니다."

내 목소리는 어느 때보다 당당했고 확신에 차 있었다. 내 말을 듣고 있던 어머니의 목소리도 그 순간 나처럼 단호했다.

"니도 알다시피 나는 지금 평생 동안 나무비녀 하나로 살아왔다. 나무비녀 잃어버리면 삭정이를 꺾어서 꽂고 지내기도 했다. 그런데 이제 죽어갈 임시에 와서 언감생심 한 냥짜리 금비녀가 가당키나 하냐…… 그 무거운 금비녀 꽂고 다니면 내 꼬꾸라진 몸뚱이가 온전하게 지탱이나 하겠느냐. 아니래도 밖에 나갈라치면 허리가 휘어져서 콧등에 먼지가 묻을 지경인데, 뒤통수에 금비녀까지 매달고 다니다가 그나마 겨우 붙어다니는 목 부러지는 변고나 겪게 되겠지……"

"어머니도 참, 그런 과장이 어디 있습니까. 그럴 리가 없습니다. 금비녀 하나에 목 부러지는 변고 겪는다는 것은 누가 들어도 억지지요."

나는 그 순간 아차했다. 금비녀를 부상으로 준다는 말을 먼저 꺼낸 것은 불찰이었다는 생각이 들었다.

"이십 년 전에 뜨내기 기공산가 뭔가 하는 사람이 해 박아준 틀니가 몇 달도 못 가서 덜컹거려서 음식을 씹을 때마다 입안에서 자갈밭에 달구지 굴러가는 소리가 난다. 어디 그뿐이겠나. 다 빠져버리고 몇 올 남지도 않은 빠마머리에 한 냥쭝이나 되는 금비녀를 고무줄로 묶어서 억지로 매달고 다닌다면 그 꼴이 내가 보기에도 가관일 테지. 동네 사람들은 물론이고 지나가던 소가 봐도 웃을 일 아니냐. 아예 그런 말 마라. 가당찮은 얘기 누가 들을까 겁난다."

"금비녀를 받았다고 반드시 꽂고 다니란 것도 아니지 않습니까. 장롱 같은 데 보관하시면 되지요."

"니 시방 나보고 장롱이라 했나? 니 정신 나간 사람 아니냐? 우리 집에 남이 버린 빈 사과상자를 들여놓은 적은 있지만, 언제 장롱 갖춰놓았던 적이 있었더냐…… 그런 보물을 상으로 받아보았자, 도둑맞을까봐서 정신만 혼란스럽지 보관할 곳도 없다는 것은 니가 더 잘 알지 않느냐."

"정 그렇게 섭섭하시다면, 지금이라도 장롱 하나 마련해드리지요."

"짚신에 국화 그려넣는다고 그 짚신이 가죽신 되는 것 본 적이 있었냐. 금비녀 하나 간수하겠다고 썰렁한 방 윗목에 장롱 갖춰놓는다면 그 또한 웃음거리 되기는 마친가지다."

"자꾸만 부정적으로 말씀 마시고 나라에서 제정해서 주는 상은 군소리 없이 받으셔야 합니다. 우리 집에서 묵기 싫다면, 다른 숙소를 잡아드릴 테니 동생 데리고 올라오십시오."

"그 상 이름이 장한 에미상이라고 했느냐?"

"예."

"니가 백 번 권유를 해도 나는 그런 상 받을 자격 없다. 니가 자꾸 그러면 나를 업어다 매 맞히는 격이고 누워서 침 뱉기다."

"제발 고집부리지 말고요. 고집부리신다고 양해될 일도 아니지 않습니까."

"니가 지체 높다는 사람들 소매 붙잡고 졸라서 얻어낸 것이 장한 에미상 아니겠냐. 내가 촌사람이라고 들은 풍월도 없는 줄 아나."

"높은 사람들에게 줄을 댄다 해서 주어지는 상이 아닙니다. 공정한 심사를 거쳐 엄선한 다음에 시상을 하는 것입니다."

"내가 촌구석에서 죽을 날만 기다리고 있는 숙맥이라 해서 세상 물정 살피는 눈썰미가 생판 없는 것은 아니다. 생색 한번 내보겠다는 생각을 했는지 몰라도 니가 그러는 것이 내한 테는 욕이 된다는 것을 먼저 살펴보아야 했다. 내가 니를 낳아서 키울 동안 가장 가슴 아픈 것이, 배를 굻게 하여 남의 밭고랑에 기어들어가 고구마 감자 훔치고, 논둑에 핀 뱀딸기 따먹고, 목화밭에 들어가 덜 익은 다래를 따먹으며 배를 채우게

한 죗값이 무더기로 있다. 학교에서 사라는 교과서조차 제대로 사준 적이 없었고, 창호지로 꿰맨 잡기장도 한 권이 고작이었다. 그런 사실은 온 동네가 거울 속 들여다보듯이 다 알고 있는 것인데, 이제 와서 나라에서 주는 장한 에미상을 받는다고 서울로 히죽거리고 올라간다면, 그 사람들이 손가락질은 고사하고 내 낯짝에다 가래침을 뱉으려 들 것이다."

"그런 것은 이제 모두 잊어버려도 됩니다. 잊지 말아야 할 것은 다 잊고, 잊어버려도 좋을 것들은 무슨 연유로 기억하고 있는지 딱하시네요."

"골목마다 종갓집이 버티고 있는 이런 괴팍스런 동네에서 사내를 두 번씩이나 갈아치웠다고 입들을 흔들 비쭉거리고 눈총받고 살아왔는데, 장한 에미상을 받았다면 그 사람들 배꼽을 잡고 웃을라."

"어머니, 보세요…… 지금 시절에 시집 두 번 세 번 간 여자들이 어디 한둘입디까. 그뿐인 줄 아세요. 가정집에 들어앉아 조신하게 살고 있다는 여편네들이 멀쩡한 남편 몰래 바람피우고 다니면서 시치미 뚝 잡아떼는 세상이 되었습니다. 여편네의 외도를 빤히 알고 있으면서도 가정 깨질까봐, 아이들 뒷바라지할 사람 없어질까봐 따끔하게 닦달도 못 하고 벙어리 냉가슴 앓듯이 속만 끓이고 있는 남편들노 쌔고쌨답니다. 어머니 두 번 결혼하신 거 조금도 부끄러워할 일이 아닙니다."

"두 번 결혼한 것하고 남자를 두 번 갈아치운 것하고는 근본부터 다르다. 요사이 여자들은 모두 그만한 사정들이 있어서 서로 좋도록 상의하고 판사 앞에 가서 도장 찍고 웃으면서 등 돌린다는 얘기 들었다. 그걸 허물이라고 볼 수는 없다. 그런데 나는 구십을 바라보는 나이까지 살아오면서 도장 한 번 찍은 기억이 없다. 본데없는 상년으로만 살았지…… 천성이 야무지거나 모질지 못해서 아무 남자한테나 매달려 울타리를 만들어야 물거미 뒷다리같이 연약한 니하고 판무식꾼인 내가 업신여김당하지 않고 목숨 부지하고 살겠다 싶어서 남자를 두 번이나 갈아치웠으니 남의 지청구 들어서 마땅하지…… 그런 내가 장한 에미상을 받아? 어림 반 푼어치도 없는 소리 말아라."

"어쨌든 어머니는 가난 속에서도 저를 장하게 키워주셨습니다."

"얘기 길게 끌고 갈 까닭이 없다. 한길을 가로막고 물어봐도 내가 니를 장하게 키워주었다고 말할 사람은 없다…… 니가 본데없이 자란 후레자식이란 소리를 들을까 지레 겁먹고 지체 높다는 사람들 찾아다니면서 술 사주고 밥 사주어서 얻어낸 것이 장한 에미상이 아니겠느냐."

"어머니, 전화기에 대고 그런 말씀하시면 안 됩니다. 제가 만든 일이 아니고 그분들이 각계의 추천을 받아서 엄중하게 모두 조사해서 드리는 상입니다."

"무슨 추천?"

"각계의 저명하신 분들의 추천요."

"난 각계가 뭔지 추천이 무슨 소린지 잘 모르겠다. 그러나 니가 엉뚱한 소리로 둘러댄다는 것이 내한테는 빤히 들여다보인다. 내가 낫 놓고 기역자도 모르는 무식한 노인네라 하더라도 이 나이쯤 되면 코앞에 들이대지 않아도 보이는 것이 많은 법이다. 내가 이 산골동네에서 태어나 나이 아흔이 가깝도록 살아올 동안 육이오 때 총소리를 피해 더 깊은 산중으로 피신했던 일 말고는 재 너머로는 단 한 발짝도 내디딘 적이 없었다. 아주 오갈 데 없는 홀딱 벗은 촌년이제. 그런 내한테 일면식도 없는 서울 양반들이 내 밑천을 어떻게 안다고 조사해서 상을 주겠나. 니가 이런 일을 저지른 게 분명한데 왜 자꾸 발뺌을 하노? 니가 나를 두 번 욕보인 게다."

"경위야 어떻든 상을 타시기로 결정이 되었으니, 싫어도 오셔야 합니다."

"니 알다시피 내가 평생 동안 먹고살기가 버거워서 하기 싫은 일만 해왔는데, 이제 마지막 숨이 턱에 와 닿은 지금까지도 하기 싫은 일을 해야 하겠나? 내친김에 니한테 한마디만 더 하마. 지체 높다는 사람들하고 대중없이 상종하지 마라. 그 사람들 사귀어서 니가 당장은 덕을 볼지 모르지만. 니가 쓸모없다고 생각하면 가차없이 안면을 싹 바꾸고 뒤도 돌아보지 않는다. 그건 내가 겪어봐서 잘 안다. 나중에는 니만 웃음거리 되고 손가락질당한다."

그때 아우가 수화기를 바꿔 들었다. 통화가 길어질 조짐이 보이자, 때마침 곁에 있던 아우에게 수화기를 건네버린 것이었다. 그가 타협안을 내놓았다.

"기왕 수상이 결정되고 말았다면…… 형님에게 누가 되지 않는다면 제가 어머니 대신 가서 받아도 되겠습니까."

"글쎄…… 나도 이제 칠십을 코앞에 두었고, 너 또한 오십을 훌쩍 넘긴 나이다. 우리 집안의 구린 치부가 이제 와서 사람들에게 노출된다 해서 그것에 게거품 물고 대들 놈들이 있겠어? 도둑이 제 발 저리듯이 제 발 저려할 필요는 없어. 겉으로 보면 아무런 불상사도 겪은 적이 없어 보이는 고상하고 유복한 가정도 우리와 같이 숨기고 싶은 치부는 한두 가지씩 다 가지고 있더라. 우리도 그만한 허물쯤은 이제 무덤덤하게 소화할 수 있어야 해. 세월이란 썰물과 밀물이 우리들 삶에 수시로 드나들면서 얽히고설킨 허물과 치욕 들을 죄다 씻어갔다고 생각하면 속 편하겠지. 그래서 욕될 건 없다만…… 상 받게 된 것을 통보를 하면서 반드시 본인이 와야 한다고 다짐을 받아서 말이야."

"다시 한번 문의해보시지요. 아니면 형님이 참석해서 대신

받든지요."

"내가 받는 것도 말이 안 돼. 어머니는 니가 사뭇 모셔왔는데, 내가 대신 받는다면 남들이 비웃겠지."

시상식이 있던 날 새벽 아우가 상경했다. 신사복을 말끔하게 다려입고 넥타이까지 맨 차림이었다. 시상식은 국립극장에서 있었다. 각계에서 선발된 수상자들은 얼추 열 명이 넘었다. 단상 한쪽에는 의자들이 2열로 배치되었다. 앞열에 배치된 의자에는 수상자들이 앉았고, 뒷열의 의자는 수상자의 직계가족들이 배석했다. 그러나 아우는 뒷열 의자에 덩그러니 앉아 있었다. 어머니가 앉았어야 할 자리만 유일하게 비어 있었다. 그 빈자리가 유난히 크게 보여 단상 무대는 삐딱하게 걸린 액자처럼 균형을 잃고 있었다.

남들은 모두 고개를 한껏 쳐들고 축사하는 사람을 바라보고 있었으나 아우 혼자만 시상식이 끝날 때까지 시종일관 시선을 내리깔고 있었다. 그것이 시선에 들어오는 순간 나는 객석 의자에서 슬그머니 일어나 밖으로 나가 건물 모퉁이에 숨어서서 줄담배를 피워댔다.

그러고 보면 나와 아우는 지금까지 살아올 동안 공식 석상에 동행해서 모습을 나타낸 적이 단 한 번도 없었다. 내가 일찍부터 객지생활로 뛰어든 탓에 두 사람이 함께 공식적인 자리에 나타날 일도 없었지만, 그런 경우가 될 성싶으면 누가 먼저랄 것도 없이 그런 여지를 차단해버렸다.

그에겐 지루하고 길게만 느껴졌을 시상식이 끝나고 건물 앞에 있는 잔디밭에서 조촐한 다과회가 열렸다. 그러나 그 다과회가 열린 순간부터 아우의 모습을 발견할 수 없었다. 줄곧 눈짓으로 아우의 흔적을 뒤쫓았으나 끝내 보이지 않았다. 시상식장에서 곧장 시골로 내려갔을 것이 분명했다. 아우가 그처럼 부랴부랴 모습을 감춘 것은 나에 대한 배려 때문일 것이었다.

객지에서 사귄 몇몇의 지인들이 초청을 하지 않았는데도 불구하고 시상식에 참석해주었다. 아우는 그 지인들과 마주치고, 아우의 성씨와 이름을 불러주며 소개하는 번거로움을 겪는 과정에서 누를 끼치는 결과가 될 것이 분명해 보이자 서둘러 모습을 감춘 것이었다. 그런 누더기 같은 가정사 따위와는 이제 졸업할 군번이 되었다고 다짐해두었는데도, 아우의 입장에서는 부담이 되었던 것이었다. 그러나 내가 저녁 늦게 귀가했을 때, 아우가 시상식장에서 곧바로 시골로 내려가진 않았다는 것을 깨달았다. 아우는 그날 받은 상패와 부상을 집에 있던 아내에게 고스란히 전달하고 부리나케 버스터미널로 달려간 것이었다. 보자기 속에는 어머니가 "나는 듣기만 해도 등골이 서늘하다"고 말했던 한 냥짜리 금비녀가 들어 있었다. 아흔을 바라보는 연세에 이르러서도 결연함을 잃지 않으려고

안간힘을 쓰는 어머니의 모습이 아우의 등뒤에 수척한 모습
으로 서 있었다.

4

날이 완전히 밝은 오전 일곱시. 나는 부엌으로 갔다. 삶아
두었던 고구마 한 개와 미숫가루로 아침식사를 때웠다. 그때
까지도 시골로 내려갈 시간이나 동행해야 할 사람을 작정하
지 못하고 있었다. 새벽녘에 잠시나마 난청을 경험했었던 것
처럼 정신적 공황상태가 그때까지 계속되고 있었기 때문이었
다. 옷장을 뒤져 흰색 셔츠와 검은색 양복을 꺼내 입었다. 검
은색 넥타이는 윗도리 안주머니에 구겨넣었다. 누가 보아도
상을 당했다는 것을 눈치챌 수 없도록 평소처럼 붉은색 넥타
이를 매고 집을 나섰다. 나는 두어 번 발을 헛디디며 아파트
의 출입문을 나서 승용차에 올랐다. 일 년 삼백육십오 일 비
가 오나 눈이 오나 똑같은 궤도를 오가는 기계처럼 나 또한
비가 그친 출근길로 나서고 있었다. 작업실로 나가 그런 속내

를 숨기려고 나는 과장되게 히죽거리며 웃거나 허튼 일에 헛기침을 토해냈다. 시치미를 잡아떼는 따위의 허위에는 진작부터 익숙해져 있었기 때문에 별 어려움 없이 속내가 들통나지 않고 하루 일과를 보낼 수 있었다.

내가 청량리역에서 H시로 가는 열차에 오른 것은 그날 밤 열한시경이었다. 출근해서 밤 열한시까지 열여섯 시간 동안, 은행에서 입원비와 장례비용을 인출했던 순간을 제외하면 나의 정신적 공황상태는 사뭇 계속되었다. 몸뚱이는 항상 그랬던 것처럼 일상 속으로 진입했었으나 작업에 제대로 집중할 수는 없었다.

내가 무려 열여섯 시간을 하는 일 없이 보낸 것은, 첫째는 어머니의 유언이 그렇다 하더라도 정말 친인척들이나 나와 가까이하는 지인들에게 어머니의 죽음을 통기해야 할지 말아야 할지 갈피를 잡지 못했기 때문이었다. 두번째는 어머니 시신의 염습 장면을 보고 싶지 않아서였다. 아우에게 그런 속내를 내비치진 않았지만, 나는 저승사자와 손을 맞잡고 있는 어머니를 보고 싶지 않았다. 자줏빛으로 변색된 수척한 어머니의 시신을 바라보고 있어야 한다는 것이 싫었다. 몰염치였으나 나는 그 모든 소름끼치는 고역을 아우 혼자서 감당해주기를 바랐다. 그래서 시간이 지나가기를 의식적으로 기다리고 있었다. 아우가 지금까지 어머니를 도맡아 조석으로 돌보고 곁부축해왔듯이. 오랜 세월 동안 고향과 어머니를 전화로만 소통해온 나는 어느새 그토록 긴 세월만큼이나 어머니와 멀어져 있었다는 것을 깨달았다.

5

이튿날 새벽녘에 나는 H시에 당도했다. 그곳에서 다시 한 시간 이상 버스를 타고 나서야 어머니 시신이 안치된 노인병 원에 도착했다. 병원 뒤쪽으로는 군데군데 물웅덩이가 있어 냇물이 흐르고 있다는 흔적만 남아 있었다. 냇가에 있는 방천 둑을 따라 미루나무 몇 그루가 띄엄띄엄 열적게 서 있었다. 병원 입구에서 내린 나는 양복 안주머니에 구겨넣었던 검은 넥타이를 꺼내 붉은 것과 바꿔 맸다. 내가 열차에서 내리는 시각에 맞춰 어머니의 시신 역시 H시에 있다는 화장장에 당 도해 있기를 바랐다. 그러나 H시 역사에서 휴대폰으로 연락 을 했을 때, 아우는 그때까지도 어머니의 시신이 월전리와 인 접한 노인병원 냉동실에 안치된 상태라고 대답했다. 나는 버 럭 화를 돋우면서 무턱대고 아우를 몰아붙였다.

"뭣 때문에 아직도 시신을 노인병원에 그대로 두었지?"

신경질적인 언사에 적지 않게 놀란 아우가 뜨악한 목소리로 되물었다.

"그대로 두다니요? 그럼 그대로 두지 않고 어떻게 해야 옳습니까?"

"내가 도착하기 전에…… 염습해서 입관까지 마쳐야 할 것 아냐."

기가 막혔던 아우는 그야말로 한참 동안 대구를 않고 가만있었다. 목구멍까지 치밀어오르는 분통을 참느라 숨을 몰아쉬고 있는 것 같기도 했고, 어이가 없어 할 말을 찾지 못하고 안절부절못하는 것 같기도 했다. 곧이어 정색을 한 아우의 목소리가 전화기 저편에서 고무풍선처럼 팅팅 부어올랐다.

"형님, 참 박절하시네요. 그러시는 게 아닙니다."

아우의 강경한 목소리에 배어 있는 의중을 금방 알아차린 나는 그 순간 찔끔했다. 그러나 예사롭게 되받았다.

"그러면 안 된다니 무슨 소리야?"

"형님 보기에는 어머니 시신이 흉측스럽고 사나워서 바라보기 민망하겠지요. 사실 그동안 곡기를 못 하셔서 피골이 상접하여 미라와 다름없는 몰골입니다. 사람의 모습으로 보기가 어렵습니다. 한밤중에 잠을 자다가도 그 모습이 떠올라 다시 잠을 이루지 못할 수도 있습니다. 형님이 내려오시는 시간을 고의로 지체시킨 속셈은 내가 짐작하고 있었습니다. 그러나 심사에 거슬린다 해서 나 혼자 염습해서 입관해버린다면, 형님 나중에 후회하실 것 같아서 영안실 냉동 캐비닛에 그대로 모셔두고 있었습니다. 어머니에겐 그래도 형님이 맏아들인데, 얼굴조차 안 보시겠다면 그런 파렴치가 세상에 또 어디 있겠습니까. 정말 남이 들으면 침 뱉을 일 아닙니까? 기왕 말을 꺼냈으니 한마디만 더 하겠습니다. 어머니가 숨을 거두는 즉시 장례절차 일체를 무시하고 화장하라고 강다짐한 것은 모두 형님에게 누가 될까 해서 남긴 말씀이 아니겠습니까. 이만하면 형님 처지를 생각하는 어머니의 깊은 속내를 짐작하겠지요? 형님이 사람 아닌 원숭이라 하더라도 어머니 속내를 그만하면 알아들었겠지요?"

그것이 H시에 도착해서 아우와 나눈 통화의 내용이었다. H시와 월전리 중간 지점쯤에 자리잡은 노인병원 안치실에는 아우와 그의 아내와 딸이 상복 차림으로 기다리고 있었다. 그것이 오전 아홉시경이었다. 나는 매캐한 향냄새가 가득한 안치실로 들어서면서 문간에서 기다리고 있던 아우의 가족들과 눈인사만 나누었다. 대낮에도 전등을 켜두어야 할 만치 어두운 실내는 소름이 돋을 정도로 냉기가 돌았다. 창 너머로 바라보이는 미루나무 한 그루가 힘차게 불어오는 바람에 쓰러질 듯 부대끼고 있었다. 아우가 머쓱하게 들어서는 내 곁으로 다가서며 나직하게 속삭였다.

"염습하겠답니다."

아우는 염꾼 두 사람을 이미 수배해두고 있었다. 그들은 내가 도착하기를 학수고대하고 있었다는 듯이 서둘러 냉동 캐비닛을 열고 어머니 시신을 꺼내 염습대로 옮겼다. 나는 난생처음 누워 있는 어머니와 만났다. 그때까지 잠자리가 아닌 이상 누워 있는 어머니와 대면한 적은 없었다. 나에게 어머니는 그처럼 언제 어디서나 서 있는 사람이었다.

얼굴과 상반신과 하반신이 창호지 한 장에 덮여 있는 어머니 시신은 얼른 보아도 아우가 말했던 것처럼, 미라처럼 함몰되어 있었다. 하반신을 덮은 창호지 아래쪽 끝으로 살아생전 무지외반증으로 고통을 겪었던 어머니의 자줏빛 맨발이 소슬하게 드러나 있었다. 엄지발가락 뼈가 유난히 바깥쪽으로 돌출되어 버선을 벗고 신을 적마다 신음소리까지 내며 실랑이를 벌여야 했던 어머니의 무지외반증은, 숨을 거둔 뒤에도 통상적인 균형과는 거리가 먼 삐딱하고, 비틀리고, 꺾어진 모양새를 고집스럽게 갖추고 있었다.

어머니는 평소 당신의 외모에 관한 한 참하고 추하다는 경계에 그다지 신경쓰는 법이 없었다. 그런데 당신 손수 바느질해서 신는 버선만큼은 항상 발의 크기나 모양새를 참고하는 법이 없이 그보다 작게 재단하는 일을 단념한 적이 없었다.

중국에서 유행했던 전족의 풍속을 따르고 있을 리 만무한데도 그랬다. 버선을 신고 벗는 일이 생길 때는 등을 벽에다 붙인 다음, 다리를 허공으로 잔뜩 치켜들고 안간힘을 쓰며 진땀을 빼곤 했다. 그런 고통이 반복되면 될수록 어머니의 무지와 반증은 점점 악화되어갔다.

발이 큰 여자는 남편에게 곧잘 버림받는다는 근거 없는 속설을 어머니는 믿고 있었다. 그러나 어머니는 발이 작아 보이게 하려는 노력이 오히려 신체적 불균형만 악화시키고 있을 뿐이라는 사실을 지나치고 있었다.

목욕을 하면 페스트균이 물을 통해 신체에 침투할 수 있다는 잘못된 믿음 때문에 백여 년이 넘도록 몸을 씻는 대신, 아마포로 만든 내복만 갈아입었던 16세기 유럽의 귀족들처럼, 어머니 역시 작은 버선을 신어 버릇하면 발도 덩달아 작아진다는 믿음에 매몰된 것인지 몰랐다.

그것은 아마도 젊은 시절 남자로부터 부당하게 괄시당하고 버림받고 드난살이와 품팔이하는 여편네로 전락하고 말았다는 애꿎은 상처가 아물지 않고 있었기 때문에 피부에 생긴 백반병의 징후처럼 죽을 때까지 그 상처에서 헤어나기 어려웠는지 몰랐다.

염꾼들은 아우의 아내와 딸에게 수의 보퉁이를 내려놓고 안치실 밖으로 나가라고 눈짓했다. 그리고 염습대가 가려지도록 커튼을 쳤다. 얼굴을 덮고 있던 한지를 걷어내자, 냉동 상태인 시신이 드러났다. 어머니는 병석에 누워 있을 당시의 옷차림 그대로였다. 어머니의 평온한 표정은 죽음이 아주 절망적인 어둠이나 공포의 대상이 아니라는 사실을 가르치고 있는 것 같았다. 대개는 죽음이 자신과는 당장 상관없는 일이라고 생각하지만, 사실은 지금 염습대 위에 누워 있는 어머니처럼 너무 가까이 있는 것이란 생각이 가슴을 쳤다. 그러나 얼마쯤 시간이 흐른 후 곱슬머리 몇 가닥이 왼쪽 눈두덩 위로 흩어진 어머니의 얼굴 위로 노출된 죽음의 표정은 평온하다고만 할 수는 없었다. 그렇다고 무표정은 더욱 아니었다.

무언가 그 깊이나 의미를 도저히 알 수 없는 애매모호함이 주검의 얼굴에 묻어 있었다. 어머니의 표정을 좀더 자세히 관찰하면 죽음이 비참한 종말이 아니라는 듯 편안해 보였다. 그 표정은 지금까지의 삶이 오직 생존만 하는 하찮은 상태로부터 해방되었다는 뜻으로 보였다. 우리가 보통 삶이라고 부르는 것과 죽음이라고 부르는 것 사이에는 아무런 장벽도 없다는 것을 증거해 보이려는 듯했다.

그들은 깃털같이 가벼운 시신을 일 같잖게 뒤적거려가며 옷을 벗기기 시작했다. 저고리와 속옷을 벗긴 뒤 고쟁이를 벗겼다. 평소 어머니가 즐겨 입었던 옷에는 시신에 입히는 수의처럼 주머니가 없었다. 임시변통으로 고쟁이 앞쪽에 천조각을 기워붙여 주머니로 사용했다. 어머니는 그 주머니에 당신이 즐기시던 담배와 용돈을 넣은 다음 행여 그것들이 분실될까 다시 핀으로 끼워 고정시켰다. 나는 그 고쟁이에 달린 주머니를 잘 알고 있었다.

소도시에서 살았던 한때 남쪽지방으로 내왕했던 적이 있었다. 지나는 길에 혼자 집을 지키고 있던 어머니를 예고도 없이 방문할 때가 있었는데, 불쑥 마당으로 들어서면 어머니는 열에 아홉은 우물가에 앉아 빨래를 하고 있었다. 어떤 땐 손수 일군 텃밭에 앉아 있기도 했는데, 워낙 체수가 작아 웃자란 채소잎에 가려 어머니의 모습을 얼른 분별하지 못할 때도 있었다. 아무런 예고도 없이 당신의 아들이 마당으로 들어서는데도 여느 어머니들처럼 두 팔을 허공으로 내저으며 호들갑을 떠는 기색을 본 적은 없었다.

나를 발견하고 천천히 밭고랑에서 몸을 일으키는 어머니의 한 손은 언제나 잔허리를 괴고 있었다. 그때 어머니가 건네는 말은 거두절미하고 딱 한마디였다. 여름이면 "덥제?" 겨울이면 "춥제?"가 그것이었다.

내가 툇마루에 엉덩이를 걸치고 앉으면 어머니는 십중팔구 내게 일어서라는 손짓을 보냈다. 그러고는 툇마루 한쪽에 밀어두었던 걸레를 가져와 먼지를 훔쳐낸 다음에 다시 앉기를 권했다. 그때 어머니의 시선은 줄곧 내 얼굴에 꽂혀 있었고,

갈고리처럼 성긴 두 손은 치맛말기를 걷고 안에 입은 고쟁이
주머니에 가 있었다. 주머니를 봉합하고 있는 옷핀을 뽑으며
어머니는 말했다.

"배고프제? 짜장면 시켜줄까?"

어머니가 생각하는 최고의 요리는 당신이 손수 끓여내는
된장찌개나 콩나물무침이 아니었다. 그것은 마을버스 터미널
곁의 초라한 장춘옥에서 배달되는 짜장면 한 그릇이었다. 내
가 방문할 때마다 열이면 열, 여축없이 짜장면을 사겠다고 생
색을 내는 데는 또다른 까닭이 있는 듯했다. 한 달에 한두 번
사용할까 말까 한 전화로 요리를 주문하면, 거의 수화기를 내
려놓자마자 필경 홍첨지의 사팔뜨기 아들이 철가방을 들고
쏜살같이 달려온다는 것을 어머니는 내게 자랑스럽게 보여주
고 싶은 듯했다. 어머니로서는 죽었다 살아난다 하더라도 그
짧은 시간에 한 끼의 식사를 장만할 수 없다는 것을 보여주는
것이기도 했다. 그 짜장면 그릇을 게걸스럽게 비우고 있는 나
를 물끄러미 바라보고 있던 어머니는 부엌으로 들어가 물 한
사발을 떠오며 말했다.

"얹챌라…… 물 마셔가면서 묵어라."

언제나 짜장면 한 그릇 값이 마련되어 있던 그 고쟁이 주머
니가 이승을 떠나는 마지막 날에는 정작 옷핀도 없이 비어 있
었다.

염꾼들은 옷을 모두 벗긴 뒤 걷어냈던 한지로 다시 시신을 덮었다. 어머니는 평생 동안 이웃이나 친척 들이 허물을 저질렀다 하더라도 등뒤에서 헐뜯거나 가시 돋친 악담을 늘어놓은 적이 없었다. 당신이 살아오면서 저지른 허물만 하더라도 태산처럼 쌓였는데, 어째서 뻔뻔스럽게 다른 사람의 뒤 구린 일을 입에 올려 나불거릴 수 있겠는가, 아마도 그런 생각을 하고 있는 듯했다.

염꾼들은 알코올을 묻힌 탈지면으로 어머니의 주름진 얼굴과 목 그리고 젖가슴을 닦아내기 시작했다. 살가죽만 겨우 달라붙어 있는 어머니의 양쪽 갈비뼈 위로 건포도와 같은 작은 유두가 무심하게 드러나 있었다. 아우도 그것을 목격한 듯 컥하고 울음을 토해냈다. 그것은 나와 어머니 사이에 있었던 오랜 우여곡절을 정리하는 시간이었다. 그런데도 정작 나는 관여하지 않고 천연덕스럽게도 구경꾼 노릇을 하고 있었다.

아우가 다시 훌쩍거리기 시작했다. 그때 염꾼들은 서로 약속이라도 한 듯이 번갈아가며 밭은기침을 했다. 눈물을 닦아내던 아우가 얼른 바짓주머니에서 흰 봉투 하나를 꺼내 염꾼한 사람에게 찔러주고는 다시 목청을 떨어가며 훌쩍거렸다. 그러나 나는 눈물이 나지 않았다. 그런데도 염꾼들의 기침은 그치지 않았다. 아우가 내 옆구리를 쿡 찔렀다.

그제야 나는 지갑에서 만원짜리 지폐 십여 장을 꺼내 아우에게 건넸다. 울고 있던 아우가 예사로운 얼굴로 커튼 밖으로 사라졌다. 잠시 후 다시 커튼을 들치고 들어서는 아우의 손에는 또다른 봉투가 들려 있었다. 곧장 염꾼들의 기침소리가 끊어졌다. 그들은 시신의 손톱과 발톱을 자른 뒤, 당초부터 한데 겹쳐지게 제작된 적삼과 속저고리, 속치마, 겉치마, 두루마기들을 순식간에 어머니에게 입혔다.

한 사람은 얼마 남지 않은 머리카락 몇 올을 가위로 잘라내 먼저 자른 손톱과 발톱을 골고루 분리하여 다섯 개의 붉은 주머니에 배분하여 담았다. 굳은 시신의 턱을 눌러 입을 벌린 다음, 쌀 세 숟갈을 떠넣는 시늉을 했다. 그리고 입과 코, 귀 같이 구멍난 부위는 모조리 솜으로 틀어막은 다음 교포로 뼈마디 일곱 군데를 찾아 단단히 결박했다. 벌거벗겨진 채로 약간씩 뒤틀려 있는 시신을 강압적으로 바로잡고 있는 염꾼들, 인간에 대한 마지막 예의조차 요구할 수 없는 참담하고 울적한 염습 뒤로 우두둑…… 지난 새벽 아파트 주차장에 주차된 승용차 보닛 위로 떨어지던 빗소리가 들렸다.

북두칠성을 본따서 일곱 구멍을 뚫은 칠성판 위에 시신을 옮기고 베개로 목을 괴어준 다음, 삼베이불을 덮었다. 그리고 관 속에 누운 시신이 움직이지 못하게 빈 곳을 옷가지 따위로 채워넣었다. 어머니의 시신이 너무나 쪼그라들었기 때문에 빈틈이 너무 많아 관을 채울 옷가지들이 많아졌다. 그리고 다섯 개의 주머니도 함께 관 속에 넣었다.

수시收屍가 얼추 마감이 되었다. 울고 있던 아우가 밖으로 나가 내보냈던 가족들을 데리고 들어왔다. 관 뚜껑을 덮기 전에 어머니의 시신을 마지막으로 보여주기 위함이었다. 염습에서 입관까지 걸린 시간이 얼추 한 시간은 됨 직했다. 그런데 어머니의 시신이 냉동 캐비닛에서 나와 염습을 하는 동안 염꾼들 중 한 사람의 입에는 줄곧 담배가 물려 있었다.

줄기차게 연기를 들이마시거나 내뿜는 동작을 하지 않는데도 그는 담뱃불이 필터 끝까지 타들어가서 꺼질 만하면 냉큼 알아채고 연달아 새 담배에 불을 당겨 물었다. 염습하는 일에 기력을 집중하느라, 시신에만 꽂혀 있는 시선을 돌린 적도 없었고 날렵한 손놀림을 멈추지 않는데도 불구하고 담뱃재가 아래로 떨어지고 불이 꺼지려는 순간만은 놓치지 않고 알아채는 것이었다. 어떤 때는 담뱃재가 시신의 수의 속에까지 떨어지는데도 전혀 개의치 않았고, 끝까지 담배를 연달아 무는 것을 멈추지 않았다.

담배연기는 실타래처럼 염꾼의 콧등을 가녀리게 타고 올라 이마를 지나 정수리 위에서 안치실 허공으로 날아 흩어졌다. 염꾼은 담배연기가 자신의 콧등을 타고 오를 적마다 매운 연기를 피하기 위해 눈을 찡그리거나 고개를 이리저리 돌렸다. 어머니의 염습 절차가 보공補空을 끝내고 입관할 때까지 내 시선은 줄곧 염꾼의 입에 물린 담배에 꽂혀 있었다. 그것이 어머니가 평생을 바쳐 사랑했던 아들이 안치실에서 한 일의 전부였다.

노인병원의 정문과 반대편으로 돌아앉은 안치실 밖에 관을 밀어 실을 수 있도록 개조한 미니버스 한 대가 기다리고 있었다. 어머니의 시신을 모신 관을 가운데 두고 나와 아우의 식솔들이 마주 보고 앉았다. 버스는 단출하게 구성된 상제들을 싣고 노인병원을 나섰다.

형제와 가족들 그리고 두 염꾼 외에는 도무지 사람의 모습이라곤 찾아볼 수 없었던 안치실의 비현실적인 분위기는 소름이 끼치도록 살벌했었다. 공포영화에 등장하는 폐가처럼 우중충한 노인병원이 먼지가 뽀얗게 묻어 있는 차창 뒤로 우쭐거리며 밀려나고 있었다. 버스가 포장도로를 만나면서 덜컹거림도 멈추었고, 덜 풀린 낙하산처럼 끈질기게 따라오던 먼지도 보이지 않았다.

나는 맞은편 좌석에 앉아 있는 아우의 아내와 그 딸을 물끄러미 바라보았다. 아우는 고개를 떨구고 어머니의 시신이 누워 있는 목관을 뚫어져라 바라보고 있었다. 그러나 그의 아내와 딸은 버스에 오르고 난 뒤부터 줄곧 차창 밖으로 시선을 고정하고 있었다. 나와 시선을 마주치는 것이 싫어서였을 것이다.

아우의 아내와 대면한 것도 꽤나 오랜만의 일이었다. 그들과 전화통화를 한 기억조차 별로 없었다. 자연 서먹서먹할 수밖에 없었다. 똑같이 어머니가 낳고 길러준 형제였지만, 아우의 가족들과는 누가 먼저랄 것도 없이 줄곧 소원한 관계에 머물러 있었다. 나 역시 아우 가족들이 안중에 없었고, 아우 가족들도 짝을 맞춘 듯 나의 가족들에게 냉담했다. 버스가 H시의 화장장에 도착하기까지 사십여 분 동안 아우의 아내와 딸은 차창에 기대 세워둔 통나무처럼 내가 앉은 좌석 쪽으로는 단 한 번도 고개를 돌리지 않았다.

버스는 꼬리 잘린 짐승처럼 진작 화장장을 찾아내지 못하고 변두리 도로를 이리저리 헤매기 시작했다. H시 어느 도로에서도 화장장을 가리키는 표지판을 발견할 수 없었다. 그런데도 버스기사는 당황하는 기색이 없이 천하태평으로 버스를 몰고 이면도로 여기저기를 들쑤시고 다녔다. 아우가 가만히 속삭였다.

"대리기사가 핸들을 잡았나봅니다."

"기가 차는군. 그렇다 해도 명색 운전기사란 작자가 목적지도 모르고 핸들을 잡았단 거야?"

"두고 봅시다. 화장장이 무허가란 얘기를 들었거든요."

"아니, 그게 무슨 소리야?"

"확실하진 않고 풍문으로 들은 얘깁니다."

아우의 말은 제대로 들어맞았다. 장례식장 입구를 찾아냈지만 응당 걸려 있어야 할 간판이 없었다. 버스가 뿌연 먼지가 날리는 장례식장 앞마당에 도착했을 때는 예정했었던 시각을 훌쩍 넘긴 열두시 반경이었다. 나는 아우에게 다가가 물었다.

"어째서 간판이 보이지 않지?"

아우가 못 들은 척하더니, 내가 자신의 얼굴을 줄곧 노려보고 있다는 것을 눈치챘는지 나직하게 말했다.

"이곳이 무허가라고 얘기하지 않았습니까."

"허가 없이 영업을 하고 있다는 거야?"

"무허가라도 뼛가루 걸러내는 일은 허가 난 곳이나 다를 바 없답니다."

"어째서 이런 혐오시설이 허가도 없이 영업을 하고 있다는 거야?"

"혐오시설이지만, 반드시 필요한 시설 아닙니까. 주변에 살고 있는 주민들 반대로 허가를 못 받아낸 것이겠지요. 자기들도 죽으면 이곳으로 올 수밖에 없을 것인데도 말입니다."

"그래도 무허가 화장장에서 어떻게 어머니를 떠나보내나……"

"선택의 여지가 없지 않습니까. 형님이라고 별수 있겠습니까. 허가받고 영업하는 곳을 찾아가자면, 이백오십 리 거리에

있는 D시까지 나가야 합니다. 우리에겐 무허가라도 영업하
는 곳이 있다는 것이 천만다행이지요."

"그래도 어찌 이럴 수가 있나."

"장례절차도 없이 화장을 하겠다는 우리 처지에 허가, 무허
가를 따진다는 것도 우습지 않습니까."

뒤통수를 한 대 얻어맞은 기분이었다. 나는 버스에 기대서
서 멍하니 구름 낀 허공을 바라보았다. 입관하기 전 아우가
실토했던 말이 생각났다. 어머니는 두 남자를 만나 각각 아들
하나씩을 낳았다. 말이 결혼이었지 두 번 모두 혼례를 치렀다
는 얘기는 듣지 못했다. 혼례를 치렀다는 증거가 될 만한 빛
바랜 사진 한 장 없었고, 잔치를 벌였다는 소문도 없었다. 철
이 들면서 그런 것이 궁금했던 적도 있었으나, 어머니의 심기
를 건드리는 일이 될까 해서 한 번도 물어본 적이 없었다.

어릴 때는 뭐가 뭔지 몰라서 묻지 못했고, 청년 시절에는
내가 상처받을까 묻지 못했고, 어른이 되어서는 늙은 어머니
에게 상처 줄까 해서 묻지 못했다. 그래서 아흔넷에 숨을 거
둘 때까지 어머니의 호적은 친정인 해주海州 최씨 댁에서 떠
난 적이 없었다. 두 남자를 만나서 두 아들을 두었지만, 그중
한 번도 혼인신고를 한 적이 없었기 때문이었다.

6

내 인생이 진작 변변찮은 고향을 무작정 떠나 갖은 신산을 겪게 된 것은, 어머니와 갑자기 모습을 드러냈던 새아버지의 기억, 그리고 거기에서 비롯되는 좌절과 수치심에서 벗어나고 싶었기 때문이었다. 어린 시절, 내겐 낯선 것에 대한 두려움과 호기심이 항상 함께했었다. 그래서 나는, 남이 보기엔 항상 어정쩡한 아이, 이도 저도 아닌 아이, 주저가 많고 단호하지 못한 그런 얼치기로 취급되어 또래들로부터 줄곧 따돌림을 당하곤 했다. 그것을 일목요연하게 정리해서 어머니에게 실토하기란 정말 힘든 일이었다. 일자무식이었던 어머니는 고향 밖으로는 단 한 발짝도 내디딘 적이 없었기 때문에 세상을 속일 겨를이 없었으나, 글줄이나 배웠다는 나는 고향을 떠난 직후부터 거짓투성이로 세상을 속이며 살아왔다.

그런 어머니가 결국 무허가 장례식장에서 화장을 당하게
된 것은, 우연이긴 하겠지만 생시에도 팔자 드셌던 어머니에
게 너무나 가혹한 결말이란 생각이 가슴을 쳤다. 아우와 가족
들은 그때까지 버스 곁을 떠나지 않고 있는 나를 못마땅한 얼
굴로 바라보고 있었다. 참다못한 아우가 가만히 다가와 한마
디 비꼬았다.

　"형님, 탐탁잖으시면 매장으로 바꿀까요? 이 도시에서 방
귀깨나 뀌고 산다는 유지들도 상 당하면 모두 이 무허가 장례
식장을 찾아옵니다."

　나는 분향실을 겸하고 있는 유가족 대기실로 들어섰다. 대
기실에는 나와 아우의 가족들뿐이었다. 앞서 그곳을 지나간
유가족들이 피운 향냄새가 분향실에 가득했다. 나는 손으로
코를 막으며 숨을 죽였다. 구역질이 났다. 연소장치가 있는
연소실 입구에는 먼지가 뿌옇게 앉은 작은 제사상이 놓여 있
었다. 이 분향실에 비치되어 제사상에 여러 번 오르내린 것이
분명한 사과와 배 그리고 배를 갈라 건조시킨 명태 한 마리가
미라처럼 말라비틀어진 채 은박접시 위에 누워 있었다. 그 제
사상 뒤로 어머니가 누워 있을 연소실이 바라보였다. 남루한
행색의 늙은 안내원이 '이놈아 절부터 올려라' 하는 듯한 삼
엄한 표정으로 나를 노려보았다. 내가 생각해도 슬픔의 무게
라곤 느낄 수 없는 시늉뿐인 절을 두 번 올렸다. 바닥에 깔아

놓은 돗자리는 몇 년을 끌고 다녔는지 땟국이 꼬질꼬질하게 묻어 있었다. 뒤이어 아우, 그리고 그의 아내와 딸이 서열에 따라 절을 올렸다.

안내원이 거친 동작으로 제사상을 밀치고 바닥에 깔았던 돗자리를 키질하듯 들까불어 걷어냈다. 분향실 안에 또다시 뿌연 먼지가 일어났다. 눈치껏 수고비를 찔러주지 않았던 까닭이었을 것이었다. 세상의 야박한 인심에 온 몸뚱이가 노출되어 있는 그 안내원의 건방지고 냉소적인 패악에도 아우와 가족들은 수줍음 타는 여자들처럼 얌전하게 고개를 숙이고 서 있었다.

나는 어머니의 시신이 연소실로 들어가기 전에 문을 열고 밖으로 나와버렸다. 구역질이 자꾸만 목젖을 타고 기어올라왔다. 장례식장 뒤로 산등성이를 잘라낸 시뻘건 절개지가 드러나 있고, 그 아래 자리잡은 채석장에서는 육중한 화강석을 파고드는 할석기의 소름끼치는 절단음이 쉴새없이 들려오고 있었다. 나도 모르게 채석장 쪽으로 걸어갔다.

울퉁불퉁한 뱃살을 드러내고 있는 절개지 아래로 굴러떨어진 화강석들이 어지럽게 나뒹굴고 있었다. 보안경을 쓴 인부 한 사람이 허연 돌가루를 잔뜩 뒤집어쓴 채 화강석 한쪽을 밟고 서서 전기톱으로 자르고 있었다. 돌가루 때문에 인부의 얼굴조차 분별할 수 없었다. 그는 느닷없이 모습을 드러낸 나를 힐끗 곁눈질하다가 작업을 계속하더니, 무슨 생각에선지 한 순간 톱질을 멈추고 보안경을 벗었다. 그의 휑한 두 눈이 양 미간을 사이에 두고 선명하게 드러났다. 사내는 작업화를 신 은 발로 뚜벅뚜벅 걸어 사이를 좁히면서 내게 다가와 물었다.

"어디서 나오셨습니까?"

난감했다. 어디서 왔느냐고 묻지 않고 어디서 나왔느냐고 물었기 때문이었다. 그 순간 장례식장처럼 이 채석장 역시 무 허가일지 모른다는 생각이 스쳐갔다. 나는 어색한 웃음을 지 으며 말했다.

"저기 장례식장에 왔다가 잠시 바람 쐬러 나온 것입니다."

"보시다시피 여긴 온통 돌가루가 날아다니는 작업장이어 서 바람 쐴 곳이 못 되는데요. 바람을 쐬려면 맞은편 산꼭대 기로 올라가야지요. 그 근처에 바람골이 있습니다."

사내는 엎어진 김에 쉬어가자는 듯, 작업복 바짓주머니에 서 담배를 꺼내 입에 물었다. 불을 댕기고 난 다음 대답을 들 으려는 듯 그는 나를 빤히 바라보며 담배연기를 내뿜었다.

"톱질하는 소리가 나길래 별생각 없이 걸어왔습니다. 다른 뜻은 없습니다."

그만하면 충분히 이해가 되었을 법한데 사내는 다시 파고 들었다.

"장례식장에서 오셨다고 했지요?"

"예."

"가족 중에 변고를 당하신 분이라도 계셨습니까?"

나는 또다시 난감한 지경에 빠졌다. 채석장에서 톱질하고 있는 사람에게까지 주책없게 어머니의 장례를 치르고 있는 중이란 말을 해야 하는 것인지 종잡을 수 없었다. 만약 곧이곧대로 대답했다간 어머니의 시신을 연소실에 넣어둔 상제가 불상놈처럼 어디를 쏘다니고 있느냐고 면박당하기 십상이란 생각이 들었다. 머뭇머뭇하고 있는데 그가 반듯하게 놓인 내 등뒤의 자투리 화강석을 가리키며 말했다.

"거기 앉으시죠."

"괜찮습니다. 가야지요."

"좋으실 대로…… 이 채석장은 엄연히 허가가 난 사업장입니다. 그러나 저 화장장은 무허가로 출발해서 지금까지 수년째 죽은 사람을 불에 태우고 있습니다. 도적놈들, 나이 들었거나 젊었거나 죽는 것이 억울하긴 매일반인데, 그런 억울한 사람들을 실어다가 무허가로 태워주고 돈은 허가 난 장례식장과 똑같이 챙긴다는 게 말이 됩니까? 세상에 저런 날도둑 놈들이 어디 있습니까. 노형께서는 어떻게 생각하십니까?"

"저로선 별로 할 말이 없네요."

"무허가로 사람을 태우고 있는 작자들이 걸핏하면 허가 난 채석장을 하루에도 몇 번씩 찾아와서 톱질 멈추라고 주둥이에 게거품을 빼물고 협박하고 돌아갑니다. 이런 걸 세상에선 적반하장이라고 하는데, 이 세상에 사기꾼이나 도둑놈 들 치고 든든한 백 안 가진 놈들이 없기 때문에 벙어리 냉가슴 앓듯 당하고만 있습니다."

그때 문득 어릴 적 정미소에서 보았던 외삼촌의 얼굴이 떠올랐다. 어머니보다 손아래였으나 뇌졸중으로 먼저 저승으로 간 외삼촌은 한때 정미소에서 일하던 막일꾼이었다. 보안경도 없이 온 얼굴과 몸에 왕겨를 잔뜩 뒤집어쓰고 있어 웃을 땐 이빨만 하얗게 보였던 외삼촌은 곡식가마니를 나르다 말고 기둥 뒤에 숨어서 구경하고 있는 나를 발견하면 히쭉 웃어주곤 했다. 그러곤 먼 느낌이 들도록 손사래를 치며 내치는 시늉을 해 보였다.

외삼촌은 운행중인 벨트에 무의식중에 손을 집어넣었다가 왼손가락 두 개를 잃은 뒤 정미소 일을 그만두었다. 그만두기 전에 보상을 피하려는 정미소 주인과 대판 시비가 벌어졌으나 결국은 단 한 푼의 치료비나 보상금도 받지 못했다. 모든 불찰이 외삼촌에게 있었다는 주인의 주장에 뚜렷하게 들이댈 명분을 찾지 못했기 때문이었다. 외삼촌은 "에이, 나쁜 놈" 하는 욕설 한마디로 시비를 끝냈을 뿐이었다. 그러니까 그만두게 되었다기보다 쫓겨났다는 말이 더 정확할 것이었다. 그뒤부터 외삼촌의 왼손에는 여름 겨울 할 것 없이 면장갑이 끼워져 있었다. 그 외삼촌을 흥분시키려면 거두절미하고 "병신 육갑 떠네" 한마디면 되었다.

　연소실로 돌아온 나는 햇볕이 드는 벽 아래 쪼그리고 앉아 담배를 꺼내물었다. 비로소 나도 모르게 눈물이 쏟아졌다. 울고 싶지 않았는데, 눈물이 먼저 볼을 타고 흘러내렸다. 주체할 수 없이 흘러내린 눈물이 입에 문 담배를 적셨다.

　"엄마."

　젖은 담배를 버리고 다시 담배를 꺼내 불을 댕겼다. 화덕속에서 회오리치는 화염 소리가 시멘트벽을 타고 내가 앉아 있는 곳까지 확연하게 전달되었다. 나는 연소실 벽에 등을 기댔다. 벽은 연소실의 회오리치는 화염의 파장 때문에 거칠게 떨리고 있었다. 그 벽으로 말미암아 떨림은 한층 고조되고 있었고, 그것이 나로 하여금 소멸되어가는 어머니를 절절하고 그립게 만들었다. 아우의 전화 통기를 받고 서울을 떠나온 이후 비로소 흐릿하고 아득하게 어머니가 보고 싶었다. 지금처럼 애간장을 태울 만큼 어머니를 그리워했던 적은 없었다. 나는 진동으로 떨리고 있는 연소실 벽에 등을 밀착시켰다. 흡사 그것이 어머니의 등인 것처럼. 장례식장을 감싸고 있는 산등성이가 흐릿한 시야 안으로 들어왔다. 나무도 보이지 않는 민둥산이었다. 그 산등성이들이 서로 어깨를 우쭐거리며 뒤섞여 멀리로 밀려가고 있었다. 그 위로 한 덩어리의 회색 구름이 떠 있었다.

아우가 다가와 우울한 목소리로 물었다.

"평소 어머니와 달가운 사이는 아니었지만, 마지막 가시는 길인데, 형수님도 같이 오실걸 그랬습니다."

"친구들과 동행으로 중국 장가계인가 계림인가 경치 좋다는 곳으로 여행을 떠난 지 이틀이나 되었어."

아내가 여행을 떠난 것은 사실이었으나, 입에 침도 안 바르고 해외여행을 떠났다고 거짓말을 했다.

"연락이 안 됩니까?"

"우리 서로 그런 연락 안 하고 산 지 오래됐어. 가면 가는가 보다 오면 오는가보다 하고 무덤덤하게 살고 있지."

아우는 발부리 아래로 침을 뱉고 나서 구두 뒤축으로 쓱쓱 문질렀다.

"형님 폐기종 진단 나와서 담배 끊었단 얘기 들은 것 같은데요……"

"청량리에서 기차 탈 적에 한 갑 샀어."

"담배 끊고 나서 단 한 개비만 다시 피워도 도로아미타불이란 말이 있던데요."

"난 그렇게 매몰차지 못하다는 거 알고 있잖아."

아우는 다시 화덕이 있는 출입구 쪽으로 몸을 돌렸다. 그리고 다시 한 시간쯤 흐른 뒤, 보자기로 맵시 있게 싸맨 유골용

기 하나를 품에 안고 모습을 드러냈다. 그때 나는 문득, 초등
학교 시절 소풍 가던 날, 어머니가 도시락 대신으로 이웃집인
권씨 댁에서 빌려왔던 뚜껑 있는 우멍주발을 떠올렸다. 아우
가 제 가족들이 듣는 건 거북했던지 내 귀에만 대고 나지막하
게 말했다.

"아직도 따뜻하네요."

의중에 무슨 음모가 숨어 있는지 모르겠지만, 아우는 기회
있을 때마다 내게 살아 있을 때의 어머니를 기억시키려 애쓰
고 있었다. 음모라고 하면 과장된 표현이겠지만, 어떤 의도가
숨어 있는 것만은 틀림없었다.

아우의 가족들과 함께 타고 왔던 미니버스에 다시 올랐다.
버스는 성씨가 서로 다른 우리들 형제의 고향이면서 어머니
의 고향이기도 한 월전리 쪽을 향해 달렸다. 일제시대 때 그
곳을 '월전月田'이라는 한자어로 고쳐 부르기 전에는 '달밭'이
라고 불렀다. 사방이 산으로 둘러싸여 있어 골짜기가 워낙 깊
었기에 달빛이라도 그 골짜기로 한 번 흘러들면 밤새 그대로
고여 있어 그렇게 불렀다는 말이 있었다. 버스는 그 마을 쪽
으로 난 도로를 따라 달려가고 있었다. 장례식장으로 찾아올
적에는 버스 복도 쪽에 어머니의 시신이 안치된 목관이 놓여
있었다. 그러나 이제 고향마을로 돌아갈 때는 목관 속에 있었
던 어머니가 밖으로 나와 다시 작은 항아리 속에 갇힌 채로

아우의 무릎 위에 얌전하게 얹혀 있었다. 그 양옆으로 아우의 아내와 딸이 역시 무표정한 얼굴로 앉아 차창 밖으로 시선을 돌리고 있었다.

나는 버스 차창의 위쪽 가녘을 따라 둘러친 커튼이 흔들리고 있는 것을 바라보고 있었다. 한 시간 정도가 흘러간 뒤 교량 초입에 있는 간이정류소 앞에서 우리는 내렸다. 우리를 내려놓은 빈 버스는 슬금슬금 월전마을 쪽을 향해 사라졌다. 아우의 아내와 딸은 간이정류소 뒤쪽으로 가서 상복을 벗고 평상복으로 갈아입는 눈치였다. 우리는 그곳에서 삼십 분 정도, 완행버스를 기다렸다. 아우의 아내와 딸이 그 버스에 올라타는 것까지 지켜본 뒤, 나와 아우는 교량 왼쪽으로 난 오솔길을 따라 걷기 시작했다. 묻지도 않았는데, 아우가 먼저 입을 열었다.

"어머니 정신이 말짱할 적에 내가 의중을 떠봤습니다. 이곳에다 뿌려드리겠다고……"

"뭐라고 하셨어?"

"검다 쓰다 아무 대답을 않고 눈물만 글썽이면서 저를 바라보기만 했어요. 그때까지도 매장해서 무덤을 만들지 말라고 하신 말씀은 거둔 적이 없었으니, 어디다 뿌려드린들 무슨 불만이 있겠습니까. 높은 곳에 올라가서 바람 불기 기다렸다가 날려드리면 되겠지요. 아흔넷까지 사실 동안 태어난 곳에서 오십 리 밖으로는 나가보신 적이 없었으니 이제 돌아가시고 난 뒤 모질고 주눅들었던 가슴속 응어리 훌훌 털고 오백 리 천 리 밖에 있는 멀고먼 고장으로 밤마실 가게 되었다는 생각을 하셨을 터이지요."

"절에다 안치해달라는 말씀은 없었나?"

"가근방에는 마땅한 납골시설이 없습니다. 그래서 불교와 인연을 두고 있는 사람들은 대개 유골을 절에다 봉안합니다. 저도 어머니 몰래 유골함을 모셔줄 마땅한 절간을 여기저기 수소문해보기도 했습니다. 그런데 형님 아시다시피 가까운 곳에는 안심하고 맡겨둘 만한 절이 없지 않습니까. 게다가 요 사이 사찰에서는 유골함 모시는 일쯤은 탐탁잖게 여겨서 방치하기 일쑤랍니다. 여름 장마철이 되면 유골함에 벌레가 슬고 지네가 우글거린다는 흉측한 말이 돌고 있습니다. 그래서 아예 단념해버렸습니다. 유골용기에서 벌레가 생기다니……상상만 해도 비위가 뒤틀리는 일 아닙니까."

우리는 앞서거니 뒤서거니 오솔길을 걸어 산등성이에 당도했다. 미처 상상할 수 없었던 아늑한 풍광이 발아래로 펼쳐져 있었다. 얼른 보아도 초등학교 시절 소풍을 자주 왔었던 합강이었다. 북쪽에서 흘러든 낙동강의 지류인 반변천이 우리 두 사람이 서 있는 발아래의 산코숭이를 동북쪽으로 휘감고 돌아 남으로 흘러내리면서 동쪽 계곡에서 흘러드는 여울과 서로 만나는 두물머리 지형이었다. 그래서 마을 이름이 '합강'이었다. 작은 반도처럼 동북으로 휘어진 강줄기 앞쪽으로 꽤나 넓은 들판이 형성되어 있고, 그 들판 한쪽으로 이십여 호를 헤아리는 촌락이 거북처럼 너부죽하니 엎드려 있었다.

한 시절 유행했던 푸르거나 붉은 색의 페인트칠을 한 지붕은 보이지 않고 기와를 올린 한옥 고택이 대부분이었다. 기와지붕 사이로 몇몇의 아담한 초가지붕이 바라보였는데, 그것들은 대개 측간이거나 연모를 넣어두는 잿간 들이었다. 유려한 곡선을 이룬 기와지붕들 위로 엷은 햇살이 따사롭게 내리쪼이고, 마을 초입을 벗어난 모래톱 위로는 요사이 보기 드문 섶다리 하나가 물길을 건너 마을 앞쪽 산기슭에 오롯이 숨어 있는 농로와 이어져 있었다. 여울 한쪽 끝자락을 따라 간선도로 한 줄기가 아득하게 바라보이는 월전리 쪽으로 이어지고 있었다. 얼굴을 스치는 바람 때문일까, 난데없는 재채기를 하다 말고 아우가 말했다.

"형님, 여기가 좋겠지요?"

"채근 말고 가만 좀 기다려봐. 아직 다섯시도 안 됐네……"

"벌써 석양인걸요. 산골에서는 해가 일찍 빠집니다."

"이젠 뼛가루에 불과하지만……"

"기왕 헤어질 사이 아닙니까. 아흔네 해 동안 머뭇거리기만 한 삶이었는데 이제 와서 무슨 미련이 또 남아 머뭇거린단 말입니까."

"그 돼먹잖은 명분 너무 찾지 마라. 우리 세 사람 이렇게 나란히 서서 저 마을을 바라보는 것도 잠깐이면 두 번 다시 없을 해후가 아니냐."

"이미 저승으로 사라진 어머니를 두고…… 별말씀을 다 하네요."

"넌 어째서 내 말이라면, 항상 그렇게 쌍지팡이를 짚고 나서냐?"

시종일관 유골함을 꼭 끼고 서 있는 아우가 힐끗 나를 일별했다. 그러나 어색하게 웃음짓는 아우의 그 눈길에 적의가 배어 있지는 않았다. 하지만 아우의 가슴속에 도사리고 있는 혐오감 속에는 성이 다른 형이 존재하고 있을 것이었다. 겉으로 드러내놓고 말한 적은 아직 없었으나 가슴속에는 그런 포원이 가득 배어 있을 것이었다.

지난겨울에 할퀴고 지나간 지독한 가뭄 탓인가보았다. 강줄기 곳곳에 물에 잠겨 있어야 할 바윗돌들이 여울 위로 악어의 이빨처럼 비쭉비쭉 드러나 있었다. 갑자기 바람이 불어오기 시작했다. 강가의 모랫벌에는 지난가을에 뽑힌 잡초들이 바람을 따라 뿌리째 뒹굴고 있었다. 우연이었겠지만, 하필이면 아우가 어째서 이곳을 선택한 것일까.

"이렇게 풍광 좋은 곳을 어떻게 찾아냈지?"

"시간 있을 때마다 여기저기 둘러봤습니다. 왜요? 잘 아는 장숩니까?"

"아니……"

나는 그렇게 얼버무리고 말았다. 아마 초등학교 사학년 가을소풍 때였을 것이다. 초등학교에 입학하면서부터 나는 일 년에 한 번뿐인 소풍날이나 운동횟날이 다가오면, 고조되는 감정을 감출 수 없었다. 일 년에 딱 두 번 그날이 되면 도시락에 싼 점심을 먹을 수 있었기 때문이었다. 그 시절 아이들은 양은으로 만든 타원형이나 직사각형의 도시락을 지니고 다녔다. 그러나 걸핏하면 점심 끼니를 건너뛰곤 했던 내겐 다른 아이들이 흔히 가지고 다니던 도시락이 없었다.

겨울이 다가와 혹한이 몰아칠 때쯤이면, 교실에선 난로를 피우기 시작했다. 점심시간이 되면 도시락을 싸온 아이들은 하나둘씩 양은도시락들을 장작난로의 뚜껑 위에 올려놓기 시작했다. 시간이 지날수록 쌓이는 도시락은 늘어났고 급기야 도시락들의 피라미드가 높다랗게 생겨났다. 교실에는 쉰 김치와 텁텁한 고추장과 장아찌와 밥이 익는 냄새가 진동했고 그 냄새가 굶주린 뱃구레를 자극했다. 아이들은 밥이 타지 않고 따끈따끈하게 데워지는 위치를 차지하기 위하여 쟁탈전을 벌이곤 했다.

김이 무럭무럭 오르는 도시락을 책상으로 가져가 먹는 광경을 창밖에서 바라보기만 하는 일은 차라리 고문에 가까웠다. 아이들이 가진 그런 양은도시락 한 개만 가질 수 있다면 나는 어머니라도 팔 수 있을 것 같았다. 그러나 양은도시락은 좀처럼 내게 다가오지 않았다.

점심밥을 싸줄 수 없는 형편이었던 어머니는 핑곗거리를 만들기 위해 고의로 도시락을 마련하지 않았는지도 몰랐다. 그러나 소풍날이나 운동회가 열리는 날만은 도시락을 싸줘야 했기에 이웃집으로 도시락통을 빌리러 다녀야 했다. 그러나 도시락통은 빌릴 수가 없었다. 그날은 그 마을에 살고 있는 초등학생 전부가 소풍 가는 날이었기 때문이었다. 그래서 온 마을을 서캐 잡듯 뒤진다 해도 어머니에게 빌려줄 도시락이 남아 있을 리 없었다.

마을을 헤매던 끝에 어머니가 드난살이로 출입이 잦았던 권씨 댁에서 도시락통 대용으로 빌려온 그릇이 있었는데, 그게 바로 놋쇠로 만든 우멍주발이었다. 보통 밥그릇과는 달리 뚜껑이 있어서 전체적인 모양이 축구공처럼 둥글었다. 어머니는 그 주발에 보리밥과 고구마를 얹어 점심밥을 쌌다. 그리고 뚜껑이 어긋나서 밥이 쏟아지는 불상사가 생기지 않도록 보자기로 꽁꽁 싸고 맵시 있게 묶은 다음 내 손에 들려주었다. 어머니는 그때마다 도시락을 집어던지지 말고 어떤 경우에도 손에 들고 다니란 당부를 몇 번이나 되풀이했다. 점심을

거르게 될까 걱정돼서가 아니라, 방짜 놋쇠그릇을 잃어버릴
까봐 걱정되었기 때문이었다.

"이 그릇을 팔촌에 벌초 빌듯해서 빌렸다. 니가 이 그릇을
잃어버리거나 깨기라도 해버리면, 우리 모자 이제는 다 살았
다. 내 말 알아듣겠제?"

"예."

"건성으로 예 하지 말고 명심하그라."

"예."

"그냥 예 하는 게 아니다."

"그러면 어쩌란 말입니껴."

"명심하란 말이다, 이 녀석아."

"알겠씸니더."

암팡지지 못할 뿐 아니라, 창피한 것을 대수롭지 않게 여기
는 넉살조차 없는 나는 그 도시락을 어떤 경우에도 옆구리에
끼고 다니라는 어머니의 채근이 부담스러웠다. 그러나 내 턱
밑에 종주먹을 들이댈 만치 간곡한 당부였으므로 눈물을 글
썽이며 그 도시락 보따리를 건네받았다.

그날의 소풍 장소는 학교에서 십오 리가량 떨어진 합강이
었다. 목적지에 도착한 것이 점심시간에 임박한 열한시 반경
이었다. 아이들은 도시락을 큰 바위 뒤쪽에 쌓아둔 다음, 선
생님의 지시에 따라 축구나 기마전을 하거나 보물찾기에 나

섰다. 약 한 시간 동안 보물찾기에 열중하다가 시상까지 끝내고 나니 오후 한시를 넘긴 시각이었다. 그리고 곧장 점심시간이었다. 그러나 공교롭게도 내 도시락을 찾을 수 없었다. 그 순간 가슴이 철렁 내려앉았다. 도시락을 잃어버리면 우리는 다 살았다고 종주먹을 들이대던 어머니의 말이 귓속을 파고들었다.

아이들 모두 자신의 도시락을 찾아들고 삼삼오오 자리를 잡는데도 나는 그때까지 도시락을 찾지 못하고 있었다. 냇가를 여러 번 오르내리며 자갈밭을 샅샅이 뒤져보았지만, 내 우멍주발 도시락은 행방이 묘연했다. 나는 새파랗게 질려 얼이 빠진 상태에서 냇가에 우두커니 선 채로 두리번거리고만 있었다. 눈앞이 갑자기 흐릿하고 아득했다.

가슴속에 숨어 있어 단 한 번도 노출된 적이 없었던, 각양각색으로 몸치장을 한 유령들이 음산한 몰골을 드러내고 냇물의 여울을 따라 혀를 널름대며 우쭐우쭐 흘러가고 있었다. 점심을 먹지 못하게 되었다는 것보다 놋쇠그릇을 잃어버렸다는 낭패가 가슴속을 파고든 탓에 보이는 헛것이었다. 어머니가 그릇을 빌려준 권씨 댁으로부터 당할 경멸과 질책을 생각하려니 죄책감이 가슴을 호비칼로 후비는 듯했다.

언젠가 양조장에서 얻어온 술지게미로 아침밥을 대신하고 등교했던 날, 쥐불알만한 놈이 아침부터 술에 취해 등교했다고 매질했던 선생님이 멀리 있는 나무 그늘 아래 서서 냇가를 헤매고 있는 나를 지켜보고 있었다.

밥통이 발견되기만을 바라며 다시 허둥지둥 강가를 오르락 내리락하던 중, 도시락을 두었던 장소와 상당히 멀리 떨어진 모래톱에서 보자기가 풀어진 채로 뒹굴고 있는 우멍주발 도시락을 발견했다. 다행스럽게도 주발은 뚜껑까지 온전하게 붙어 있었다. 속에 들어 있던 밥보다 밥그릇이 온전하다는 사실에 가슴이 두근거렸다. 나는 부리나케 그릇과 보자기를 수습하여 물가에 있는 바위 뒤로 잽싸게 몸을 숨겼다.

다행스럽게도 나는 다른 아이들의 관심 밖에 있었다. 선생님을 가운데 앉히고 그려놓은 것처럼 질서정연하게 둥글게 모여앉아 점심 도시락과 음료수를 즐기는 아이들의 모습이 먼발치로 바라보였다. 그릇 뚜껑을 열어보았다. 아이들이 이것으로 축구공을 대신하여 시합을 벌였다면 속에 든 점심거리가 온전할 리 없었다. 예상대로 도시락은 모래 반 밥 반이었다. 나는 밥통 속에서 고구마를 따로 골라냈다. 그리고 일본 고지마라는 무인도에서 살고 있다는 원숭이들처럼 강물에다 고구마에 묻은 모래흙을 알뜰히 씻어냈다. 선생님과 아이들의 시선을 등진 바위등걸에 바싹 기대고 앉아 고구마를 목이 미어져라 삼켰다.

드디어 나도 모르게 내 깊은 곳 어디에서부터 토악질하듯 울음보가 터져나왔다. 목구멍이 미어져라 밀어넣었던 고구마가 울음이 터져나오는 것과 동시에 모랫벌 위로 흩어졌다. 눈물의 도시락을 먹고 주발을 물로 깨끗이 씻은 다음 보자기에 싸서 아이들이 모여 있는 곳으로 걸어갔다. 그때 언제부턴가 내 거동을 유심히 바라보고 있던 선생님이 손짓으로 나를 불렀다.

"야, 배경원. 너 이리 와봐."

선생님은 내 손에 들려 있던 주발을 빼앗아 뚜껑을 열어보더니 격앙된 얼굴로 나를 윽박질렀다.

"배경원, 너 반 친구들하고 어울려서 도시락을 까야지, 왜 혼자 바위 뒤에 숨어서 도시락을 까?"

나는 어깨를 축 늘어뜨리고 시선을 내리깐 채, 물론 묵묵부답이었다. 수업시간이건 길거리에서 우연히 마주쳐서건, 선생님이 질문을 하면, 그 내용이 뭐라도 나는 언제나 침묵으로 일관했다. 마을에 있는 그 수많은 사람들 중에 유독 선생님만 만나면 나는 화석처럼 굳어져 말문부터 막혀버렸다. 선생님이란 직업을 가진 사람은 꼭 내 앞에 있지 않더라도 그 존재자체가 너무 두렵고 어려웠다. 선생님은 낮지만 단호한 목소리로 말했다.

"무릎 꿇고 앉아서 두 손 높이 쳐들어…… 아니, 그 이상하게 생긴 주발도 같이 들고."

나는 아이들이 보는 앞에서 주발 도시락을 높이 쳐든 두 팔이 떨리고 오금이 저려올 때까지 체벌을 받아야 했다. 그렇게 얼마나 지났는지는 알 수 없었지만, 견딜 만했다. 팔이 저리고 아팠지만, 주발을 잃어버리지 않은 것만으로도 그 정도 고통쯤은 잊어버릴 수 있었다. 그러나 일 년에 한 번뿐인 즐거운 소풍날에 나는 어째서 선생님으로부터 그토록 미운털이 박혀버렸는지는, 어렴풋이 짐작하고 있었다.

어머니는 선생님으로부터 호출당하는 것을 가장 두려워했다. 한 번도 호출에 제대로 응해본 적은 없었지만, 얼굴이 일그러질 정도로 두려워했다. 나는 학교에 입학한 이후, 단 한 번도 월사금을 낸 적이 없었다.

"선상님도 그렇지, 지금까지 월사금을 한 번도 내본 적이 없다는 것을 빤히 알고 계실 텐데, 어째서 잊어버리지도 않고 줄곧 월사금 독촉을 하시는지…… 선상님도 참 답답한 양반이시네. 그 양반은 전근도 안 가시나."

후에 아우가 선생님이 되어 학교로 부임하기 전, 어머니는 아우를 불러앉히고 물었다.

"요사이는 월사금 안 내고 버티는 부모들은 없제?"

집에 돌아가서도 그날 소풍에서 벌어졌던 불상사들에 대해선 말하지 않았다. 놋주발이 조금도 훼손되지 않고 온전한 모습으로 돌아왔다는 것에 어머니는 퍽이나 안도하는 눈치였다. 씻고 또 씻어서 밥풀때기 하나 묻었던 흔적까지 깨끗하게 닦인 놋주발을 받아든 어머니의 얼굴엔 다행스러움과 나에 대한 측은한 마음이 교차하고 있었다. 어머니는 그래서 모래 반 밥 반으로 되돌아온 보리밥을 체에 걸러내면서도 자초지 종에 대해선 묻지도 않았다.

아우가 보자기를 풀고 유골함을 내밀었다. 나는 뼛가루를 한줌 집어올렸다. 모래를 움켜쥔 것처럼 담담했다. 팔을 허공으로 높게 뻗어 갈지자로 흩뿌렸다. 어머님은 세차게 불어오는 바람을 타고 민들레 꽃씨처럼 산기슭 위로 흩어졌다. 일부는 먼지처럼 떨고 있는 사시나무와 키 작은 소나무 둥치 위로 송홧가루처럼 내려앉았다. 그 산기슭 너머 멀리로 반변천의 냇물이 희미한 흔적을 남기며 흘러가고 있었다. 아우의 입에서 들릴 듯 말 듯 한마디가 흘러나왔다.

"잘 가요, 엄마."

안개처럼 씨앗처럼…… 한평생 무겁고 가혹한 삶의 중력에서 벗어날 날 없었던 어머니는 결국 한줌의 먼지였다. 그러나 민들레 꽃씨가 되어 바람을 타고 멀리로 흩어지는 것은 잠깐의 착시였을 뿐, 먼 느낌이 들도록 던진 몇 줌의 먼지는 대부분 우리들 두 사람의 바짓가랑이와 구두 위로 내려앉았다. 그렇게 해주 최씨였던 어머니는 끼닛거리 마련에 평생을 박해받은 이승에서 처연하게 소멸되고 말았다.

"무슨 미련이 또 남으셨는지."

발부리에 떨어진 어머니의 잔해를 손등으로 툭툭 털어내던 아우가, 허리가 휘도록 격렬한 기침을 토해냈다. 그리고 한동안 먼 곳으로 들쭉날쭉 기어가는 산주름을 바라보며 우리는 그날 하루 아무 일도 없었던 것처럼 오래도록 천연덕스럽게 서 있었다.

아우의 아내와 딸이 승차했던 간이정류소에서 버스를 기다리며 나는 검은 넥타이를 다시 윗도리 안주머니에 구겨넣고 빨간 넥타이를 꺼내 맸다. 아우도 넥타이를 풀고 노타이 차림이 되었다. 그곳에서 월전리까지는 시내버스로 치면 서너 구간 거리에 불과했다.

어머니는 아우네 가족들과 한마을에서 살긴 했지만, 한지붕 밑에서 살진 않았다. 어머니의 집은 아우네 집과 멀찌감치 떨어진 논바닥 한가운데 있었다. 두번째 남편이었던 한주범씨가 단명하고 돌아가신 이후, 이십 년 동안 혼자 거처해왔던 가옥을 버리고 습지 위에 지은 아파트로 옮겨 살았다. 어깨에 바람만 잔뜩 들어 까닭 없이 통이 큰 척 건방지고, 내공도 없으면서 말대답은 넙죽넙죽 잘하는 시골 건축업자가 지반도 다지지 않고 논바닥 위에 날림으로 지은 사층짜리 서민아파트였다. 그 아파트 일층, 시늉뿐인 거실과 콧구멍만한 방 두

칸짜리 집에서 어머니는 진공관 텔레비전 한 대를 신줏단지
처럼 부둥켜안고 살았다. 그리고 제주도의 늙은 아낙네들처
럼 끼니도 당신이 손수 끓여 먹었다.

　며느리와 손녀가 같은 마을에 살고 있었으나, 그들에게 짐
이 되는 일을 극도로 경계하여 그 자체로 고통인 기억이 이끼
처럼 묻어 있는 집은 아우네 가족에게 양도하고, 대신 아우가
마련했던 아파트로 옮긴 것이었다. 그것이 숨 거두기 팔 년
전의 일이었다. 어머니가 거처를 그 볼품없는 아파트로 옮기
기 전에 아우로부터 전화가 걸려왔다.

　"형님도 아시다시피 오랫동안 정 붙이고 살던 집을 떠나려
니까, 발걸음이 떨어지지 않는 모양입니다. 그래도 그 집에서
떠난다는 결심은 변함이 없고 대단한 집착도 없는 것 같은
데…… 무슨 까닭인지 그 집은 아랫목 윗목이 있어서 좋았다
는 말씀을 넋두리처럼 늘어놓네요. 아파트는 아랫목 윗목이 따
로 없이 온 방 안 구석구석이 뜨끈뜨끈하다고 귀가 따갑도록
몇 번이나 연거푸 말씀드렸는데도 그 말은 들은 척도 않아요."

　"그러지 말고 어머님 평생 살 붙이고 살던 집에서 어머님
모시고 함께 살지 그러냐. 내게도 그 집은 아랫목 윗목이 있
어서 좋다고 하시던 말씀 생각나네."

　"좀 좋겠습니까. 한집에 살게 되면 나도 한시름 놓게 되겠
지요. 어머니를 같은 마을에 두고도 직접 모시지 않는다는 손

가락질 안 받아서 좋고 어머니도 그 연세에 혼자 끼니를 끓여 먹지 않아도 될 테구요. 그런데 같이 살자는 말에 어머니가 먼저 손사래를 칩디다. 그뿐이겠습니까. 집사람이나 애들 역시 같이 사는 것을 달갑지 않아하는 눈치고요."

"제수씨는 그렇다 치고 애들조차도?"

"그건 형님이나 형수도 마찬가지 아니겠습니까. 언젠가 형님도 유식하게 말씀하시지 않았습니까. 어머니 세대는 역사의 무게를 벗어던진 요즘 신세대와는 소통이 불가능하다고……"

"넌 어째 말끝마다 날 못 잡아먹어서 안달이냐?"

"흥분하실 거 없습니다. 내게 무슨 역하심정이 있어서 비쩍 마른 형님 못 잡아먹어 안달이겠습니까."

"애들이 할머니를 정말 싫어하나?"

"담배 냄새에다 쉰내까지 나서 싫다고 하네요. 왜 그 보리밥 쉬는 냄새 같은 거 있잖습니까. 늙은이 냄새요. 서울 조카들도 마찬가질걸요……"

"서울 조카들은 왜 또 들먹이나…… 어쨌든 그렇게 되면 어머니는 명색 독거노인이 될 텐데, 아들 내외가 한마을에 멀쩡하게 살고 있으면서 어머니를 독거노인으로 만든다면 주위에서 후레자식이란 비난 듣기 십상이겠지. 너나 나나 어머니가 밥물림으로 키운 자식이란 것을 빤히 알고들 있을 텐데 그

런 이웃 사람들이나 마을 노인네들의 심상찮은 눈초리를 견
뎌낼 배짱이나 있겠냐?"

"등골이 서늘한 얘깁니다만, 어머니 먼저 아득바득 집을 바
꾸자는 데 어쩔 도리가 없고요, 같이 살자 해도 어머니 먼저
손사래치고 나오는 데 역시 뾰족한 수단이 없습니다. 그렇다
고 서울 형님 댁에 얹혀 사실 분은 더욱 아니고요. 하긴 그 비
좁은 아파트가 어머니 혼자 거처하시기에는 안성맞춤입니다.
문고리를 잡고 일어서기만 하면 안방이고 화장실이니까요.
게다가 어머니는 줄담배 아닙니까. 아이들이 제일 싫어하는
게 그거거든요."

나는 그 순간 말문이 막히고 말았다. 요즘 아이들이, 몸에
서 냄새가 난다거나 틀니 때문에 발음이 이상하다거나 하는
이유들로 혈육이고 아니고 할 것 없이 어르신들과 접촉하기
를 꺼려한다는 것쯤은 나도 알고 있었다. 어디로 튈지 종잡을
수 없는 아이들 눈치를 봐야 하는 요즘 세태에 그런 무례를
꾸짖었다간 오히려 가족들 사이에 갈등만 키운다는 것 역시
모르지 않았다. 그런 사정들을 알고 있기에 아우와의 대화도
그런 대목에선 자주 건너뛸 수밖에 없었다.

"기왕에 아파트로 옮기기로 작정하신 거라면, 살던 집에 대
한 미련은 그만 버리시라고 설득을 해야겠네."

"물론이죠. 미련이야 남겠지만, 혼자 살기로 작정하셨다면

논바닥 한가운데 지은 볼품없는 서민아파트라 하더라도 그곳이 한결 편하지 않겠습니까. 거동이 자유롭지 못하시니 장보기와 찬거리는 제가 드나들면서 눈치를 봐가며 시중을 들어야겠지요. 그것까지 마다하실 수는 없을 겁니다."

7

　어머니가 거처하던 아파트에 들어선 건 오후 여섯시를 넘긴 시각이었다. 아파트에 들어서는 순간, 서울로 돌아갈 시간이 됐다는 생각이 들었다. 지금이라도 택시를 타고 H시에 도착하면 청량리로 떠나는 야간열차를 탈 수 있을 것이었다. 서울을 떠날 때부터 장례식장에서 화장을 마치는 대로 돌아가려고 작심했었다. 그러나 H시에서 월전리까지 들어와서도 돌아가겠다는 말이 입에서 떨어지지 않았다. 그런 말을 대중없이 지절거렸다간 당장이라도 아우의 주먹이 날아들 것 같았다.

　현관에 들어서자마자 거실 한쪽 벽에 바싹 붙여놓은 작은 소파가 보였다. 그 소파에 걸터앉으면 콧등이 곧장 맞은편 벽에 부딪힐 것 같았다. 그러나 어머니는 늙어가면서 체수가 아

94

이들처럼 쪼그라든데다가 허리조차 새우처럼 꼬부라져 그 좁은 공간에서도 비스듬히 몸을 누이고 텔레비전을 시청하면서 졸다가 깨다가 하곤 했다.

아우는 이틀 거리로 드나들면서 전기밥솥의 온도를 조절해주고, 그의 제수씨가 조리해준 찬거리를 냉장고에 챙겨넣어주었다. 어머니가 기거하던 안방은 습한 기운이 있었으나, 말끔히 청소되어 있었다. 입원하기 전에 청소해둔 것이 분명했다. 벽에는 그 흔한 농협 달력 한 장 걸려 있지 않았고, 맞은편 방에는 찬거리를 넣어두는 작은 냉장고 한 대가 그 방의 주인이기라도 하다는 듯 뻘쭘하게 놓여 있었다. 그 냉장고 위에 어머니가 애지중지하던 비닐 핸드백이 놓여 있었다. 내가 물었다.

"저 핸드백, 옛날에 서울 올라오셨을 때, 애지중지해서 손에서 놓지 않던 그 핸드백이네."

"맞습니다. 그 핸드백입니다."

"니가 소가죽이니 악어가죽이니 하면서 거짓말로 사준 핸드백이지?"

그 힐문에 아우는 의외로 빙긋이 웃었다.

"왜 웃어? 내 말 틀렸나?"

"형님 잘못 짚으셨네요."

"그런 말 하지 마. 니 아니고 저런 싸구려 핸드백을 사줄 사람이 누구겠어."

"아닙니다. 아버지가 어머니에게 선물로 사준 거예요. 아버지는 저 핸드백이 악어가죽을 마름질해서 만든 것이라고 거짓말을 했습니다. 어머니는 소가죽으로 알았는데, 악어가죽이라 하니 놀랄 수밖에요. 어머니가 곧이곧대로 믿었던 것은 그때까지 어머니 평생에 악어가죽은 물론이고 악어조차 구경해본 일이 없었으니까요. 아버지가 살아 계실 때는 보자기에 싸서 무슨 가보처럼 모셔만 두다가 아버지 돌아가신 후에 비로소 들고 다니기 시작했어요. 당신 몸처럼 아끼던 것인데, 지금은 냉장고 위에 놓여 있네요."

아우가 말하는 아버지는 내겐 의붓아버지인 한주범씨를 일컫는 것이다. 말하지 않았는데도 아우가 핸드백을 들고 자리로 돌아와 앉으며 중얼거렸다.

"이게 그러니까, 말하자면 어머니의 마지막 유품이네요."

"도대체 여기다 무얼 넣고 다녔을까?"

"그건 저도 모르겠습니다. 한 번도 눈여겨본 적이 없었으니까요."

아우가 핸드백을 열었다. 예상했던 대로 별난 물건들이 들어 있지는 않았다. 손수건 두 장, 그리고 상표도 떼지 않은 양말 한 켤레가 먼저 나왔다. 그러나 핸드백을 뒤적거리고 있던 아우의 손이 전혀 예상치 못한 물건 하나를 집어올렸다. 그것은 놀랍게도 립스틱이었다. 아우가 뚜껑을 열고 립스틱을 위로 밀어올렸다. 빨간색 립스틱이 흡사 어머니의 영혼인 것처럼 앙증스럽게 얼굴을 내밀었다. 아우와 나는 서로 눈을 마주친 채 한동안 말이 없었다. 립스틱은 얼마나 오래된 것인지 상표가 다 지워져 있었지만, 사용한 흔적은 찾아볼 수 없었다. 어머니가 립스틱을 바르는 것을 나나 아우 역시 목격한 적이 없었다. 내가 물었다.

"어머니 립스틱 바른 모습 본 적 있어?"

"본 적 없어요."

"그런데 어머니가 왜 이걸 핸드백에 넣고 다녔지?"

"당신도 여자라는 것을 스스로에게 확인시키며 살고 싶었겠지요. 아버지가 핸드백 하나만 달랑 사주기 민망하니까 하나 사서 넣어준 거라 기념될 만한 값어치도 있다고 생각했을 테고요."

"언제 이걸 써볼까, 평생을 두고 벼르기만 하시다가 끝내는 한 번도 사용해보지 못하고 돌아가신 거야…… 참."

어머니가 그걸 써봤든 못 써봤든 몇십 년 동안 핸드백에 립스틱을 넣고 다녔다는 것 자체가 놀라운 일이었다. 어머니 역시 여자였구나, 싶은 연민이 뒤통수를 쳤다.

나는 안방으로 들어가 앉았다. 문설주 위에 유리재떨이 하나가 놓여 있었다. 나는 담배를 꺼내 입에 물었다. 아우는 아귀가 잘 맞지 않아 여닫을 때마다 삐걱거리는 창문을 안간힘을 써서 열었다. 등뒤에 서 있던 아우가 우울한 목소리로 중얼거렸다.

"담배 끊었다고 하시더니 줄담배시네……"

창밖 멀리 H시와 해안도시를 이어주는 341번 국도가 바라보였다. 전조등을 켠 트럭 몇 대, 그리고 승용차 몇 대가 도로 위를 쏜살같이 달려가고 있었다. 트럭 한 대가 길게 경적을 울리며 달려갔다. 원래 논이었던 것을 90년대 들어 새로 닦은 우회도로였다. 그때야 나는 그날 안에 서울로 돌아가는 것은 단념해야겠다고 생각했다. 어머니에게도 아우에게도 너무 가혹한 처사였고, 나 스스로에게도 파렴치를 저지르는 일이었다. 그런 속내를 읽어내기라도 한 것처럼 아우가 말했다.

"저녁 먹으러 나가지요."

그 순간, 바짓주머니에 들어 있던 휴대전화가 울렸다. 주저하다가 전원을 꺼버렸다. 발신인으로 보아 무척 급한 일인 듯했지만 무시하기로 했다.

"어디로?"

"소주라도 한잔하시려면, 장춘옥이 좋지 않겠습니까."

"뭐, 장춘옥?"

"예, 그 식당 말입니다. 어머니는 장춘옥이라 하지 않고 꼭 청요릿집이라 불렀지만요."

"그래…… 그 식당이 아직 옛날 그대로 있다는 거야?"

"이토록 궁벽한 마을에 중국집이 들어와 영업을 시작한 것도 놀라운 일이지만, 지금까지 마을을 떠나지 않고 있는 것도 기네스북에 등재되고도 남을 만치 신기한 일 아닙니까."

하마터면, 어머니가 돌아가신 일보다 더욱 놀라운 일이라는 말이 튀어나올 뻔했다. 장춘옥이라는 귀에 익은 식당 이름을 듣는 순간, 나는 뜨거운 냄비에 손을 댄 사람처럼 소스라쳤다. 그러나 아우의 비위를 건드리고 싶진 않아 얼떨결에 동행하기로 했다. 장춘옥은 의붓아버지 한주범씨가 단골로 드나들었던 식당이었고, 어머니나 외삼촌이 그의 초대를 받아 드나들던 식당이기도 했다. 그래서 어머니는 이승을 하직할 때까지 그 식당을 잊지 못했다.

"아직 옛날 버스터미널 옆 그 자리야?"

"그래요. 간판도 아직 그대로예요. 버스터미널은 해안도시 쪽으로 가는 우회도로 나들목 쪽으로 이전한 지 오래됐지만 장춘옥은 옛날 그 자리에 있습니다. 청요릿집이 우리의 예스런 전통을 지키고 있는 셈입니다. 간판을 몇 번 덧칠하긴 했지만 상호도 그대로고 글씨체도 그대로예요."

"설마 상고머리였던 홍천지가 지금까지 살아 있는 건 아니겠지."

"그건 불가능하지요. 그러나 그 사팔뜨기 아들이 대를 이어

영업을 하고 있습니다."

"아들 이름이 홍기태였지, 아마? 가업을 이어가겠다는 명분이야 그럴싸하다지만, 아들 대에까지 이런 촌구석에 눌러앉아 식당을 이어가고 있다니……"

"그 속내야 누가 알겠습니까. 그래도 기태가 이웃 마을 처녀에게 장가를 들어 자식을 셋씩이나 낳았으니 여기가 바로 제 고향 아니겠습니까. 게다가 객지에 나가 산 적이 없어 세상물정에 어둡고, 간단한 질문에도 곧잘 동문서답이어서 지능이 좀 모자라는 친구로 취급받고 있습니다. 도회지로 나가봐야 별다른 밥벌이가 없을 겁니다."

"돌아가신 홍첨지는 오래전에 인천 어딘가에 살다가 이곳으로 왔었지, 아마?"

"원래 고향이 대만인지 어디인지는 모르겠지만 한국말을 썩 잘했던 걸 보면 도회지 중국식당에서 요리사로 일했던 사람이었던 것 같습디다."

"그런데 좀 모자란 구석이 있다는 기태가 결혼은 손쉬웠던 모양이야?"

"들리는 소문입니다만, 그 장인 되는 사람이 태생은 촌구석이었지만, 노름꾼에다 야바위판으로만 전전하던 사람이었는데, 이 사람이 장춘옥을 단골로 드나들었던가봅니다. 그때마다 탕수육에다 양장피며 배갈에다 가릴 것 없이 청요리를 잔뜩 시켜먹고는, 내일 준다, 다음 장날 준다 하면서 긋고 다닌 외상값이 요즘 돈으로 삼사백이나 쌓였던 모양입디다. 홍첨지도 원체 사람이 통이 큰데다가 나름대로 넘보고 있던 게 없지 않아서 외상 음식을 주문하는 대로 군소리 없이 내줬던 모양입니다."

"결국은 외상값을 제 딸로 갚아버렸군."

"형님도 아시다시피 옛날에는 그런 일이 허다했잖습니까. 과년해서 가뜩이나 속 썩이고 있는 애물단지를 그렇게 시집보낸다 해도 어느 누구 뭐라 하지 않았지요. 그 결혼은 어머니가 살짝 거들기도 했어요."

"어머니에게 그런 비위도 있었나?"

"어머니가 어떻게 그럴 수 있었는지 형님도 알고 있지 않습니까."

우리는 아파트를 나섰다. 밖은 발짝을 떼어놓기가 어려울 정도로 캄캄했다. 진입로를 벗어나 한길로 나섰다. 겉치장만 요란한 가로등이 갓길을 따라 띄엄띄엄 서 있었지만 시늉뿐이었으므로 어둡기는 매한가지였다. 한길 쪽으로 문을 열고 있는 가게들이나 여염집들이 늘어서 있었으나 그들의 내력을 짐작하기는 어려웠다. 오래전 마을을 떠나 한동안 돌아온 적이 없었기 때문이었다. 장춘옥의 간판은 아직 시야에 들어오지 않았다. 그러나 그것이 장춘옥이라면 마을 어느 쪽에 위치

하고 있는지는 얼추 짐작할 수 있었다. 그 집에서 일어났던
일은 지금까지도 기억에서 지워지지 않고 있었다.

8

　지금은 아우네 가족들이 살고 있다는 내 어린 시절의 집은 옹기전과 푸줏간을 이웃에 두고 있었다. 대문이나 사립문은 말할 것도 없었고, 담도 울도 없는 그 집은, 우리 두 식구의 우중충하고 궁상스런 살림살이를 굳이 까치발을 하지 않고도 훤히 들여다볼 수 있었다. 남향으로 작은 방 두 개가 나란하게 붙어 있고, 앞으로는 뒤쪽으로 기울어져가는 툇마루가 위태롭게 놓여 있었다. 집을 정면에서 바라보면 부엌은 왼편에 있었고 뒷간은 오른편에 있었다. 옹기전에 쌓아둔 항아리들과 푸줏간이 담장 구실을 대신할 뿐 누구라도 쉽사리 드나들 수 있는 집이었다.

　어린 나이였지만 나는 꼬질꼬질하고 암울한 애옥살이가 불길하게 노출되는 비애가 서린 그 집이 싫었다. 바깥세상과 집

안의 은밀한 세상이 어떠한 완충공간도 없이 곧장 정면으로 부딪치는 가옥구조가 창피스러워 견딜 수 없었다. 세상 밖으로 노골적으로 얼굴을 드러낸 그 집을, 마을 사람들이 기척도 없이 대뜸 방문부터 벌컥 열고 어머니를 찾을 때는 가슴이 써늘할 정도로 놀라고 창피스러웠다. 때문에 나는 언제나 주눅 들어 있었고, 사소한 어려움에도 담대하게 나서지 못하고 우물쭈물 얼버무리기를 잘하는 소심한 아이가 되었다. 뿐만 아니라, 천둥 번개라도 치는 날이면 벽장 속으로 숨어드는 겁쟁이가 되었다. 또래 모두가 한결같이 가난했지만, 옹색한 살림살이가 가차없이 노출된 집에서 살고 있는 아이들은 흔하지 않았다. 나의 다채로운 열등감의 뒤쪽에는 대문이나 울타리 없는 집에 살고 있는 아이라는 내력이 버티고 있었다. 어린 마음에도 그것이 창피해서 울먹이며 불평을 늘어놓을라치면, 어머니는 말했다.

"이 녀석아, 질질 짜지 마라. 방구석 벽에 걸린 거라고는 몽당빗자루 하나뿐인 집구석인데, 뭐가 무서워 난데없이 울바자 치자고 난리법석을 떠나."

"다른 집에는 울타리가 있는데……"

"그런 집에는 이 구석 저 구석 숨겨둘 게 많은 게지."

"우리 집이라고 왜 없어. 소금단지도 있고 솥도 있고, 반질고리도 있는데……"

"그 녀석 변호사처럼 잘도 주워섬긴다. 소금단지 없는 집이 어디 있고, 부뚜막에 솥 걸어두지 않은 집이 또 어디 있겠노. 하기사 우리 집에는 그 솥도 소용없지만."

초등학교 이삼학년 무렵부터였다. 그 시절 나는 방학 때가 되면 월전리에서 육 킬로미터가량 떨어진 시량리의 외갓집에서 방학을 보내곤 했다. 어머니의 친정이기도 한 그 집에는 협잡꾼으로 소문난 어머니의 손아래 외삼촌이 살고 있었다. 초가로 지붕을 이은 외갓집은 규모는 보잘것이 없었으나 싸리나무로 엮어 세운 사립문도 있었고, 돌담도 있었다. 사립문 밖의 작은 텃밭 주변으로는 해마다 6월이면 빨간 오디가 열리는 뽕나무 몇 그루가 서 있었다. 사립문 안으로 들어서면 작은 마당이 보이고 마당 왼편으로 측간이 있었다. 측간 앞으로는 고목이 된 감나무 두 그루가 서 있었고, 마당 오른편으로는 담장에 기대놓은 두엄더미와 나뭇간이 있었다. 나뭇간 앞에는 허리께가 잘려나간 항아리 하나가 비스듬히 놓여 있었는데, 소변을 모아두는 오줌장군이었다.

아침이면 외삼촌은 버캐가 허옇게 핀 그 오줌장군 앞에서 늘어지게 오줌을 내쏟았다. 그리고 잘 익은 오이만큼 큰 사타구니의 물건을 세차게 흔들어 잔뇨를 털어낸 다음, 흡사 자루에 오이 담듯 바짓가랑이 속으로 쑥 집어넣었다. 그러고는 잘 있으란 듯 불두덩 위를 한두 번 툭 쳤다.

그처럼 경이적인 크기를 가진 외삼촌의 생식기를 훔쳐볼
수 있다는 것도, 어머니와 단둘이 살고 있는 우리 집에서는
누릴 수 없는 눈부신 행운 중의 하나였다. 맨 처음 외삼촌의
그 물건을 보았을 땐, 외삼촌의 바지 속에 또 한 사람의 외삼
촌이 들어가 살고 있는 게 아닐까 생각했었다. 간혹 그런 외
삼촌을 먼빛으로 바라보고 있는 외숙모를 목격할 때가 있었
는데, 그럴 때면 외숙모는 그토록 거대한 외삼촌의 물건을 힐
끗 일별하면서 입귀를 비위 좋게 들어올리며 흡족한 미소를
지었다. 언제인가는 한밤중 안방에서 외숙모의 숨넘어가는
비명소리가 들려왔다.

"아이구— 몬 살겠다. 날 지기주이소."

그러면 외삼촌의 천연덕스런 대답이 들려왔다.

"죽으면 안 되지, 내 혼자 무슨 낙으로 살라고."

이러저러한 연유들로 외갓집에 가면 텅 빈 집을 혼자 지키
고 있을 일이 없어서, 또 노출에 대한 모멸감 때문에 주눅들
지 않아도 되어서, 마음의 안정을 얻을 수 있었다.

월전리에 있는 우리 집은 대체로 비어 있는 경우가 많았다.
학교에 갔다 돌아오면 인기척이라곤 없는 집이 뙤약볕 아래
로 휑뎅그렁하게 앉아 있었다. 그런 집의 모습은 가난 그 자
체였다. 냉수 외에는 배불리 먹어본 음식이 없을 정도로 궁핍
을 겪는 집이 어디로 사라지지도 않고 언제나 그렇게 고즈넉

하게 누워 있었다. 도무지 이해할 수 없는 것은, 어머니가 밤낮으로 쉬지 않고 품팔이를 하는데도 우리 두 식구가 끼니 걱정을 그칠 수 없었다는 것이다. 막걸리 지게미와 쌀겨로 연명해야 할 만치 궁핍은 헌 신발 밑창에 붙어다니는 개똥처럼 떨어져나갈 낌새를 보이지 않았다. 배고프다고 칭얼거리면, 어머니는 한결같이 말하곤 했다.

"권씨 댁 뒤뜰에 있는 배롱나무를 눈여겨보거라. 그 나무에 피는 붉은 꽃들이 세 번씩 연달아 피었다가 모두 지고 나면, 그때는 배 터지게 먹을 수 있다. 그때까지 참고 견뎌라."

배롱나무는 몇 그루의 감나무와 함께 권씨 댁 뒤뜰에 세 그루나 자라서 고목이 되어 있었다. 배롱나무 꽃은 모심기 무렵에 피기 시작해서 피고 지는 것을 거듭하다가 가을걷이 때 지는 것을 눈여겨본 까닭이었다. 때문에 내가 어머니가 단골로 품팔이를 하고 있는 권씨 댁에 몰래 숨어들기를 일삼았던 것은 배롱나무의 꽃이 피고 지는 것을 살펴보기 위해서이기도 했다. 그러나 적어도 배롱나무 꽃은 피고 지기만 끈질기게 거듭할 뿐, 내가 어머니 곁을 청산하고 떠날 때까지 완전히 지는 꼴은 좀처럼 볼 수 없었다.

굶주림은 걸핏하면 어머니와 나의 혈육관계를 시험 삼아 우여곡절을 겪게 했다. 먹을 것이 생길 때마다 어머니는 말하곤 했다. "나는 많이 먹었다. 니나 많이 먹어라." 역시 또 그런 말로 나를 위로해주었던 어느 날, 나는 한밤중에 오줌을 누러 측간에 나갔다 돌아서는 길에 호롱불이 희미하게 켜진 부엌에서 인기척을 느꼈다. 그때 어머니는 부뚜막에 엉덩이를 걸치고 앉아 바가지에 담긴 식은 꽁보리밥을 찬도 없이 허겁지겁 퍼먹고 있었다. 무심코 부엌으로 들어서는 나를 발견한 어머니는 너무나 무안했던 나머지, 바가지를 내려놓고 나를 끌어안고는 밥을 입에 문 채로 숨죽여 흐느꼈다.

어머니는 권씨 댁뿐만 아니라, 마을에서 밤낮없이 생겨나는 온갖 종류의 품앗이를 온몸으로 감당하고 있었다. 모심기와 고추 심기, 오뉴월의 푹푹 찌는 땡볕 아래서의 콩밭 매기와 방아 찧는 일에서부터 부엌일까지, 무슨 일이라도 몸을 사리지 않았다. 그런 부지런을 떨면 우리 두 식구 연명하는 데 애로를 겪지 않아도 될 것 같았는데, 점심때마다 물로 배를 채워야 할 정도의 궁핍은 끈질기게 우리 집 주위를 맴돌며 떠나지 않았다. 지게미나 겉보리 같은 조악한 음식으로 끼니를 때우다보니 대변을 볼 때마다 항문이 찢어질 정도로 고통스러웠다. 그래서 나는, 먹어도 아프고 먹지 않아도 아팠다.

내 고통의 이면에는 한 가족의 어엿한 가장이면서도 가장 노릇을 못하고, 소름끼칠 정도로 과부하가 걸린 어머니의 노동에 빌붙어 살고 있는 외삼촌네 가족이 도사리고 있었다. 그러나 나는 그것을 묵묵히 감내하고 있는 어머니의 속내를 미처 헤아릴 수 없었다. 다만 피붙이들 사이에 일상으로 벌어지는 일이려니 했을 뿐이었다.

우리 집과는 달리 외삼촌 댁에 가면 등골을 파고드는 배고픔과 실랑이를 벌이지 않아도 되었다. 먹을 것이 넘쳐날 정도는 아니었지만, 우리 집처럼 곧잘 끼니를 건너뛸 정도로 치명적인 궁핍을 겪고 있지는 않았다. 외숙모가 마실을 나가면 어머니처럼 품을 팔지 않고도 밭에서 캔 먹거리들을 치마폭에 담아오던 것을 여러 번 목격할 수 있었다. 겨울이면 고욤이 있었고, 여름이면 다래와 머루, 그리고 으름이 있었고 돌배를 따먹을 수도 있었다. 냇가로 나가면 다슬기를 주워와 배를 채울 수 있었다. 뿐만 아니라, 밖에 나갔다가 돌아오면 외가댁에는 언제나 인기척이 있었다. 외숙모도 좀처럼 집을 비우지 않았고 두 자매들 역시 바깥출입을 즐겨하지 않았다.

여름이든 겨울이든 방학이 되면 나를 데리러 올 외삼촌만 눈이 빠지게 기다렸다. 그해 겨울 마침 장날을 맞아 월전리에 들른 외삼촌이 나를 업고 시량리 집으로 데려갔다. 외삼촌도 손바닥만한 푸성귀밭이 가진 전부라 날품을 팔아 가까스로 연명하는 처지였다.

무엇 한 가지 야무지게 잘하는 일도 없이 걸핏하면 허풍이나 떨면서도 창피한 줄 모르는 외삼촌이 남보다 뛰어나고 남보다 잘할 수 있는 게 딱 한 가지 있었는데, 믿기 어려울 정도로 침을 멀리 뱉을 수 있는 재간이 그것이었다. 자랑할 만한 특기라고 할 수는 없었지만, 그래도 남보다 잘할 수 있는 기량을 굳이 꼽으라면 그 한 가지였다.

부상을 당한 후 정미소에서 쫓겨난 뒤 외삼촌은 출처가 분명하지 않은 중고 자전거 한 대를 몰고 월전리 우리 집으로 모습을 드러냈다. 선하품으로 하루하루를 보내는 주제로선 감히 엄두도 못 낼 자전거는 도대체 어디서 난 것일까. 난생처음 제 소유의 물건을 마련한 외삼촌이 그 기계에 쏟는 애정은 남달랐다. 운행을 하든 하지 않든 매일 아침마다 자전거를 마당 한가운데 세워놓고 닦고 조이고 기름 치는 일에 열중이었다. 외삼촌이 그 자전거를 몰고 우리 집에 나타났을 때, 비로소 울타리 없는 우리 집이 가지는 빛나는 성과가 무엇인지 깨닫게 되었다. 집 앞을 지나는 모든 사람들이 그 기계를 목격하고 듣기 좋은 수사를 한마디씩 쏟아놓았던 것이다. 그들은 자전거의 페달을 공회전시키며 괜히 고개를 갸우뚱거리는 외삼촌에게 다가와 핸들과 바퀴와 휠을 조심스럽게 만져보곤 했다. 그러고는 한마디 건네는 것이었다.

"자네 기반 잡았네그려."

그러면 외삼촌은 잔뜩 거드름을 피우며 부러워하는 당사자는 쳐다보지도 않고, 목구멍 아래 고여 있는 가래침을 꺼르륵 긁어모아 멀리로 탁 뱉어내곤 했다. 그러나 그 자전거에 대한 어머니의 반응은 냉담했다. 어머니는 살판난 사람처럼 어깨에 바람을 일으키고 있는 외삼촌을 탐탁잖은 시선으로 바라보며 마을 사람들이 모두 비켜나기를 기다렸다가, 말했다.

"그 자전거 어디서 났노?"

"이거요?"

"그럼 그거 말고 또 딴 것도 있나."

"누님도 참, 이 자전거가 훔쳐온 물건인 줄 아십니까?"

"오지랖 넓은 척하지 마라. 뱁새가 황새 흉내내다가 가랑이 찢어지는 변고 겪는다는 말도 못 들어봤나? 분수에 넘치는 허세를 부리다보면 멀지 않은 장래에 욕을 당한다."

"누님도 참, 그만하시오. 뱁새가 황새 흉내내다가 가랑이 찢어진 불상사는 있었는지 모르지만, 자전거 타다가 가랑이 찢어진 사람 있다는 말은 들어보지 못했소. 누님은 내가 사기 쳐서 이 물건을 손에 넣었다고 생각하는지 모르지만, 손바닥만한 농촌사회에서 내가 어떤 사람인지 빤히 알고들 있는데, 사기를 친다고 덥석 물 사람이 있겠어요? 그런 고리타분한 얘기는 하지 마세요."

"도대체 누가 동생한테 그 물건을 양도했는지 알고나 보자."

"도둑질한 것도 아니고 사기쳐서 가져온 물건도 아닌데, 딱히 출처까지 캐물을 건 없지 않습니까. 시간이 지나면 어차피

다 아시게 될 테니 그때까지 잠자코 계시오."

"세상일이란 게 크든 작든 그렇게 호락호락하지 않다. 아무리 보잘것없는 것이라 할지라도 공짜 없다는 것도 명심해라."

"알았으니 자꾸 그렇게 물어 비틀지 마시라니깐요. 자전거 타보니까, 궁뎅이는 좀 거북합디다만, 어느 누구도 누님처럼 수상쩍게 보는 사람은 없습디다. 얘기 길게 하면, 신경질나니까 이제 그만해요."

외삼촌이 자전거에 쏟는 애착은 각별했다. 그 기계를 타고 가다가 사람들이 알은척을 하면, 필경 바쁜 사람을 왜 부르느냐고 볼멘소리를 하면서도 자전거 안장에서 엉덩이를 가볍게 들어올리고 한쪽 발은 바닥에, 한쪽 발은 페달에 얹은 채로 사람들과 담소하기를 좋아했다. 때문에 사람들은 외삼촌이 엄청 바쁜 사람이어서 지금 당장 자전거를 타고 어디론가 쏜살같이 달려가야 할 형편인 줄 알았다. 그들은 면사무소에 시각을 다투는 일이 있다거나, 약국을 찾아간다는 핑계를 대고 자전거를 얻어타곤 했는데, 알고 보면 자전거의 임자인 외삼촌은 똥줄 빠지게 달려가야 할 곳도, 애타게 만나야 할 사람도 없는 처지였다. 다만 자신을 과시하는 일에 자전거를 이용할 뿐이었다.

외삼촌이 애지중지하는 자전거 뒷자리에 실려 외갓집에 도착하면, 두 자매는 소 엉덩이에 붙은 진드기들처럼 나를 에워

쌌다. 외숙모가 눈초리를 치뜨고, 경원이 숨막혀 죽겠다고 날벼락을 내릴 때까지 도무지 내 턱밑을 떠나지 않으려 들었다. 외삼촌 내외는 어머니보다 손아래인데도 슬하에 나보다 네 살이나 손위인 애숙이 누나와 나와 동갑인 자숙이, 두 자매가 있었다.

어떤 땐 두 자매가 서로 나를 차지하기 위한 실랑이가 벌어지기도 했는데, 그러나 소동이 수습하기 곤란한 경우에 도달하면 네 살 손위인데다 나이보다 훨씬 조숙한 애숙이 누나가 먼저 풀이 죽어 물러나곤 했다. 평소 성품이 다소 음흉한 구석이 없지 않았던 외숙모는 십중팔구 맏이인 애숙이 누나보다 둘째인 자숙이를 역성들었기 때문에 걸핏하면 빼죽거리는 계집애의 비위를 차마 건드릴 수 없었다.

언젠가 애숙이 누나가 그늘진 담장 아래 혼자 웅크리고 앉아 머리를 양무릎 사이에 파묻은 채, 어깨를 들썩이며 소리 죽여 울고 있는 모습을 목격한 적이 있었다. 어린 나이에 허물이 많은 세월을 살아온 어른들처럼 울고 있는 누나의 모습에 나 또한 덩달아 울먹이면서 바라보고 있자니, 그녀는 문득 알아차리고 누룽지 냄새가 나는 몽당치마로 내 얼굴을 감싸 안으며 달래주는 것이었다. 아마도 눈초리 치뜨기를 잘하는 외숙모에게 하찮은 일로 손찌검을 당한 모양이었다.

외삼촌은 두 자매 모두를 학교에 보내지 않고 있었다. 계집

아이들이 다니기에는 학교까지 거리가 너무 멀다는 이유였지만, 그건 핑계에 불과했고, 실은 계집아이들을 하찮게 여긴 까닭이었다. "글을 배우고 싶으면 방학 때 경원이한테 배워라." 학교에 보내달라고 짓조르고 드는 자매들의 채근을 받을 때면 외삼촌은 항상 그렇게 비켜가곤 했다.

애숙이 누나는 유독 나를 살갑게 대했다. 자숙이가 내게 착 달라붙어서 못살게 굴라치면, 안쓰러운 표정으로 나를 바라보다가 자숙이에게 볶은 콩 따위를 쥐여주며 관심을 돌리도록 유도하고는 내게 귓속말로 속삭였다.

"자숙이 저 계집애는 볶은 콩 한줌이면 대번에 넘어와."

내가 보기에 그녀는 천성이 뛰어난 이야기꾼이었다. 어린 나이에도 객지 물을 먹고사는 뜨내기처럼 입담이 좋았다. 그 중에도 귀신 이야기를 곧잘 하여 심약했던 나로 하여금 오줌까지 지리게 만들었다. 소낙비만 세차게 내려도 다락방 안으로 숨을 정도로 겁쟁이였던 나는 너무나 무서워 울음을 터뜨리면서 이야기를 가로막은 적도 있었다. 그녀의 특기는 정낭귀신 이야기였다. 뒷간에서 밤똥을 누고 있는 어린아이의 등 뒤에 하반신이 싹둑 잘린 정낭귀신이 연기처럼 나타나 가위 손으로 위협하는 대목에 이르면 그녀는 바로 정낭귀신 그 자체로 변신했다.

그녀가 호롱불 뒤에서 얼굴의 명암을 극명하게 만들며 그

로테스크한 얼굴로 서서히 다가오면 나는 영락없이 오줌을 싸버리곤 했다. 자숙이 역시 그런 애숙이 누나의 모습에 치를 떨면서도 밤만 되면 호롱불을 애숙이 누나 앞으로 밀어주면서 정낭귀신 얘기를 해달라고 짓조르고 들었다. 자숙이가 알락꼬리여우원숭이처럼 방 네 귀퉁이를 방방 뛰어다니면서 이야기를 지악스럽게 채근했던 데는 까닭이 있었다. 그것은 언제나 똑같은 줄거리의 이야기를 듣는 게 재미있어서가 아니라, 결정적인 대목에 이르러 겁에 질린 내가 이불자락을 와락 끌어당겨 얼굴을 파묻고 안절부절못하는 꼴을 보고 싶어서였다.

애숙이 누나는 내가 상습적으로 설사를 한다는 사실을 익히 알고 있었다. 그럼에도 불구하고 누나가 어째서 밤만 되면 정낭귀신 이야기를 꺼내는 것인지 도무지 그 알쏭달쏭한 속내를 알 수 없었다. 그녀는 자신의 이야기 때문에 밤똥을 누게 되는 나와 뒷간까지 동행해야 하는 곤욕을 치르게 된다는 것도 예견하고 있었다. 그럼에도 불구하고 귀신 이야기를 멈추지 않았는데, 어쩌면 그녀는 그 을씨년스런 동행을 바라고 있는 것 같기도 했다.

싸늘하게 식은 아랫배가 뒤틀리기 시작했다. 그러나 뒷간에 대한 극도의 공포심 때문에 손으로 항문을 막고 이를 악물고 있었는데, 애숙이 누나가 벌써 알아채고는 마당 건너 뒷간으로 나를 끌고 갔다. 나는 뒷간에 들어서서 볼기짝을 드러내는 길로 정낭문을 활짝 열었다. 그리고 두세 발짝 물러난 곳에 웅크리고 앉아 있는 그녀를 마주 보고 앉아 배설을 시작했다. 밤하늘에는 달이 떠 있었고, 검은 구름이 무르녹는 달빛을 가리며 재빨리 지나가고 있었다. 담벼락에 기대선 늙은 감나무가 밤바람에 떨리면서 마당 한켠 두엄더미 옆으로 그늘을 드리워, 바람이 일렁일 때마다 기괴한 그림자를 만들었다. 애숙이 누나가 들려주었던 정낭귀신이 마당에 어른거리는 감나무 가지에 원숭이처럼 올라앉아 볼기짝을 까고 앉은 나를 째려보며 혀를 날름거리고 있었다.

"누나, 보여?"

"보이긴 뭐가 보여?"

"저기……"

"저기 뭐가 보인다고 그러냐."

"누난 안 보여?"

"내 눈엔 안 보인다."

"보이면 말해줘야 돼!"

"내가 보초를 서고 있는 동안은 안 나타날 거다."

"그래도 나타날지 모르잖아."

"걱정 말고 똥이나 싸. 나타나면 내가 다리몽댕이를 칵 분질러버릴 테니깐."

"귀신은 다리가 없다고 했잖아."

"참 그렇지. 그걸 잊어버렸네. 내가 모가지를 비틀어버릴게."

"누나 힘세?"

"세고 말고 그깟 할망구 하나 때려잡지 못할라구. 그건 그렇고 너네 엄마 요새 뭐해?"

누나는 어머니를 고모라 부르지 않고, 언제나 '너네 엄마'라고 불렀다.

"맨날 권씨네 일 나가."

"그 집 귀신 할배는 지금도 방 안에 앉아 있을 때 갓 쓰고 있나?"

"누나 그거 어떻게 알어?"

"다 아는 수가 있지. 그 귀신 할배 요새도 밥상을 마당에 내던지나?"

"몰라."

"요사이는 자주 내던지지 않는다 하더라."

"누가 그래?"

"아부지가 그러데. 그 귀신 할배가 밥상을 내던지지 않는 건 다 이유가 있어."

애숙이 누나는 모르는 것이 없었다. 월전리와 육 킬로미터 이상 거리를 두고 있는 시량리에서 문밖출입도 못 하고 살면서도 월전리 권씨 댁 노인이 방 안에 앉아 있을 때도 정자관을 쓴다는 사실까지 소상하게 꿰고 있는 것이었다.

"이유가 뭔데?"

"그 집 뒤뜰에는 배롱나무가 있는데, 그 나무 곁에 우물 하나가 있단다. 그 우물 속에는 없는 고기가 없을 정도로 많은 물고기가 살고 있어. 고등어, 꽁치, 메기, 쏘가리, 오징어, 갈치, 명태, 장어, 피라미, 갈겨니…… 바다와 강에서 살고 있는 모든 물고기들이 그 우물 속에 우글우글해서 고기 반 물 반이라고 하더라. 그래서 너네 엄마는 밥 지을 때마다 우물에 내려가서 물고기를 잡아와 굽고 지져서 귀신 할배 밥상에 올린다나 어쩐다나. 니 그거 알고 있나?"

"몰라."

"이 등신아. 너네 엄마가 하는 일인데 니가 모른다는 게 말이 돼?"

"엄마가 그런 말 안 했어."

"니가 물어보지 않았으니까 말 안 했겠지. 물고기 잡아서 반찬 안 해줬으면 귀신 할배가 왜 가만있겠냐. 니도 그 집 뒤뜰에 우물 있는 거 알지?"

"누나는 봤어?"

"나는 못 봤지만, 니는 그 집에 자주 가서 알 것 아니냐."

"보지도 않았으면서 어떻게 알어?"

"다 아는 방법이 있어…… 나도 장차 마귀할머니가 될 테니까."

애숙이 누나의 투시력은 어안이 벙벙할 정도였다. 학교 교실 마룻장 아래를 뒤지면 시골의 잡화상에서는 구경조차 할 수 없는 희귀한 학용품을 수거할 수 있다는 사실도 학교라곤 문 앞에도 가본 적이 없는 그녀가 귀띔해준 것이었고, 권씨댁 우물에 고기들이 살고 있다는 것도 그 집 대문간에도 가본 적이 없는 그녀가 귀띔해준 사실이었다. 그런 그녀가 조만간 마귀할머니로 변신한다고 장담한다면 의심할 여지 없이 그렇게 될 것이었다. 그녀는 연거푸 물었다.

"너네 엄마는 맨날 일만 하나?"

"응, 맨날."

그건 맞는 말이었다. 어머니는 구질구질한 가난을 불평하거나 자신과 타인들을 연민하며 시간을 허비하지 않았다. 어머니를 지탱하고 있는 것은 오직 논일 밭일 가리지 않고 일해야 한다는 본능 하나뿐이었다. 그런 단순한 생활 때문에 누나가 이리 뒤집고 저리 뒤집으며 시시콜콜 따지고 물어보았자, 대답할 말은 몇 마디 되지 않았다. 그런데도 누나는 '너네 엄마'에 대한 호기심이 많았다. 하지만 그녀의 가족들이 지켜보고 있거나 엿들을 수 있는 여지가 있다 싶으면 입을 다물었다. 누나가 정낭귀신 이야기를 줄기차게 들려주려 했던 것에는 아마도 나와 둘만의 시간을 가지려는 의도가 깔려 있는 것

같았다. 어쩌면 누나의 어머니인 외숙모에게 피붙이로서 홀
대를 당하고 있는 나에 대한 연민인지도 몰랐다.

외숙모가 두 딸을 학교에 못 보내는 것이 안타까워서 눈을
표독스럽게 뜨고 외삼촌을 째려보면 외삼촌은 그때마다 슬그
머니 자리를 피하곤 했다. 막내인 자숙이라도 학교에 보내자
고 채근을 했지만, 꿀 먹은 벙어리처럼 구린 입을 떼지 않았
다. 외숙모는 맏딸인 애숙이 누나에 대해선 그다지 애틋한 감
정을 갖지 않는 듯했다. 뿐만 아니라, 무슨 미운털이 박혔는
지, 바로 코앞에 있는 자숙이가 손쉽게 치를 심부름도 반드시
멀리 있는 애숙이 누나를 불러 시켰다.

그런 누나가 또다시 뒷간 앞에 웅크리고 앉아 찬바람을 맞
으며 오들오들 떨고 있었다. 누나의 아래윗니가 서로 맞물려
부딪치는 소리가 뒷간에 앉은 내게까지 명료하게 들려왔다.
삭풍에 드러난 내 볼기짝은 송곳으로 찍는 듯이 쓰리고 아팠
다. 누나가 물었다.

"너네 엄마, 날품 팔아서 니한테 고깃국도 끓여주더나?"

"고깃국 못 먹어봤어."

"하나뿐인 아들인데 너무한다, 그치?"

"몰라, 나는……"

"아직도 똥 싸고 있나?"

"내 똥 아까 다 쌌어."

"그런데 왜 아직까지 쓸데없이 앉아 있노? 나는 추워서 얼어 죽겠다."

"누나가 자꾸 말 시키니까 그렇지."

"빨리 나와서 궁뎅이 들이대라. 니 빨리 안 나오면 정낭귀신이 니 궁뎅이 콱 물어버린다."

그해 겨울방학도 그들 자매와 뒤죽박죽 지내다가 방학이 끝나갈 무렵 집으로 돌아왔다. 한데 어머니의 태도가 평소와는 딴판이었다. 집에 도착한 그날 저녁 어머니는 어쩐 셈인지 외삼촌과 나를 장춘옥으로 데리고 갔다. 그때 나는 난생처음으로 짜장면이란 청요리를 목격하게 되었다. 굵은 국숫가락 위로 먹물처럼 시꺼먼 춘장을 끼얹은 그 낯선 먹거리에 접근하는 데는 적지 않은 모험심을 발휘해야 했다. 어머니와 외삼촌이 번갈아가며 그 특이한 음식을 먹는 시범을 보여주었는데도 나는 니글니글한 냄새가 진동하는 짜장면 그릇에 코를 박을 엄두가 나지 않았다.

나무젓가락으로 국숫가락을 집어 내 입안에 넣어주며 온갖 몸짓과 수사를 동원하여 유혹하는 어머니의 얼굴에는 정확하게 설명할 수 없는 희열과 수치심이 서로 뒤엉켜 있었다. 그것은 내가 외갓집에 가 있던 달포 동안 집에 혼자 있었던 어머니의 생활에 나로선 짐작할 수 없는 변화가 있었음을 의미하는 것이었나. 그때까지 살아오는 동안 어머니의 얼굴에 자욱하게 끼어 있던 짙은 어둠이 걷힌 듯한 느낌이 가슴속으로 스멀스멀 스며들었다.

어쩌면 나는, 간악하게도 어머니가 그토록 떨쳐내고 싶어 했던 비애의 그늘이나 고통의 시간들이 가슴속에 그대로 유지되기를 바라고 있었는지 몰랐다. 어머니가 당신의 그런 운명들을 홀가분하게 벗어던지는 순간부터 나란 아이는 어머니로부터 소외되는 신세가 될 것 같은 불안감이 항상 나를 따라다녔다. 때로는 아무 까닭 없이 문득 어머니가 죽지나 않을까 하는 불안감에 휩싸이기도 했다. 그런 생각은 일단 한번 생기기 시작하면 순식간에 머릿속을 가득 채웠다. 그렇게 되면 나는 누가 거두어줄까. 외삼촌? 외숙모? 애숙이 누나? 그러나 그들 중에 어느 누구도 나를 어머니처럼 거두어줄 사람은 없었다. 그럴 때면 나는 몽유병에 걸린 아이처럼 멍하니 교실 창밖에 시선을 던지고 있다가 별안간 벌떡 일어나 집으로 달려갔다. 급작스런 돌발행동에 놀란 선생님이 내 이름을 부르며 자리에 앉히려 했지만, 선생님의 목소리 따위는 귀에 들어오지도 않았다. 집에 도착해서도 어머니가 보이지 않으면, 곧장 권씨 댁을 찾아가 어머니의 존재를 확인하고 나서야 안도의 한숨을 쉴 수 있었다. 이튿날이면 아이들이 모두 쳐다보는 가운데 두 손을 높이 쳐들고 벌을 서면서도 나는 지금쯤 어머니는 어디에 있을까, 밭에 있을까 방앗간에 있을까, 아니면 권씨 댁 부엌에 있을까, 그것만 생각하며 팔이 부러질 것 같은 고통을 견뎌냈다.

어머니가 나를 철부지로만 취급하고 있다는 생각에 나는 소외감을 느꼈고, 어머니의 얼굴에 엷게 묻어 있는 화장기는 어머니를 한없이 수상하게 만들었다. 어머니의 어색한 화장과 앞뒤가 맞지 않아 수다스럽기만 한 수사의 치레에서, 어린 나로서도 해석 불가능한 어떤 음모가 존재한다는 것을 눈치 채고 있었던 것이다.

어머니 얼굴에 남아 있는 화장의 흔적, 그리고 그때까지 출처가 밝혀지지 않고 있는 외삼촌의 자전거, 느닷없는 장춘옥의 짜장면, 그 모든 것들이 어머니와 나 사이에 축적되었던 고약같이 멍울진 혈연관계를 단숨에 무너뜨리고 가공할 무언가를 탄생시킬 수 있는 계략을 의미하는 것이었다. 뿐만 아니라, 그 불가사의한 음모의 탄생과정에서 어린 아들의 존재는 철저하게 소외되고 말았음을 나는 깨달았다. 내가 집에 없었던 방학 한 달 동안 어머니는 그 조그만 집에서 도대체 무슨 계략을 꾸미고 있었던 것일까. 나는 슬펐고, 그리고 절망했다. 평소와는 너무나 달랐던 어머니의 행동에서 우리들 사이에 흔히 구사되는 유치하고 흔해빠진 속임수의 징후는 보이지 않았다. 거기엔 나름의 진실이 묻어 있었던 것이다.

그런 일련의 정황들이 확연한 증거들과 함께 가슴속에서

구체화되려는 순간, 나는 손에 든 채 주저하고 있었던 나무젓가락을 바닥에 던져버리고 말았다. 그러고는 입안에 겨우 넣고 우물거리고 있던 국숫가락을 식탁 위에 뱉어내버렸다. 난생처음 어린 자식으로부터 생각지도 못한 앙갚음을 당한 어머니는 하얗게 질리고 말았다. 어머니는 달아오른 내 얼굴에서 시선을 떼지 못했다. 어머니의 표정에 모멸감 같은 것이 스치고 있었다. 방 안에는 침묵이 흘렀다. 외삼촌이 수저를 들다 말고 망연자실 나를 바라보고 있던 그때, 어머니는 느닷없이 치맛자락을 걷어 눈물을 찍어내기 시작했다.

"누님까지 왜 그래요?"

그러고 보면 그 방 안에서 벌어지고 있는 조그만 소동의 내막을 외삼촌은 진작부터 훤히 꿰고 있었다는 얘기였다. 나는 배신감 때문에 손까지 떨려왔다.

"내가 몹쓸 년이제…… 치맛자락만 살짝 들었다 놓아도 화냥질했다고 소문이 파다한 세상인데…… 내가 죽일 년이제. 어쩔라고 이런 일을 저지르려고 했는지……"

"누님, 이러시면 안 됩니다. 이미 엎어진 물사발인데, 이제 와서 그런 말 한다고 무슨 소용입니까. 장차 벌어질 일을 생각해봤습니까. 아새끼 하나 달래는 게 그렇게 힘든 일입니까."

"경원이 달래기가 힘든 게 아니라, 장차 벌어질 일이 무서워서 그런다."

"무섭긴 뭐가 무섭다고 그러십니까. 마음을 다잡고 달래봐야지요. 경원이가 심성이 그릇된 아이는 아니지 않습니까. 아직 철부지여서 그렇지, 얘도 세상물정을 알 나이가 되면 이러저러한 누님 처지를 이해하게 되겠지요."

"아니다, 옛날에 어떤 정승은 평생을 울타리 없이 살았어도 아무 탈이 없었다는데……"

눈물을 찍어내던 어머니가 벽 쪽으로 물러나 웅크리고 앉은 나를 가만히 끌어당겼지만, 나는 어머니 손길을 매몰차게 뿌리치고 다시 방 윗목으로 썩 비켜앉고 말았다. 당황했던 어머니는 내가 내던졌던 나무젓가락을 수습하여 내 손에 쥐여주며 애원했다.

"경원아, 이 에미가 잘못했다. 아무 걱정 말고, 식기 전에 어서 먹자."

나는 시종 어머니도 외삼촌도 아닌, 짜장면 그릇만 노려보았다. 어머니는 내게 내밀었던 젓가락으로 국숫가락을 다시 집어올렸다. 니글니글한 냄새가 다시 코를 찔렀다. 그사이 외삼촌은 자기 앞에 놓인 짜장면 그릇을 끌어당겨서는 과장된 동작으로 보란듯이 먹기 시작했다. 외삼촌의 입가에 금세 먹빛의 춘장이 너절하게 묻기 시작했다. 그때의 외삼촌은 나를 자전거에 태우고 집으로 가며 자신의 허리를 꼭 껴안으라고 몇 번이나 당부하던 그런 자상한 사람이 아니었다. 어머니와 나는 장춘옥을 나설 때까지 짜장면 그릇을 비우지 못했다.

"철없는 애한테 책잡히면 안 됩니다."

"경원이는 철없는 아가 아니다."

"헛참, 별소리 다 듣겠네요."

"경원이를 개 쫓듯이 몰아붙이지 마라."

"몰아붙이다니요. 경원이가 울타리 있는 집에 살아보는 게 소원이라면서요. 그래서 울타리를 만들어주고, 선생님이 보자고 하면 엄마 대신 달려가줄 사람을 찾아주겠다는데 무슨 불만이 있어 저럽니까."

입에 게거품을 무는 외삼촌에게 어머니가 말했다.

"자가 아직도 철이 덜 들어 그렇다."

"누님도 참, 어째서 한입으로 두말을 하십니까. 조금 전에는 철없는 애가 아니라면서요."

어머니가 시무룩해져서 말했다.

"말인즉슨 그렇다는 얘기지…… 철이 들었으면 얼마나 들었겠노."

"참 별소리 다 듣겠네요."

그 순간 나는 자리에서 벌떡 일어나 장춘옥을 뛰쳐나오고 말았다. 마땅히 갈 곳도 없었지만, 나는 무작정 뛰기 시작했다. 무지개를 잡으려는 아이처럼 나는 한길을 벗어나 논둑 밭둑길을 가릴 것 없이 뛰고 또 뛰었다. 몸이 뜨거워지고 숨이 목젖까지 차올랐다. 그러나 나는 죽어도 좋다고 생각했다. 그렇게 되면 어머니도 기뻐하겠지. 아니 외삼촌이 어머니보다 더 좋아서 날뛰겠지. 나는 논둑길을 달려서 천변길로 들어섰다. 귓결로 바람이 지나는 소리가 들렸다. 기분이 백점이었다. 나는 그때까지 단 한 번도 백점을 받아보지 못했다. 고작해야 사십점 아니면 오십점이었다. 그때 처음으로 백점을 받은 기분이었다. 어느새 기분이 상쾌해지고 숨도 가쁘지 않았다. 나는 발이 땅에 닿지 않을 정도로 날 듯이 뛰고 있었다.

운동회가 열리던 날, 달리기 경주에서 언제나 꼴찌를 면하지 못하고 돌아오는 나를, 어머니는 치마폭으로 가만히 감싸 안으며 말했다.

"운동회 날이라 하더라도 니는 뛰지 마라, 먹은 것도 없는 니가 뛰다가 엎어지면 두 번 다시 못 일어난다. 선생님도 그렇지…… 니가 굶고 지내는 아이라는 걸 뻔히 알고 계실 텐데 왜 니를 뛰라고 몰아세우는지, 인정머리도 없으시지."

그후로 나는 운동회 날이 다가와도 떨지 않았다. 꼴찌를 하건 칠등을 하건 아무런 부담을 갖지 않아도 되었기 때문이었다. 그뒤부터 나는 언제 어느 때라도 천천히 걷는 배짱을 갖게 되었다. 그러나 때때로 선생님에게 뒷덜미를 잡히곤 했다.

"야, 배경원, 너 이리 나와봐."

선생님은 내 턱을 잡아 흔들면서 말했다.

"내가 달리기 경주하라 그랬지?"

"예."

"달리기 경주가 뭔지 알아? 젖 먹은 힘까지 다해서 뛰는 거야. 내가 그렇게 가르쳐줬지?"

"예."

"이놈 봐라. 쥐불알만한 놈이 대꾸는 꼬박꼬박 잘도 하네. 달리기가 뭔지 알고 있으면서 처음부터 끝까지 시종일관 팔자걸음을 걷다니. 이놈이 수업중에 까닭 없이 뺑소니를 치지 않나, 선생님 바라보고 실없이 헤죽헤죽 웃지를 않나. 너 그거 어디서 배워먹은 버르장머리냐!"

나는 하마터면, 어머니가 시킨 일이라고 말해버릴 뻔했다. 만약 그렇게 된다면, 어머니는 필경 선생님의 호출을 받아, 내 팔자걸음의 출처에 대해 위압적인 추궁을 감당해야 했을 것이었다. 그래서 나는 꼬치꼬치 파고드는 선생님에게 묵묵부답으로 일관했다. 그러나 장춘옥 사건 이후 나는 운동회를 기다리게 되었다. 다른 건 몰라도 운동회의 마지막을 장식하는 마라톤 경주에선 통학거리가 먼 재 너머 아이들과 겨뤄도 뒤지지 않을 자신이 있었다. 나는 그뒤부터 울고 싶을 땐 무작정 달렸다. 달리고 나면 몸도 마음도 한결 가벼워지는 걸 느낄 수 있었다.

그후에도 외삼촌은 누굴 만나려는 것인지 뻔질나게 장춘옥을 들락거리며 그 집을 출입한 결과를 표정에 변화를 보이지 않는 어머니가 듣든 말든 귀띔해주었다. 외삼촌을 대하는 어머니의 태도는 전과 달리 냉랭했다. 외삼촌과 마주치는 것조차 꺼려했다. 외삼촌 역시 그런 어머니에게 섭섭한 감정을 드러내며 푸념을 늘어놓곤 했다. 어머니와 외삼촌이 서로 그렇게 암묵적인 대치상태를 이어가던 어느 날, 외삼촌은 예의 그 자전거를 몰고 우리 집에 나타났다. 그런데 외삼촌 혼자가 아니었다. 자전거 뒷자리에는 애숙이 누나가 올라앉아 있었다. 외삼촌은 무표정했으나 누나는 시선 둘 곳이 마땅찮은지 고개를 떨구고 집 안 여기저기를 두리번거렸다. 전혀 예상치 못했던 어머니는 외삼촌은 거들떠보지도 않은 채 누나를 쎄려보며 말했다.

"이년, 다 큰 기집아라면 듬직하게 굴어야지, 철부지들처럼 아부지 뒤를 졸졸 따라다니나?"

누나가 미처 대꾸를 못 하고 고개를 떨구고 있는데, 외삼촌이 냉큼 되받았다.

"살벌하게 왜 그러십니까. 여기가 명색이 고모 집인데, 애숙이가 못 올 곳을 왔습니까. 그러면 경원이는 방학 때마다 왜 데려가라 하십니까."

"니 딸들 한글 가르쳐달라며?"

"그 계집아들 한글 못 깨우쳐도 장차 잘 먹고 잘살 겁니다."

"생트집 잡으려고 애를 데리고 찾아왔나?"

"생트집이라니요. 말씀이 과하십니다."

"장담하지 마라. 세상일은 지나봐야 안다더라."

날선 대화를 주고받으면서 배알이 뒤틀린 외삼촌은 마당 한가운데 세워둔 자전거 옆에 쭈그리고 앉았다. 어머니와는 등을 돌린 채였다. 그러고는 페달을 손으로 돌리면서 다른 한 손으로 담배를 피워물었다. 외삼촌으로부터 보기 좋게 역습을 당한 어머니는 사레들린 사람처럼 손으로 입을 가리고 잔기침을 토해냈다. 한동안 침묵이 흘렀고, 어머니는 외삼촌을 부엌으로 불러들였다. 애숙이 누나가 툇마루 저쪽 끝에 앉아 있던 내게 다가와 앉았다. 맨발에 꿰맨 자국이 수두룩한 검은 고무신을 신고 있었던 그녀는 두 다리를 나란하게 펴서 들어올리며 속삭였다.

"너네 엄마가 내 고무신 사준다 그랬다."

"왜?"

"왜라니? 니 밤똥 눌 때마다 내가 뒤따라나가서 정낭귀신이 니 잡아묵지 못하도록 지켜준다는 걸 너네 엄마도 알고 있더라."

"그럼 누나는 고무신 얻어갈라고 왔나?"

"내가 거지인 줄 아나? 나는 가만히 있는데 너네 엄마가 먼저 고무신 사준다더라. 그것뿐인 줄 아나. 너네 집에 오기 전에 아빠하고 짜장면도 사먹고 왔다."

한참 만에 부엌 밖으로 나온 외삼촌은 목구멍의 가래를 끌어올리더니 멀리 가래침을 내뱉었다. 가래침은 나비처럼 허공을 날아 마당 저쪽으로 날아가 떨어졌다. 그날 외삼촌은 서둘러 누나를 자전거에 태우고 시량리로 되돌아갔다. 느닷없이 모습을 드러낸 애숙이 누나, 그리고 어른들끼리 나눈 부엌의 숙덕거림, 누나까지 맛보았다는 장춘옥 짜장면들 같은 일련의 사건들은 내게 어렴풋이 무언가를 말해주고 있었다. 그것은 어머니가 다시 얼굴에 화장을 하는 불상사를 예고하는 것이었다. 외삼촌과 어머니 그리고 홍기태의 어머니가 어둡고 습기 찬 장춘옥 뒷방에 유령들처럼 모여앉아 나에게서 어머니를 떼어낼 계책을 모의하지는 않을까. 머리가 터져나갈 듯이 아팠다. 누가 말을 걸어도 잘 들리지 않았다.

9

새아버지가 내 앞에 처음 모습을 드러낸 것은 그해 초가을
이었다. 밖에 나갔다가 무심코 문을 열고 방으로 들어서는데,
어머니와 외삼촌 그리고 새아버지, 세 사람이 서로 마주 보고
앉아 웃고 있었다. 내가 느닷없이 방으로 들어서자, 그들은
뱀 만난 여치처럼 화들짝 놀랐고, 나누던 대화도 툭 끊어졌
다. 방 안은 순간 바닷속처럼 적막해졌다. 어머니는, 남편이
출타한 사이에 외간 남자를 끌어들여 사통을 하다가 들통이
난 여자처럼 당혹스런 얼굴로 꼼짝달싹 않고 나를 바라보았
다. 나 역시 너무나 놀라 강시처럼 얼어 있었다. 어머니와 외
삼촌 사이에 키꼴이 멀대같이 큰 사나이가 손가락 사이에 담
배를 낀 채 기척도 없이 방으로 들어선 나를 크고 선해 보이
는 눈으로 바라보았다. 놀랐던 어머니가 가슴을 진정시키고

말했다.

"경원아, 이리 와서 새아버지한테 인사드려라."

나는 직감적으로 그 낯선 사내가 외삼촌이 말하던 바로 그 '울타리'라는 것을 깨달았다. 그러나 나에게는 울타리든 새아버지든 아무런 의미도 가슴에 와 닿지 않았다. 그때까지 나는 새아버지든 헌 아버지든 명색 아버지란 사람과 한 번도 마주친 적이 없었던 것이다.

"경원아, 이리 와서 무릎 꿇고 인사 올려라."

어머니를 거드는 외삼촌의 말에 나는 피가 거꾸로 흐르는 것 같은 배신감을 느꼈다. 나는 어째서 집에 오나 학교에 가나, 아무 잘못도 없이 걸핏하면 무릎을 꿇고 항복하라는 말을 듣는 것일까. 부글부글 끓어오르는 오기와 수치심이 가슴을 파고들었다. 그런 속내를 비웃기라도 하는 듯 어머니가 다시 말을 이었다.

"경원아, 그렇게 씩씩거리고 서 있는 거 아니다. 새아버지께 어서 인사드려라. 새아버지는 이제부터 우리 식구다."

구레나룻에 면도 자국이 선명한 새아버지란 남자는 나를 그윽한 시선으로 바라보며 헛기침을 했다. 얄팍한 첫 월급봉투를 받아든 사람의 입에서 흘러나올 듯한 어딘가 애매하고 공허한 그런 헛기침이었다. 방 안에는 네 사람이 있었으나 나에게는 썰물이 훑고 간 갯가처럼 썰렁하고 황량하게 비어 있는 공간일 뿐이었다. 내 항복을 초조하게 기다리던 외삼촌에게서 날벼락이 떨어질 것 같은 그 순간, 나는 그만 문을 박차고 밖으로 뛰쳐나왔다. 그리고 툇마루 아래 벗어두었던 신발을 냉큼 꿰어신고 뛰기 시작했다. 아무것도 보이는 것이 없었지만 용하게 엎어지지 않고 시량리 방향으로 뛰고 또 뛰었다. 뛰는 것은 나의 패기였고 유일한 위안이었다. 뛰면 마음이 편안했고 땀이 나면 가슴속까지 시원해졌다. 그런데도 뇌리를 떠나지 않는 환영이 있었다. 그들 세 사람은 안방에 모여앉아 어떤 모의를 하고 있었을까. 아마도 어머니에게서 나를 떼어내던져버릴 음모를 꾸미고 있었겠지.

스스로가 대견하게도 혼자 그렇게 시량리까지 도착했으나, 외갓집을 찾아가지는 않았다. 어떤 불상사가 일어날지 예측할 수 없었다. 최소한 외숙모는 나를 더이상 뛰지 못하게 잡도리할 것이었다. 나는 다시 월전리로 돌아섰다. 그러나 집 언저리만 배회할 뿐 정작 집 가까이는 갈 수 없었다. 이상하게도 나만 보면 앞다투어 이래라 저래라 간섭하기 좋아했던 그 많은 사람들이 그날은 코빼기도 보이지 않았다.

심지어 밤낮으로 마을을 몇 바퀴씩 돌며 개똥을 주우러 다니는 개똥 노인네와도 마주치지 않았다. 모든 것이 순식간에 내 시야에서 자취를 감춰버린 것이었다. 어머니는 전쟁통에도 산속에 숨어 지내다가 포화 소리가 뜸하다 싶으면 부리나케 집으로 돌아와 닭들에게 모이를 주곤 했었다. 그런데 당신의 피붙이가 사라져버렸는데도 하찮은 '울타리' 때문에 방에서 코빼기도 내밀지 않았다. 나를 보면 언제나, "나는 많이 먹었으니까, 너나 많이 먹어라" 했었던 어머니를 이제는 바랄 수 없게 되었다는 절망감에 치가 떨렸다.

먼 데 사람의 형용을 분별하지 못할 정도로 어두워지기를 기다려 나는 도둑괭이처럼 까치발을 하고 집으로 숨어들었다. 툇마루 아래에는 세 켤레의 신발이 이 집의 주인은 바로 나다, 하는 것처럼 가지런히 놓여 있었고, 방 안에서는 코 고는 소리가 나지막이 들려왔다. 나는 분하고 서러웠다. 한동안 툇마루 앞에 서 있다가 집을 나섰다. 그날 밤은 옹기전에 널려 있는 항아리 속으로 비집고 들어가 새우잠을 잤다. 난생처음 집 밖에서 잠자리를 가진 셈이었다. 그러나 잠이 깊게 들 리가 없었다. 비몽사몽간에 어머니가 항아리 주둥이에 얼굴을 디밀고 혀를 끌끌 차며 말했다.

"경원아, 니가 얼어 죽을라고 아주 작심을 했구나. 어서 나오너라, 얼른 집으로 가자. 니가 싫다는 새아버지는 자기 집으로 돌아갔다."

몇 번인가 그런 헛것이 보여 소스라쳐야 했다.

나는 동이 트기 전에 항아리에서 빠져나와 마을 뒤편 산등성이에 있는 옹기도막에 올라가 마을을 내려다보았다. 해 뜨기 전의 산과 하늘의 경계선에서 벌어지는 변화를 그때 눈여겨보았다. 그것은 처음엔 회색, 그다음엔 은색, 그리고 그다음엔 다시 분홍색으로 변했다. 한참 뒤 해가 뜨고 난 후 산들이 붉은색으로 물드는 것을 나는 하염없이 바라보았다.

외삼촌이 울타리라 불렀던 새아버지가 우리 집에 들어와 살기 시작한 지 얼마 후, 나는 학기중임에도 외삼촌의 자전거에 실려 시량리 외가댁으로 갔다. 그후의 몇 개월은 꿀과 같은 나날이었다. 가장 속 편했던 것은, 기성회비 미납 때문에 상습적으로 교실 앞에 불려나가 삼일절 기념식에서 그랬던 것처럼 두 손을 허공 높이 쳐들고 만세를 부르며 무안당한 얼굴로 서 있지 않아도 된다는 것과, 술도가에서 얻어온 지게미로 아침 끼니를 대신하지 않아도 된다는 것이었다. 꿀맛 같은 시간을 보낼 수 있게 된 배후에는 물론 애숙이 누나가 있었다. 나는 그녀를 만나자마자 집에서 생긴 몹쓸 일들을 거침없이 털어놓았다.

"누나, 우리 집에 새아빠가 왔어."

"새아빠 무슨 얼어 죽을 새아빠냐. 아빠라고 부르지 마라."

"누나 알고 있었어?"

"알고 있었지. 세상에 내가 모르는 일은 단 한 가지도 없어. 그 남자는 너네 엄마와 너 사이에 도둑고양이처럼 끼어든 얼치기 건달이다. 너 그거 잊어버리지 마라."

"건달이 뭔데?"

"너는 몰라. 나도 잘 모르지만, 그런 게 있다더라. 놀고먹는 사람."

"누나, 나 여기 오래 있어야 돼?"

"밤낮으로 똥꼬가 줄줄 새는 너를 반겨줄 사람은 이 넓은 세상에서 나하고 자숙이뿐이다. 너 그거 알어?"

"알어."

그녀는 나를 탐탁지 않게 여기는 외숙모를 힐끗 돌아보며 말했다.

"그러면 우리 집에 있을 동안 고분고분해야 돼, 알았어?"

겉보기에는 무던해 보이는 외숙모는 한번 배알이 틀렸다 하면 패나 괴팍하게 굴었다. 대중없이 성깔을 부리다가 외삼촌으로부터 볼따구니께가 벌겋게 되도록 손찌검을 당하기도 여러 번이었다. 뱰이 뒤틀린 외삼촌은 그때마다 숙모를 잡아먹을 듯이 노려보며 혼쭐을 내주곤 했다.

"해변 강아지 호랑이 무서운 줄 모른다는 얘기 들어봤지? 이 촌년아, 어따 대고 생트집이야. 우리가 누구 때문에 입에 풀칠이나 하고 살아가는지 알기나 해? 우리 누님이 밤낮을 가리지 않고 품앗이해서 우리 뒷바라지해준 게 어디 한두 해야? 그 덕분인지 알고 있기나 해? 내가 이 손가락 다치고 나서 할 수 있는 일이 아무것도 없어. 병신새끼 재수 없다고 노름판에도 안 끼워줘. 니가 대중없이 뒤숭숭하게 굴면 언제 나한테 죽을지 몰라. 남의 감자밭에 가서 감자 몇 개 훔쳐오는 일이 고작인 여편네가 성깔은 살아가지고 걸핏하면 곤두박질이야……"

따귀를 얻어맞고 욕설로 톡톡히 박해를 당하고 나서야 외숙모는 잠잠해지곤 했다.

나는 애숙이 누나와 항상 붙어다녔다. 시랑리 주변에 있는 과수원길과 산기슭의 숲길을 돌아다니며 5월 초순이면 뱀딸기를 따먹고, 6월 하순이면 다슬기를 주웠다. 한여름 개여울에 놓아둔 사발무지에는 버들피리들이 미어터지도록 들어 있곤 했다. 그것들을 뜨거운 자갈 위에 꾸덕꾸덕해지도록 말렸다가 모닥불에 구워 먹는 재미에 우리는 해 지는 줄 몰랐다. 마을 사람들이 놓아둔 어살에는 내가 미처 보지 못했던 민물고기들이 거센 물살을 뚫고 빠져나가지 못해 무더기로 결박되어 있었다.

누나와 나는 강가에 앉아 노을을 바라보고 있었다. 노을이 지고 밤의 어스름이 산기슭을 따라 천변으로 흘러들었다. 여울은 천변의 높낮이를 따라 흐르다가 가벼운 바람에도 흔들리며 저녁 이내 속으로 흘러들고 있었다. 언덕으로부터 내려오는 물오리떼 소리가 냇가의 자갈밭 위로 구르고 있었다. 한동안 미동도 않고 앉아 있던 애숙이 누나가 내 뒷덜미에 손을 엎으며 나직하게 말했다.

"경원아, 니하고 나하고 둘이서 멀리로 도망가서 살래? 내가 식모살이해서 니 먹여살려줄게. 니는 밤만 되면 똥꼬가 줄줄 새는 아이여서 정낭귀신이 잡아가지 못하도록 내가 항상 곁에서 지키고 있어야 돼."

나는 놀란 눈으로 그녀를 빤히 바라보았다. 두려움에 가슴이 뛰었다.

"누나, 난 못 가. 엄마한테 혼나."

"혼나긴 뭐가 혼나? 도망가서 살면 엄마는 만나지도 못할 텐데."

그녀는 더이상 파고들진 않았으나, 두 눈에는 눈물이 그렁그렁 고였다.

"너네 엄마가 널 끔찍이도 위하니까, 엄마를 떠난다는 건 꿈에도 생각 못 하겠지. 근데 너 지금 내가 했던 말 어디 가서 조잘거리면 나한테 혼난다!"

"누나, 내 안 조잘거릴게."

"그래야 착하지. 그럼 목화밭에 가서 다래 따먹자."

"누구네 밭인데?"

"이 냇가에 있는 밭은 모두 내 밭이야. 어떤 놈도 내한테 지랄 못 해. 내가 머지않아 마귀할머니가 된다는 걸 지들도 알고 있거든."

도망가서 살자는 누나의 제안은 나에겐 재앙과 같았다. 감히 상상조차 못 하던 것이었다. 그러나 그녀 역시 그녀대로 남모를 고뇌에 빠져 있다는 것을 눈치챈 것도 그때였다.

"너 그거 알어?"

"뭘 알어?"

"아부지가 엄마한테 귓속말하는 거 들었어…… 나를 너네 동네 권씨 댁으로 시집보낸다더라."

"누나 벌써 시집가?"

"일이 년 후에…… 열다섯까지 보듬어서 키워놨으니 일이 년만 있으면 계집 구실 단단히 한다고 벼르더라."

"누구한테?"

"듣도 보도 못한 병신한테…… 그 권씨 댁에는 반편 구실도 못하는 병신 하나를 골방에 가둬놓고 키운다더라. 날 민며느리로 데려갈 것인지 부엌데기로 데려갈 것인지 모르지만, 요사이 아부지가 그 집에 드나들기 시작했단다."

한동안 잠자코 있다가 그녀는 말했다.

"난 무서워. 그 집 오래된 우물에 요사이 물귀신이 산다고 하더라. 밤만 되면 우물에서 기어나와 춤까지 춘단다. 서럽게 울기도 해서 이웃 사람들이 밤잠을 설친다고 하더라."

누나의 얘기를 듣고 나는 또 달리기 시작했다. 적어도 나에겐 위기가 겹으로 닥친 셈이었다. 새아버지와 나 사이에 새록 새록 피어나는 갈등의 중심에는 외삼촌이 존재하고 있었다. 그러나 그런 갈등은 내게 더 빨리 달릴 수 있는 기량을 키워 주었고 더 높이 뛰어오르는 능력도 가르쳐주었다. 빨리 달려 갈 수 있다는 것은 새아버지로부터 멀어질 수 있다는 가능성 을 예고하는 것이었고, 어쩌면 나도 조만간 어른들과 겨룰 수 있는 담대함을 가질 수 있다는 자부심까지 생기게 하는 것이 었다. 그러나 나는 더이상 멀리 갈 수 없었다. 어머니의 존재 가 걸림돌이었다. 아무도 없는 줄 알고 방문을 벌컥 열고 방 안으로 들어섰을 때, 방 한가운데 네 활개를 쭉 뻗고 누워 있 는 새아버지를 목격하게 되면, 나는 너무나 놀랐고 낯설었고 울화가 치밀었다. 새아버지는 두 손바닥으로 팔베개하고 누 워 눈을 감은 채로 혼자서 유행가를 흥얼거리기도 했다.

돌아오네 돌아오네 고국산천 찾아서 / 얼마나 그렸던가 무궁화꽃을 / 얼마나 외쳤던가 태극 깃발을 / 갈매기야 울 어라 파도야 춤춰라 / 귀국선 뱃머리에 희망도 크으다—

그렇게 흥얼거리고 나서 또다시 목청을 돋워서 천장을 향 해 뇌까렸다.

"혼또데스까? 귀국선 뱃머리에 희망도 커? 국물도 없네, 국물도 없어……"

새아버지는 일본에 징용으로 끌려갔다가 광복이 되어 고국으로 돌아온 사람이었다. 그렇다 하더라도 그런 새아버지 곁에 어머니만 남겨두고 누나와 함께 멀리 도망칠 수는 없었다.

10

아우의 말대로 버스터미널이 있던 자리에는 잡화와 채소를 팔고 있는 가게가 들어서 있었지만, 장춘옥은 그대로였다. 추녀를 따라 가로로 세워둔 식당의 작은 간판이 채소가게에서 켜둔 전등 불빛을 받아 희미하게 드러나 보였다. 광고전단들이 덕지덕지 붙은 유리문을 열고 식당 안으로 들어섰다. 기름 냄새, 춘장 냄새와 배갈 냄새로 뒤범벅이 되어 도무지 출처를 캐낼 수 없는 지독한 냄새들이 코를 찔렀다. 마침 꽃무늬가 인쇄된 비닐식탁보를 행주로 훔치고 있던 종업원이 아우를 보고 말도 없이 꾸뻑 알은체를 했다. 종업원을 턱짓으로 가리키며 아우가 말했다.

"내 제자입니다. 여기서 중학교까지 졸업하고 휭하니 객지로 나가서 떠돌다가 여의치 않았던지 고향으로 돌아와서 버스터미널 근처에서 할 일 없이 빈둥거리고 있는 것을 내가 멱살 잡아서 장춘옥에 소개를 시켰어요. 빈둥거리지 말고 지 밥벌이나 하라구요."

아우가 오래전부터 장춘옥 사람들과 끈끈한 관계를 유지하고 있다는 증거였다. 그러나 내가 어릴 때 보았던 사팔뜨기 주인 홍기태는 보이지 않았다. 그런 눈치를 알아챈 듯 아우가 말했다.

"가게와 살림집이 지금은 서로 멀리 떨어져 있습니다. 짜장면 시킬까요?"

우리는 아우의 제자라는 종업원이 방금 치워놓은 그 식탁에 마주 앉았다. 시큰둥한 눈치를 알아챈 아우가 곧장 잡채와 군만두 그리고 배갈을 주문했다.

"기태 모친도 몇 년 전에 돌아가셨어요. 오륙 년쯤 된 것 같습니다. 단골집이어서 당연했겠지만, 아버지와는 꽤나 가깝게 지냈지요. 형님에겐 눈엣가시였겠지만요."

"어머니보다 한참 손아래였던 것으로 기억하는데?"

"형님 객지에 오래 나가 있어도 기억할 건 모두 잊지 않고 있었네요."

"다른 사람은 몰라도 그분은 기억하고 있지. 외삼촌과도 퍽이나 친숙한 사이였는데. 우리는 그래, 자기에게 베풀고 아껴주었던 사람은 금세 잊어버리지만 미워했거나 가슴에 상처입

혔던 사람의 내력 같은 건 오래 기억하게 되잖아."

"그러나 나는 그분에 대한 기억이 형님과는 정반대인데도 오래 기억하고 있습니다."

"그게 바로 나와 너의 차이이기도 하겠지. 내가 너처럼 성품이 착하고 매사에 올곧은 놈이 못 된다는 건 옛날부터 알고 있었어."

"공연히 형님 심기만 건드린 꼴이 되었네요. 하루 종일 한데 바람에 시달렸으니, 이걸로 속이나 덥히세요."

아우가 배갈병을 들어 작은 유리잔에 가득 채웠다. 나는 술잔을 들어 단숨에 들이켰다. 흘러든 독주에 따갑게 젖고 있는 식도가 미세하게 감지되어왔다. 온갖 전단지가 붙어 있는 문밖으로 바라보이는 골목길에 채소가게의 불빛이 고즈넉하게 드리워져 있었다. 새벽에 멈추었던 빗줄기가 희미한 불빛 사이로 다시 흩날리고 있었다. 산등성이 위로 불어오는 바람을 타고 멀리로 날아가던, 어머니의 미숫가루 같았던 잔해가 떠올랐다. 그때 고스란히 남기고 뛰쳐나와버렸던 그 짜장면 그릇도 생각났다. 철부지였던 내가 어른들의 세상사에 대해서 뭘 안다고 그런 투정을 부렸던 것일까. 정말 아무것도 몰랐으면서.

그처럼 아무것도 몰랐던 나 때문에 어머니는 얼마나 애간장을 태웠을까. 나는 테이블 위에 놓여 있던 두루마리 화장지

를 뜯어 눈시울에 그렁그렁하게 고이는 눈물을 닦았다. 가다
듬지 않으면 마신 배갈만큼의 눈물이 흘러내릴 것 같았다. 나
는 아우에게 빈 유리잔을 내밀었다. 그 작은 잔에 술이 넘치
지 않도록 아우는 두 손으로 술병을 떠받치고 조심스럽게 술
을 부었다. 나는 취하도록 술을 마시면 얼굴이 창백해지는 편
이었다. 반면 아우는 그런 나와는 전혀 딴판이었다. 두 잔째
를 채 비우지 못했는데도 벌써 얼굴이 벌겋게 달아올라 있었
다. 그뿐만 아니었다. 나는 여느 동양 사람들처럼 털이 거의
없었는데, 아우는 몸에 털이 많았다. 나는 성질이 급한 편이
었으나, 아우는 느긋하고 넉살도 좋았다. 나는 웬만한 성과에
는 도무지 성이 차지 않는 편이었으나, 아우는 작은 일에도
성취감이 높은 편이었다. 나는 흐릿한 시선으로 접시에 남아
있던 군만두 한 개를 간장에 찍어 우물우물 먹고 있는 아우를
물끄러미 바라보았다. 그때 문 바깥에서 덜덜거리는 오토바
이 한 대가 시동을 끄는 소리가 들렸다. 비에 젖은 회색 점퍼
차림의 사내가 불쑥 식당 안으로 들어서더니 곧장 우리 쪽으
로 다가와 식탁 모서리에 이마를 박을 듯이 허리를 깊숙이 숙
이며 대뜸 내게 인사를 올렸다.

"아이구…… 경원이 형님 오셨습니까."

아버지인 홍첨지로부터 식당을 물려받은 사팔뜨기 홍기태
였다. 어머니가 전화로 주문을 하면 수화기를 놓기 바쁘게 득

달같이 달려와 짜장면 그릇을 툇마루에 놓아주던 그 친구 홍기태. 나는 나도 모르게 벌떡 일어나 그의 목덜미를 끌어안고 말았다. 빗물에 젖은 옷자락에서 비린내가 풍겼다. 내 과장된 인사법에 아우는 순간 당황한 모양이었다. 그는 서둘러 홍기태의 손을 잡아끌어 자신의 옆자리에 앉히면서 얼버무렸다.

"형님 좀 취하셨어. 배갈 두 병을 혼자서 다 마셨거든……"

그때까지 홍기태는 내게서 시선을 떼지 않았다. 내게 보내고 있는 그의 뒤숭숭하고 애매한 시선에 순간 나는 찔끔했다. 우리 형제가 방금 어머니 장례를 치르고 온 처지라는 것을 알고 있는 것이 분명했다. 그것을 몰랐다면 그가 내게 알은척을 했을 때, 오랜만에 고향을 찾아온 까닭도 함께 물었을 것이었다. 우리가 장례를 치르고 왔다는 것을 이 마을 어느 누구도 모른다 해도 그만은 알고 있어야 했을 것이다. 나중에 알게 된 사실이지만, 그는 어머니가 노인병원을 드나들며 입원과 퇴원을 거듭했을 때 아우에게 금전적인 도움까지 준 사람이었다.

그제야 썩 내켜하지 않는 나를 장춘옥까지 데리고 온 아우의 속내를 얼추 짐작할 수 있었다. 나는 곧잘 동문서답이라는 홍기태에게 그의 어머님 안부를 물었다. 아니나 다를까 그는 계속 식탁에 이마를 찧을 듯 굽실거리고만 있는데, 아우가 대신 대꾸했다.

"기태 어머니 돌아가신 지 오륙 년이 넘었다고 진작 말씀드리지 않았습니까."

그러고 보면 어머니는 꽤나 장수하신 분이란 말이 입술까지 흘러나오다 말고 목구멍 속으로 쑥 들어갔다. 홍기태가 주섬주섬 몸을 일으키더니 곧장 주방 쪽으로 들어갔다. 그가 자리를 비운 잠깐 사이 내가 재빨리 말했다.

"기태가, 저처럼 착한 기태가…… 이제 너한테는 유일하게 남은 이웃사촌이구나."

아우는 웃기만 했고, 홍기태가 모태주 한 병을 들고 식탁으로 돌아왔다. 아우가 서둘러 손사래를 치는데도 아랑곳 않고 그는 얼른 병마개를 따버렸다. 술병 허리춤에 붙어 있는 상표께의 먼지를 옷소매로 쓱 문질러 보이면서 그가 말했다.

"형님, 이 술…… 가짜 아니라니깐요."

식당을 찾아온 식객들이 그 술을 내놓을 적마다 가짜라고 면박 주었던 게 분명했다. 이상했다. 홍기태를 만나니 그제야 비로소 고향으로 돌아왔다는 절절한 감정이 현실적으로 다가오는 것이었다. 골목길을 비추던 전등이 꺼지고, 바람에 흩어지던 빗줄기가 멎을 때까지 나는 오랜만에 과음으로 갈팡질팡했다. 어머니를 저승으로 보낸 아들이 할 수 있는 체면치레인 것처럼. 두 사람이 나를 의자에서 일으켜 곁부축을 하는데도 나는 막무가내로 술을 내놓으라고 추태를 부리며 두 사람을 곤혹스럽게 만들었다. 그들이 나를 일으켜세우려 할수록 나는 더욱더 발버둥을 쳤고, 특정한 대상도 없이 차마 입에 담지 못할 육두문자를 배설하듯 뇌까렸다. 그때 다시 핸드폰이 울렸다. 계속해서 같은 번호였다. 그러나 나는 서둘러 핸드폰을 꺼버렸다. 계속 전화를 걸고 있는 까닭이 궁금했지만 받지 않기로 했다.

이튿날 아침 나는 불현듯 눈을 떴다. 어딘가 이상했다. 일단 아파트가 아니었다. 서울의 집도 아니었고, 어머니가 살았던 서민아파트도 아니었다. 달짝지근한 온기가 엉덩이를 간질이는 그 방은 어머니가 아파트로 옮기기 전에 살았던 옹기전 옆의 그 집이었다. 고주망태가 되어 하반신조차 변변하게 가누지 못하는 나를 여기까지 부축해와 어렵사리 잠재운 것이었다. 게다가 내가 누워 있는 방은 아우 내외가 거처했을 안방의 아랫목이었다. 지난밤에 벌였을 추태를 생각하니, 잠이 깼다고 무턱대고 벌떡 일어날 수도 없었다. 방 윗목에서 아우가 새우잠을 자고 있었다. 나는 아우를 흔들어 깨웠다.

"어젯밤엔 주사가 심했지. 나도 이젠 조금만 취해도 통제가 잘 안 되네."

"마음이 괴로우시면, 그럴 수 있지요."

"괴로운 것은 네가 더할 텐데…… 일찍 돌아갈까봐."

"아침도 안 드시고요?"

"제수씨 보기도 민망하고…… 서울 일도 바쁘고…… 그런데 제수씬?"

"형님 볼 면목이 없다고 하네요."

"왜?"

"어젯밤 형님이 취기에 집사람에게 몇 마디 하셨거든요."

"내가?"

"이제 이 집안에 어른 행세 하실 분이라면 형님 한 분뿐인데 당연하지요."

"이럴 수가…… 나 오늘 가야겠어."

"형님 바쁜 일 없다는 것은 나도 진작부터 알고 있습니다. 남의 눈치 때문에 바쁜 척하는 거지요."

아우의 그 말에 나는 한동안 멍하니 천장을 쳐다보며 앉아 있었다. 아랫목은 아침까지 따뜻했다. 내 의붓아버지이자 아우의 친아버지인 한주범씨가 돌아가신 이후, 어머니는 이 방에서 오랫동안 혼자 기거했었다. 그때까지 이 집은 담도, 울도, 대문도 없이 마을 전체를 향하여 온몸을 내보이고 있었다. 길바닥과 방문 사이를 그나마 한숨 가다듬게 만들어주는 것이 있다면, 엉덩이를 걸치고 앉으면 조금의 여유공간도 남지 않았던 툇마루였다.

사뭇 객지로만 떠돌았던 나는 결혼 이후에야 어머니가 살고 있는 월전리에 들른 적이 있지만, 왔다는 인사만 꾸벅하고는 친구들을 만난답시고 밤늦게까지 마을의 선술집이나 섭렵하고 돌아다녔다. 그처럼 난삽하게 농탕을 치고 돌아다녀도 어머니에 대한 부채감 따윈 전혀 느껴지지 않았다. 그리고 마신 술이 목젖까지 차올라 토할 것같이 메슥메슥해져야 집으로 돌아왔다. 밤이 깊도록 불이 켜져 있는 방에 들어가보면 내 이부자리는 아랫목에 깔려 있고, 어머니는 윗목에 이부자리를 깔고 누워 이불깃을 콧등까지 덮은 채로 새우잠을 자고 있었다. 취중이었으나 나는 깃털같이 가벼운 어머니를 이부자리째 아랫목으로 끌어당겨주고, 나는 윗목에서 잠을 청하곤 했다. 천장이 무너져내릴 정도로 코를 골며 자다가 아침에 일어나보면 방 안의 사태는 감쪽같이 원상복귀되어 있었다. 지난밤에 분명 윗목에서 잠자리를 보았던 나는 아랫목에서 잠이 깨었고, 아랫목에 잠자리를 모셨던 어머니는 여전히 윗목에서 새우잠을 자고 있었다. 나는 아우에게 말했다.

"왜 내가 아랫목을 차지하고 있냐?"

"어머니 하시던 말씀이 문득 생각나서 아랫목에다 모셨어요. 요사이 어딜 가도 아랫목 따로 있는 방 찾기가 쉽지 않지요. 그게 좋은 건지 나쁜 건지는 모르겠지만 말입니다."

"어머니가 무슨 말씀을 하셨는데?"

"형님 입대했다는 소식 들었던 그날부터 며칠 동안 어머니는 우물에 신발 빠뜨린 사람처럼 안절부절못했습니다. 형님

배속된 부대가 강원도 산골에 있는 일선부대라는 걸 알고 난 뒤부터는 한겨울이 닥치면 밤잠을 설칠 정도였어요. 그때 강원도 산골짜기라면 한낮 기온도 영하 이십 도나 삼십 도가 보통이었지 않습니까. 형님 입대하던 시절만 해도 군대의 부정부패가 도를 넘었을 때가 아닙니까. 뇌물이라고 몇 푼만 찔러줘도 얼마든지 등 따시고 배부르다는 후방부대로 빠질 수 있지 않았습니까. 어머니는 형님께 그 보잘것없는 용돈조차 쥐여주지 못한 게 가슴에 사무친 것입니다. 형님 제대할 때까지 겨울이 되면 어머니는 아랫목에다 잠자리 보는 일조차 마음이 불편해 잠결에 헛소리를 할 정도였어요. 잠자리에 누우시면 머리맡으로 목쉰 바람소리가 들려온다고 넋두리를 하십니다. 내가 행여 아랫목을 차지할라치면 노골적으로 못마땅한 얼굴로 나를 윗목으로 내쫓곤 했지요. 네 형은 엄동설한에 사시나무 떨듯 하고 있는데, 너만 뻔뻔스럽게 따뜻한 아랫목에서 빈둥거려도 되냐는 것이지요. 어제도 말씀드렸지만, 돌아가실 때까지 어머니 안중에는 형님밖에 없었어요."

"가난한 집구석에서 태어난 것을 서럽게 생각한 적은 있었지만, 그렇다고 어머니를 원망한 적은 없었는데…… 어머니는 그 모든 것을 오로지 당신이 저지른 죗값으로 생각하신 것 같아. 내가 어릴 적부터 능청스럽게 거짓말로 둘러대도 알고도 모른 척할 때가 많았고, 심지어 도둑질을 해도 못된 손버릇을 나무라지 않았어. 걸핏하면 집을 나가서 해가 저물어도 돌아오지 않는 일이 거듭되었기 때문이었지. 네가 태어난 후엔 더욱 심해졌고. 저러다가 영영 집을 나가버리지나 않을까 걱정되었던 거지."

아우가 태어난 이후, 나는 걸핏하면 집을 뛰쳐나와 하릴없이 남의 집 처마 밑에 웅크리고 서서 겨울나무처럼 떨곤 했다. 떨다보면 배가 고팠고 농약 묻은 과일껍질이라도 가리지 않고 먹고 싶었다. 그때 뇌리에 전광석화같이 떠오르는 것이 있었다. 언젠가 집 뒤꼍을 두리번거리며 무언가를 열심히 찾고 있었던 외삼촌의 모습이었다. 외삼촌은 어째서 울타리가 없어 앞쪽과 뒤쪽의 경계조차 가리기 어려운 집 주위를 까치걸음을 하고 서캐 잡듯 몰래 뒤지고 다녔던 것일까. 필경 어떤 전리품을 노렸을 것이었다.

선생님은 소풍 때마다 우리들을 시냇가 자갈밭에 풀어놓고 보물찾기를 시켰다. 그때 아이들이 찾아낸 메모지에는 노트나 연필 따위의 상품이 적혀 있었고, 쪽지를 찾아낸 아이들에게 그 선물을 안겨주는 것이었다. 누군가가 집 주위에 선생님의 보물찾기와 같은 메모지를 숨겼고, 외삼촌은 그것을 찾기 위해 몰래 우리 집에 숨어들었을지도 몰랐다. 나는 집으로 숨어들었다. 그리고 외삼촌이 그랬던 것처럼 장독대와 툇마루 아래 그리고 부엌의 찬장과 심지어 측간의 판자 사이까지, 종이쪽지 하나 끼워넣을 수 있는 틈이라도 보이면 샅샅이 뒤지기 시작했다.

어머니는 내게 학용품을 사주지 않았다. 그러나 나는 내 나름대로 학용품을 조달하는 방법을 터득하고 있었는데, 그것은 일제시대에 목재로 건축한 학교의 마룻장을 뒤지는 일이었다. 마루 아래로는 아이들이 겨우 비집고 들어갈 만한 바람구멍이 뚫려 있었다. 그 바람구멍을 비집고 들어가면, 아이들이 마룻장 틈새로 빠뜨린 학용품들을 모조리 수거할 수 있었다. 거미와 쥐새끼 들만 아니라면, 그곳은 부엉이 둥지나 다름없었다. 만물상회처럼 없는 것이 없을 정도였다. 선생님과 아이들이 모두 집으로 돌아가기를 기다렸다가 나는 그 마룻장 아래를 포복으로 기어들었다. 몽당연필, 색종이, 고무, 색연필, 크레용, 삼각자, 딱지, 가위, 심지어 만년필까지 찾아낼 수 있었다. 그 보물창고를 알아낸 후론 굳이 어머니에게 학용품을 사달라고 짓조를 까닭이 없었다. 그 보물창고의 존재를 가르쳐준 사람은 공교롭게도 학교라고는 문 앞에도 가본 적이 없었던 애숙이 누나였다. 어딘가 몰래 숨어들어 뒤지는 일을 나는 그녀로부터 배웠고, 그녀는 그런 것들을 외삼촌이나 외숙모로부터 배운 것인지 몰랐다. 전리품들을 수거해 밖으로 나오면 내 얼굴은 먼지와 거미줄로 새까맣게 뒤덮이곤 했다.

오랫동안 뒤지기를 계속한 끝에 나는 비로소 소금단지 아래에 누군가 감춰둔 지폐 한 장을 찾아낼 수 있었다. 그 지폐를 발견하자, 나는 눈이 뒤집혀버렸다. 온몸이 짜릿하다 못해 머리가 핑 돌 정도였다. 그 돈을 움켜쥐고 허둥지둥 버스정류소 근처에 있는 구멍가게로 달려갔다. 나는 얼금뱅이였던 가게 아저씨에게 아무 말 없이 돈을 건네주곤 손가락으로 사탕이 들어 있는 유리병을 가리켰다. 아저씨는 물끄러미 나를 바라보더니 얼른 그 돈을 받아 주머니에 찔러넣었다. 그리고 진열장 뒤에서 커다란 종이봉투 하나를 꺼내들었다.

아저씨는 유리병 뚜껑을 열고 봉지가 미어지도록 사탕을 꺼내 담았다. 설마 그 사탕봉지를 내게 통째로 안겨주리라고는 꿈에도 생각지 못했었다. 그런데 아저씨는 언감생심 꿈조차 꿀 수 없었던 그 사탕봉지를 내게 통째로 안겨주면서 손가락으로 마을 뒤편 먼 데를 가리키는 것이었다. 아저씨 역시 그 돈이 훔친 돈이란 것을 진작부터 눈치채고 있었던 것이었다. 돈이 필요했던 철든 아저씨와 사탕이 필요했던 철부지 아이는 한마디 대화를 나눈 적이 없었으나 서로의 속셈을 꿰뚫어보고 은밀하게 결탁했다.

나는 얼떨결에 사탕봉지를 껴안고 허둥지둥 뛰기 시작했다. 한길을 나와서 골목길로, 골목길이 막히면 다시 뒤돌아서 다른 골목길을 찾아 그렇게 내처 달렸다. 그 사탕봉지 전부가 내 것이란 사실이 뇌리에 각인되기 시작하면서 이상하게 눈물이 나기 시작했다. 한길에서 골목길로 다시 논둑길에서 밭둑길로 밭둑길에서 냇가의 천변 둑길로, 닥치는 대로 마구 내달리다보니 어느새 우리 집에서 가장 멀리 떨어진 장소라고 생각되는 혹쟁이 할머니 집 뒤쪽 흙담 아래까지 와 있었다. 가쁜 숨을 가다듬고 나서 다시 사탕봉지를 열어봤다. 그 순간 가슴이 철렁 내려앉았다.

껴안고 뛸 적에는 미처 깨닫지 못했던 사탕봉지의 현실적인 부피가 내가 감당하기엔 너무나 벅차다는 것을 깨달았기 때문이었다. 내가 생각할 수 있는 그 돈의 값어치는 기껏해야 사탕 대여섯 개 정도였다. 또다시 가슴이 두근거리고 머리가 지끈거리기 시작했다. 다시 뛰어볼까 생각했다. 그러나 어떤 일이 있어도 해 지기 전까지 사탕을 모조리 먹어치워야 했다.

그런데 이게 웬일일까. 먹고 또 먹고 나중엔 으적으적 씹어 먹어도 사탕봉지의 부피는 좀처럼 줄어들지 않았다. 목젖을 달짝지근하게 휘감아 적셔주는 단맛의 절묘함이란 두서너 개의 사탕을 핥아 삼켰을 때뿐이란 것을 그때야 깨닫게 되었다. 온몸을 짜릿한 전율로 가득 차게 만들었던 그 파격적인 쾌락은 순식간에 지나가버렸다. 그 이상의 것은 머리가 땅할 정도의 불쾌감이었고, 전투였을 뿐이었다. 비로소 나도 모르게 울음이 터져나오면서 스스로도 걷잡을 수 없게 되었다. 너무나 큰일을 저지르고 말았다는 중압감이 가슴을 억누르기 시작해서 울음을 그칠 수가 없었다.

내 도둑질이 들통나기 전에 얼른 먹어치우고 흔적을 없애야 한다는 조바심이 가슴속에서 불끈거릴수록 눈물은 감당할 수 없을 정도로 흘러내렸다. 무엇보다 눈앞에 있는 사탕봉지부터 없애버려야 돈을 훔쳤다는 증거를 감쪽같이 지워버릴 수 있겠는데, 해질녘이 다 되도록 그 원수 같은 사탕봉지는 반도 비우지 못한 상태였다.

궁리 끝에 남은 사탕을 바짓주머니에 욱여넣기 시작했지만, 그 또한 여의치 않았다. 주머니는 아래쪽 실밥이 모두 터져 가만히 서 있어도 사탕이 바짓가랑이를 타고 줄줄 새나갔다. 결국 나는 두 눈이 퉁퉁 붓도록 울면서 나를 곤경에 빠뜨린 사탕 한 봉지를 모두 먹어치워야 했다. 사탕을 다 먹고 나니 이미 해가 지고 어둑어둑 저녁 거미가 내린 뒤였다. 집으로 돌아가는 길엔, 헛구역질이 나고 허리를 조금만 구부려도 곧장 토할 것 같아서 몸을 장대처럼 꼿꼿하게 세우고 걸어야 했다. 한데, 숨을 쉴 때마다 내 입에서 단내가 훅훅 풍기는데도 어머니는 전혀 알은척을 않고 어쩐 셈인지 눈물만 글썽이고 있었다.

"그때는 어땠는지 몰라도 지금 들으니 달콤하게도 들리네요. 나는 어머니가 감춘 돈을 훔쳐본 적은 없었고, 아버지 돈

을 훔치다가 현장에서 붙잡혀서 종아리에서 피가 터지도록
맞은 적은 있습니다."

"지금까지 어머니는 그때 일을 입 밖에 꺼낸 적이 없었어.
그렇게 큰돈을 잃어버렸는데도 끝까지 내색하지 않았을뿐더
러, 그 돈을 내가 훔쳐서 사탕을 사먹었다는 것을 빤히 알고
있으면서도 알은척을 하지 않았지."

그 이튿날, 새아버지는 나를 잡아끌고 얼금뱅이 구멍가게
주인이 지키는 그 사탕가게로 갔다. 나는 떨었다. 사탕가게가
멀리 보이자, 나는 일단 달아나야겠다고 생각했다. 그러나 내
손을 잡고 있는 의붓아버지의 손이 너무나 강경했다. 사시나
무 떨듯 떨리긴 했지만 가게까지 가서 무릎맞침을 당하기 전
까지 기회를 노리고 이끄는 대로 따라갈 수밖에 없었다.

그런데 전혀 예상할 수 없는 사태가 그 가게 안에서 벌어졌
다. 가게 주인이 얼굴을 내밀자 새아버지는 바짓주머니에서
동전 몇 개를 집어내어 주인에게 건네주며 유리병을 가리켰
다. 가게 아저씨와 눈이 마주칠까 조마조마했지만, 아저씨 역
시 내 속내를 속속들이 읽고 있는 듯 내가 서 있는 쪽으로는
눈길 한번 주지 않았다. 새아버지는 한줌이나 되는 사탕을 받
아 내게 건네주면서 말했다.

"니 묵어라. 아저씨한테 고맙습니다 인사드리고."

고맙습니다 하고 사탕을 두 손으로 공손하게 받아오긴 했

지만, 의붓아버지와 헤어지자마자 시궁창에 버렸다.

'사탕 한줌에 넘어갈 줄 알어?'

어머니 수중에 현금이 들어오는 건 드문 일이었다. 대개의 품삯은 됫박 곡식으로 받았기 때문이었다. 그런데 권씨 댁에 품을 팔고 돌아올 적에는 현금이 생겨났다. 어머니는 품팔이를 하면서도 그 집에서 주는 음식을 얻어오지는 않았다. 그것은 어머니 나름의 원칙이었다. 울타리도 없는 집에서 궁상스럽게 살고 있었지만 남들에게 하찮게 보이는 것을 꺼려했던 까닭이었다. 어머니는 내가 남의 턱밑으로 떨어지는 음식찌꺼기를 거두어 먹고사는 아이로 업신여김을 당할까봐 치마폭에 음식을 싸들고 다니는 것을 삼갔다. 품팔이로 연명하는 아낙네에게 지켜야 할 품위라는 게 있을 턱이 없었다. 자신에겐 있지도 않은 그것을, 있다 해도 자신에겐 어울리지도 않는 그것을 지켜내려고 어머니는 아등바등 안간힘을 쓰고 있었다. 그것을 잃으면 당신의 모든 것을 잃는 것처럼. 그래서인지 어머니는 평생 동안 출처를 알 수 없는 극심한 편두통에 시달렸다. 밤이면 언제나 이마에 머리띠를 질끈 동여매고 잠자리에 들었다. 그 머리띠는 아침이 되어도 여전히 어머니의 이마를 동여매고 있었다.

어머니가 단골로 일을 나가는 권씨 댁은, 그 시아버지가 양조장을 두 곳이나 경영하고 있어서 이웃한 읍내를 포함해서 가근방에선 어깨에 바람깨나 일으키며 산다는 부잣집이었다. 노인네가 일찍이 일제에 빌붙어 치부는 했으나 근본을 따지고 보면 한미한 집안이었다. 슬하에 둔 외아들은 하는 일 없이 놀고먹는 건달로 양조장이나 과수원을 돌아보면서 금고에 눈독을 들이거나 대처로 나가 작부들과 어울리는 것이 고작이었다.

노인네는 졸부였으나 존재하지도 않았던 가문의 법통을 세운답시고 밤낮으로 정자관을 쓰고 지낼 뿐 아니라, 단양의 권씨 집성촌인 웃갓마을의 선비 댁을 수소문하여 아들과 정혼시켰는데, 그녀가 바로 권씨였다. 그녀는 선비 가문의 아녀자답게 성품이 무던하고 국량도 깊은데다 천자문쯤은 일 같잖게 읽고 쓸 줄 알았다.

그녀는 놀랄 만큼 고운 손과 아담한 발을 가졌는데, 목소리는 허스키한 저음이었다. 그 목소리가 천성이 다소곳한 운치를 가진 권씨의 고결한 체모를 손상시켰는데, 권씨 본인도 그런 사정을 십분 깨닫고 있는 듯 될수록 말수를 적게 가지려고 애쓰는 모습이 역력했다. 또한 없어도 좋을 통이 크고 오지랖이 넓어 음식이나 옷가지 들을 시어머니 몰래 이웃에 나누어 주는 솜씨는 꽤나 선선했다. 그러나 음식 조리하는 솜씨는 문자 그대로 손방이라, 도무지 구제할 방법이 없는 얼치기 아낙네였다. 새벽같이 일어나 아침상을 마련하여 사랑채에 올리면 채 돌아서기도 전에 차려진 밥상이 안마당에 떨어져 곤두박질쳤다. 사기그릇들은 온전하게 박살이 나고 밥상은 찌그러져 담벼락 아래로 처박혔다. 연달아 미닫이 안에서 불호령이 떨어졌는데, 정자관을 쓰고 지낸다는 사람의 입에서는 도무지 나오기 힘든 욕설이었다.

"이 개가 뜯어먹을 년들…… 횃대에 목이나 매고 뒈져라."

이를테면 밥이 죽밥이나 지에밥이 되어버렸든지, 그릇들이 놓인 자리가 일목요연하지 않고 뒤죽박죽이거나 저녁 밥상에 올랐던 반찬이 아침상에 다시 올라온다든지, 아침 밥상에 올랐던 반찬이 점심 밥상에 오르면 밥상 전체가 순식간에 대청마루 위를 날아 안마당 구석에 곤두박질치는 소동이 벌어지는 것이었다. 자개상이 안마당에 날아가 떨어지면서 가차없이 박살이 났다. 그리고 밥상에 다닥다닥 섬세하게 붙어 있던 조개껍데기들이 떨어져나와 소낙비처럼 마당에 흩어졌다. 때로는 아침이나 노을녘의 햇살에 반사되면서 마당 위엔 순식간에 호랑나비들이 날아오르기도 했다.

새파랗게 질린 며느리 권씨는 흡사 나비를 잡으려는 사람처럼 날아다니는 금빛 조각들을 잡으려고 허공에다 손을 휘적거리다가 발을 헛디뎌 넘어지곤 했다. 그런 며느리를 향해 개가 뜯어먹으라는 등골이 서늘한 정도의 치욕적인 욕설을 퍼붓는 것이었다. 그 욕설은 생트집이나 행패를 넘어 경멸과

박해에 해당되는 것이었다. 그때마다 얼이 빠진 권씨는 안마당과 부엌을 혼백이 뜬 사람처럼 허둥지둥 들락거렸다.

밥상이 그처럼 마당에 나뒹굴게 되면, 권씨는 며칠 동안 뛰는 가슴을 진정하기 어려웠다. 울분 또한 부글부글 괴어올랐으나 달리 방도가 있는 것도 아니었다. 가문의 내력으로 치면, 적어도 우리 고장에선 옷갓마을 출신 권씨네와 어깨를 겨루며 행세할 만한 격이 없었다. 그러나 한국전쟁은 도시가 파괴되고 사람이 죽어나가고 가족이 흩어지는 고통만 남긴 것이 아니었다. 사람들의 심성이 교활해지고 인심도 덩달아 되바라지고 말았다. 반상의 경계가 뒤죽박죽 허물어지고 법통 있는 가문의 사람들이 졸부들에게 업신여김을 당하는 수모를 겪는 세상이 되어버린 것이었다. 혼자서는 편지 한 장 올곧게 쓰지 못하면서 까닭 없이 냉소적이기만 한 날건달에게 시집와서 졸부 시아버지가 내던지는 "개가 뜯어먹을 년"이라는 치욕적인 욕설은, 권씨에게 가슴에 스며들어 지워지지 않는 멍울이었다. 그런 욕설을 듣지 않으려면 어떤 수단을 강구하든 어머니의 음식 솜씨를 빌릴 수밖에 없었다.

어머니가 현금으로 품삯을 받아오는 데는 권씨의 그러한 궁여지책과 너름새 있는 배려가 서로 맞물려 있었기 때문에 가능했다. 권씨가 지금 당장 잡아먹을 듯이 노려보기만 하는 시아버지의 학대에서 조금이나마 비켜나자면, 품앗이하고 있는 어머니의 비위를 맞추어야 했다. 그래서 어머니는 권씨 댁을 드나들며 그 괴팍한 노인네의 밥상을 돌봐왔었다. 어머니가 음식을 조리하는 방식에 남다른 수단이 있는 것도 아니었다. 권씨가 물으면 어머니의 대답은 언제나 똑같았다.

"콩나물 한 가지를 무쳐도 정성을 담으면 되겠지요."

"정성을 어떻게 담아요?"

"된장 한 가지를 끓일 때도 처음부터 끝까지 뚝배기에서 눈을 떼지 않는 것이지요."

그런 중에도 어머니의 음식 마련에는 한 가지 특기가 있었는데, 그것은 국수였고, 공교롭게도 권씨 시아버지는 중국 산시성山西省 사람들이 그러하듯 하루 세끼를 내리 고명을 얹은 국수그릇만 차려 대령해도 군소리가 없을 만치 국수를 좋아했다. 그래서 권씨는 간혹 시아버지를 지칭하여 "산시성 귀신이 덮어씌었다"고 혼잣소리로 중얼거리곤 했다.

적어도 국수를 끓여내는 일에서 어머니는 매우 적격한 신체적 조건을 갖추고 있었다. 체수는 작아도 오랜 노동을 치러온 결과 살구씨처럼 단단한 허리와 하루 종일 호미질을 해도 지치지 않는 손목을 가진 어머니는 권씨 댁에서는 '방아 찧어주는 여자'거나 '국수 밀어주는 여자'였다.

우선 항아리에서 밀가루를 양푼에다 퍼낸 다음 약간의 콩가루를 섞어 차근차근 버무린다. 조금 미진하다 싶게 물을 서

너 번 부어준다. 그리고 물이 밀가루 속으로 골고루 스며들어 응집력을 갖도록 휘저어준다. 밀가루와 물과 콩가루가 서로 알맞게 배합되었다 싶으면, 약간의 소금을 뿌린 뒤 두 손을 양푼 속에다 집어넣고 이기고 치대기 시작한다. 손가락 마디를 걸쭉한 밀가루 속에 깊숙이 집어넣고 꾹꾹 눌러가면서 반죽을 치대는 동안 허리와 손목에 상당한 기력을 모아주어야 한다. 그동안 반죽이 빡빡하게 굳지 않도록 주의깊게 봐가면서 살짝살짝 물을 보태준다. 어느새 수박 반쪽만한 반죽덩어리가 완성된다. 그 반죽이 굳어지지 않도록 천으로 덮은 다음 그늘에서 잠시 숙성시킨다. 그사이 마루 위에 널찍한 보자기를 깔고 그 위에 나무안반을 올려놓는다. 안반과 마루 사이에 틈이 생겨 삐걱거리는 소리가 날라치면, 목에 둘렀던 수건으로 그 틈을 괴고 다시 한번 안반 네 귀퉁이를 꾹꾹 눌러 동요하지 않도록 고정시킨다.

책상다리하고 좌정한 어머니는 안반의 중앙에 반죽덩어리를 얹어놓고 먼저 길이가 짧은 밀대를 반죽 위에 올리고 깊숙이 한 번 꾹 눌러준다. 그런 다음 허리에다 축을 두고 상반신을 앞으로 내밀었다 뒤로 당겼다를 거듭하면서 반죽을 밀기 시작한다. 반죽이 밀짚모자 차양 크기로 넓게 펴져 자리잡기 시작하면, 나중에 국숫발이 서로 엉겨붙지 않도록 밀가루를 골고루 뿌려 손바닥으로 쓰다듬어준다. 이번에는 길이가 긴

홍두깨에다 반죽을 감은 다음 앞과 뒤로 밀고 당기기를 거듭
하게 되면 어머니 자신도 모르게 상반신에 리듬이 실리기 시
작하면서 춤을 추는 것 같기도 하다. 두 팔 역시 밀고 당기는
허리께와 함께 옆으로 벌렸다 조였다 하면서 국수 반죽을 종
잇장처럼 골고루 펴주는데, 그때의 어머니의 동작은 풍금의
건반을 두드리는 여선생님처럼 보인다. 이마에는 어느새 땀
방울이 맺히기 시작하고 고즈넉했던 숨소리도 거칠어진다.

　반죽이 무두질한 모시 바탕처럼 얇아지면, 그것을 척척 접
어 썰기 전의 절편과 같이 만든다. 그리고 부엌칼로 총총 썰
어 대나무 소쿠리에다 부챗살처럼 펴서 담는다. 한석봉의 어
머니가 불 꺼진 방에서 빚어낸 인절미처럼 한 치의 오차도 없
이 명주실 같은 국숫발을 뽑아내는 것이었다. 그리고 나중에
국숫발이 늘어지지 않도록 살짝 건조시켰다가 멸치를 우려낸
물이 끓고 있는 솥에다 국수를 풀기 시작한다. 어머니의 손사
래 사이로 너울너울 춤을 추듯 흘러내린 국숫발이 바글바글
끓는 물속으로 흩어진다. 구수한 냄새가 마당가로 퍼지면, 어
느새 알아차린 얄미운 노인네가 말린 국화꽃을 겹붙여 창호
지로 쓴 사랑채 미닫이를 삐쭘하게 열고 나긋나긋한 목소리
로 며느리 권씨를 채근한다.

　"아가야, 국시 삶느냐?"

　"예, 아버님."

"착하기도 하지."

"예, 아버님."

부뚜막에 가랑이를 걸치고 앉아 끓고 있는 국수를 밥주걱으로 젓고 있는 어머니의 이마에 또다시 땀방울이 송송 맺히곤 했다. 권씨가 경박하거나 주책없는 여자는 아니었다. 그러나 호령하기 좋아하는 시아버지 목소리가 나긋나긋해지면 권씨의 걸음걸이에도 덩달아 리듬이 실렸다. 부엌과 장독대 사이를 분주하게 들락거리는 발걸음이 꽃잎에 내려앉는 나비의 날갯짓처럼 가벼워졌다. 집 밖으로만 떠돌고 있는 남편의 괄시 속에서 계속되고 있는 불행한 결혼생활에 그녀가 누릴 수 있는 보람은 오직 한 가지뿐이었다. 그것은 사랑방에 앉아 하루가 멀다 하고 욕설을 퍼부으며 성가시게 굴고 있는 시부모를 철저하게 봉양하는 일이었다.

시아버지가 기품을 가진 윗어른으로 변하기를 기다린다는 것은, 물 한 섬에 황토가 여섯 말이라는 황하가 맑아지기를 기다리는 것처럼 부질없는 일이었다. 그러므로 두 눈 딱 감고 시부모들의 억압에 길드는 것이었고, 그들을 극진하게 모시는 것만 이 선비 가문 출신 아낙네의 자긍심을 지탱하는 길이라고 생각했다. 그러한 까닭으로 고용인에 불과하더라도 국수 삶아내기에 나름대로 일가견을 가진 어머니의 비위 역시 거스를 수 없는 것이었다. 심지어 편두통에 시달리는 어머니

를 위해 한약까지 지어주면서 어머니를 달래는 일에 정성을
쏟았다.

11

아우가 마루로 나가 아침상을 들고 들어왔다. 북엇국과 된
장, 그리고 고등어조림과 몇 가지 나물무침들이 놓여 있었다.
우리는 오랜만에 마주 앉아 아침밥을 먹었다. 상을 물린 후
들쩍지근한 커피를 타 마시며 앉아 있는데, 문득, 찬장 위에
낯익은 물건 하나가 바라보였다. 놋쇠화로였다.

아우가 네 살인가 다섯 살인가, 겨울이었다. 어머니를 제외
한 우리 세 사람은 불씨가 식어가는 그 놋쇠화로를 가운데 두
고 자리다툼을 하고 있었다. 자꾸만 머리부터 디밀고 드는 아
우가 얄미웠던 나는 무심코 그의 뒤통수를 한 대 쥐어박고 말
았다.

그것이 화근이 되었다. 아우가 자지러지며 울음을 터뜨리
자, 자신의 피붙이가 안쓰러웠던 새아버지가 벌떡 일어나 회

초리를 집어들고 내 종아리를 때리기 시작했다. 그 소리가 부엌에 있던 어머니 귀에까지 들렸던 모양이었다. 순간 부엌으로 난 문이 벌컥 열리면서 얼굴이 파랗게 질린 어머니가 쏜살같이 방으로 뛰어들었다. 그리고 새아버지 손에 들려 있던 회초리를 매몰차게 빼앗아 부러뜨리더니 부엌 바닥에 내동댕이쳐버렸다. 그러나 방에 있던 세 사람 중 누구에게도 가시 돋친 말은 한마디도 하지 않았다. 다만 두 눈에 그렁그렁 눈물을 담고 아무 일 없었다는 듯이 부엌으로 돌아갔다.

내내 시선을 천장에 두고 있는 내 속내를 헤아리기 어려웠던 아우가 가슴속에 접어두었던 말을 꺼냈다.

"내가 막무가내로 형님을 붙잡는 것 같습니다만, 내 딴에 까닭이 없지 않습니다. 사흘이 될지 나흘이 될지, 혹은 그보다 짧을지 모르지만 형님 이번에 서울로 올라가시면 고향에는 두 번 다시 내려올 것 같지 않아서 붙잡는 것이니 불편하더라도 참으세요. 마침 회사일도 바쁜 것 같지는 않고, 형수님과도 서로 소 닭 보듯 하고 지낸다니 여기서 며칠 동안 머물러도 상관없지 않겠습니까."

"하긴, 며칠 머문다 해서 무슨 변고가 생기겠어. 그런데 무슨 까닭이 있다는 건지 먼저 알아두면 안 되겠어?"

"조급해할 건 없지요. 그런데 휴대전화에 신호가 자주 오던

데, 형수님 전화입니까?"

"아니야. 알고 지내는 사람……"

"그런 사람이라면, 받지 않고 왜 그때마다 서둘러 꺼버리십니까?"

"안 받아도 되는 전화야."

"귀찮으시면 아예 배터리를 빼버리시죠."

"그래야겠네."

대수롭지 않게 받아넘기긴 했지만, 틈이 있을 때마다 서울로 돌아가는 길을 가로막으려 드는 아우의 만류가 수상쩍었다. 왜 그러는 것일까. 그는 결혼 이후 지금까지 나와 둘이서는 짧은 여행은커녕 대면하는 일조차 많지 않았다. 새로 구성된 가족들끼리 상견례를 하지도 않았고, 어머니와 동행이 아닌 이상 서울에 들러도 나에게 통기 한 번 없이 제 볼일만 보고 돌아가곤 했다. 그런 그가 어머니를 저승으로 보낸 지금이 스산한 월전리에 나를 붙잡아두려고 애쓰고 있었다. 무슨 속셈이 분명 있겠지만, 아직까지는 내 일정에 큰 무리가 없었으므로 아우와 또다시 소원하고 울적한 관계에 놓이지 않은 것만 다행으로 알고 잠자코 있기로 했다.

문밖에서 빗소리가 들렸다. 아우가 문을 열고 멀리로 물러나 보이는 앞산 등성이를 바라보며 말했다.

"또 비가 내리네요. 웬 비가 속 시원하게 퍼붓지도 않고 딸

깍 그치지도 않네요. 명색 봄비라는 게 이렇게 구질구질한가 보네요. 계절은 4월 중순을 넘겼는데 추위도 여전하고요."

우리는 우산을 받쳐들고 집을 나섰다. 나는 아우를 뒤따랐다. 오늘 하루 동안은 그가 이끄는 대로 따라나서기로 결심한 뒤였다. 아우의 집에서 십여 분 떨어진 곳에 어린 시절 까치발로 숨어들곤 했던, 퇴락한 권씨네 고택이 비에 젖고 있었다. 바깥의 작은 행랑채 그리고 사랑채와 안채의 구분이 뚜렷하고 넓은 뒤꼍까지 있는 집은 월전리에선 권씨 댁뿐이었다.

우산을 접고 행랑채로 들어섰다. 행랑채에 걸린 솟을대문은 돌쩌귀까지 망가진 채로 위태롭게 걸려 있었다. 썰렁한 고택의 보안을 책임지는 어떤 잠금장치도 보이지 않았다. 열려 있는 대문 안쪽으로 바라보이는 사랑채의 모습은 황량하고 음산했다. 집 안에선 습기 먹은 퀴퀴한 냄새까지 풍겨나왔다. 어렸을 때 늘 숨죽이고 발을 들여놓던 대문간을 나는 거침없이 들어서고 있었다.

기침소리로 인기척을 내보았지만 적막한 고택의 몸체에서는 알은체하는 사람이 없었다. 낡은 기왓골을 따라 띄엄띄엄 와생초가 자라고 있었다. 오래된 기와지붕에 선인장처럼 돋아나는 와생초는 호랑이풀이라고도 하는데, 몹쓸 병에 걸린 사람들이 삶아 복용한다던 어머니의 귀띔이 생각났다. 마당 귀퉁이 담장 아래로 비쩍 마른 잡초 잎사귀들이 담 너머에서 날아든 지저분한 전단지들과 함께 쌓여 있었다. 찬바람이 돌고 있는 사랑채 앞마당에 키 작은 소나무 한 그루가 열적게 비를 맞고 있었다. 나는 아우에게 볼멘소리를 했다.

"인기척도 없는데…… 여긴 왜 왔어?"

"형님 어렸을 때, 이 댁 젊은 며느리 기억하시겠지요? 권씨라고……"

"그 사람이 왜?"

"그분이 지금은 팔십 고개를 홀쩍 넘긴 노파가 되어 이 썰렁한 고택을 혼자 지키고 계십니다."

"권씨 남편은…… 젊은 시절부터 이마가 허옇게 드러난 대머리여서 마을 사람들이 헤드라이트라는 별명으로 불렀어. 아내인 권씨와는 일찌감치 등 돌린 채 객지로만 떠돌면서 살았었지?"

"요사이 시골이란 게 그래요. 사람 구경하기가 힘들지만, 죽어서는 많이들 되돌아옵디다. 죽기 전에는 되돌아오는 법이 드물어요."

"권씨 남편은 성깔이 도도해서 우리 같은 상것들 따위와는 상종을 않았어. 웬만한 사람은 개똥 냄새가 난다고 곁에 다가오지도 못하게 손사래를 치곤 했었지. 어린 나에게도 자기 집부엌에서 품팔이하는 여자의 자식이라 해서 애초부터 하찮게 여기고 서로 비킬 곳이 없는 골목길에서 마주쳐도 눈길 한 번

주는 법이 없었지."

줄기차게 가난했고 피곤에 절어 있었던 어머니는 내가 주변의 아이들이나 어른들로부터 따돌림당하고 조롱거리가 되고 있다는 것을 익히 알고 있었다. 하지만 그런 나를 소상하게 챙겨줄 겨를이 없었다. 한겨울에도 내복 입고 양말 신을 주제가 못 되었던 나는 누더기처럼 해져서 너덜거리는 바지를 입고, 단추 떨어진 윗도리를 어깨에 위태롭게 걸치고, 평생 잠을 자지 않는 귀상어처럼 혼자서 줄기차게 마을의 골목길을 종횡무진으로 누비고 다녔다. 그러다가 나를 가로막고 어디 가느냐고 캐묻는 키 큰 아이들에게 걸려들어 까닭 없이 손찌검을 당하기도 했다. 나는 그저 뚜렷하게 겨냥하는 곳이 없이 무작정 달려가고 있을 뿐인데, 그들은 언제나 딱 부러지게 어디로 가느냐고 물었다. 나는 대꾸할 말이 없었다. 키 큰 아이들은 그런 내 무대응을 오히려 도전으로 받아들여 그때마다 나를 두들겨패곤 했다. 얻어터지고 나서 악을 쓰고 울어도 역성을 들거나 달래줄 사람이 없었으므로 언제나 나 혼자 울음을 삼켜야 했는데, 그 울음 뒤에는 반드시 딸꾹질이 뒤따라다녔다. 울음은 어떻게든 삼킬 수 있었으나 딸꾹질은 내 의지와는 상관없이 사뭇 내 목젖을 괴롭혀서 정말 성가신 것이었다.

"그 사람 지금은 죽고 없습니다."

"죽어?"

"권씨 남편뿐만 아닙니다. 걸핏하면 밥상 내던지며 호통치던 시아버지도 육이오전쟁 이후에 몇 년 동안 구안와사라고 입이 삐뚤어지는 중풍으로 고생했었지요. 그래서 혼자서는 일어나지도 드러눕지도 못하고 몸져누웠다가 숨을 거뒀지요. 그런 병에 걸린 것도 워낙 주둥이가 험악했던 노인네라 하늘이 벌을 내렸다고 숙덕거리고들 했어요. 똥구멍이 입에 달린 사람은 지구상에서 그 노인네 하나뿐이었다고 험담들을 늘어놓았습니다. 그런 사람은 이상하게 일찍 죽지도 않아요. 오히려 아내였던 할머니가 먼저 돌아가셨지요. 평생 남편의 살벌한 언사와 구박과 악담을 견디다 화병을 얻어 남편보다 일찍 죽고 말았어요. 노인은 평생 동안 동고동락했던 아내가 졸지에 숨을 거두고 장례를 치르는 북새통 중에도 미닫이 한 번 열어보지 않고 방 안에 틀어박혀 있었어요. 평생 자기 비위 맞추느라 애간장을 태우던 아내였는데도 말입니다. 그처럼 패악스럽고 싸가지 없는 노인네가 어떻게 일본놈들에게 빌붙어 가산을 일으키게 되었는지 모를 일이지요. 아들은 중풍으로 고생하던 노인이 죽고 난 뒤 기다렸다는 듯이 읍내에 있던 양조장을 몰래 팔아서 서울로 부산으로 돌아다니면서 산해진미에다 계집질을 일삼았다고 합디다. 참한 아내였던 권씨는 안중에도 없었지요. 더러는 도회지의 닳고닳은 놈들에게 사기도 당하고, 철창신세도 졌다고 합디다. 나중엔 창병이 오장 육부를 파고들어 객사하고 말았다는 소문이 있어요. 그 사람에겐 돈이 원수였지요."

"그건 그렇구. 날 여기다 왜 데리고 왔어?"

"권씨가 형님 오시면 꼭 한번 만나봤으면 좋겠다는 말씀이 생각나서요."

"이제 와서 그분을 만나서 뭐하게?"

"하긴 이 노인네가 집에 없는 것 같네요. 사람은 없지만 잠시 마루에 앉았다 가지요. 시골 인심이 아직은 도회지처럼 팍팍하지 않아서 주인 없는 집에 들어가 쉬어가도 그런가보다 합니다."

심기는 불편했지만, 아우가 권하는 대로 축대의 신방돌을 딛고 올라 먼지가 뿌옇게 앉은 대청마루 귀퉁이에 엉덩이를 걸치고 앉았다. 기왓골을 타고 내린 낙수가 신방돌 밖으로 투덕투덕 떨어지고 있었다. 탁 트인 시야 저쪽 빗줄기 사이로 비봉산 끝자락이 희뿌옇게 바라보였다.

이른 봄 진달래가 필 때쯤이면 나는 그 산기슭을 헤매면서 살다시피 했었다. 아직 쌀쌀한 날씨인데도 그 산자락에 핀 진달래꽃을 따먹으며 허기진 배를 채우는 데 골똘했었다. 짧은 끄나풀 하나로 대강 추슬리맨 비지기 흘러내렸고, 똥찌끼가 낀 사타구니와 볼기짝이 허옇게 드러나도 깨닫지 못할 때가 많았다. 어린 시절의 그때처럼 발갛게 핀 진달래가 온 산자락을 덮고 있었다.

어머니는 진달래를 '먹는 꽃'이라 불렀다. 영양실조로 얼굴은 파리하고 정수리엔 허옇게 마른버짐이 핀 채로 항상 노인처럼 쉬엄쉬엄 걷는 나에게 어머니는 어떤 경우가 닥치더라도 뛰지 말라고 신신당부했지만, 앞 산자락이 붉은 진달래로 뒤덮이는 4월 초순이 되면 산등성이를 가리키며 '먹는 꽃'이 피었으니 얼른 뛰어가라고 손짓을 하곤 했다. 여름이 되어 목화꽃이 필 때도 어머니는 같은 말을 했다. 고향에선 목화꽃을 '다래'라고 불렀는데, 그 다래가 꽃을 피우기 전에 따먹으면 입안 가득 단물이 괴어 떫으면서도 달짝지근했다. 진달래나 다래 따위로 배를 불리고 해질녘에 집으로 돌아오면, 어머니는 그때까지도 품앗이를 치르느라 돌아오지 않았다. 이불도 덮지 않고 온몸을 잔뜩 웅크리고 누워 잠이 들었다가 새벽에 깨어보면 그사이에 집으로 돌아온 어머니는 옷도 벗지 않고 내 등뒤에 누워 업어가도 모를 지경으로 깊은 잠에 곯아떨어져 있곤 했다. 산자락에 시선을 고정시키고 있던 아우가 말했다.

"진달래가 흐드러졌네요. 올해는 늦게 핀데다가 난데없는 봄장마까지 겹쳤으니 곧장 지고 말겠어요."

"생각나?"

아우가 그 말을 쓸쓸한 어조로 되받았다.

"생각나다마다요."

"진달래꽃을 따먹으려고 산으로 달려갈 때 네가 징징거리며 뒤따라오면, 그때마다 너를 위협해서 따돌리곤 했었지. 그런데도 너는 좀처럼 단념하질 않았어. 골목길을 돌아갈 때마다 얄밉게 모습을 드러내곤 했지. 그토록 널 위협하고 경계했던 건 아마도 먹는 꽃이 피어 있는 앞산이 어머니와 나만의 세계라는 생각 때문이었겠지."

"난 기억이 희미하네요. 하지만 얄밉게 군 것은 형님도 마찬가지가 아니었습니까?"

아우의 계면쩍은 표정을 읽은 나는 얼른 말머리를 돌려버렸다.

"이 댁 권씨 노친네가 왜 나를 보고 싶어했을까?"

"지난날 어머니와 쌓은 추억 때문이었겠지요…… 그런 말 있지 않습니까. 늙은이들은 추억을 가졌다는 한 가지만으로도 가치 있는 인생이라고."

"권씨 슬하에는 집 안에 가둬서 짐승처럼 사육하던 외아들도 있었어. 이름이 정태라고 했었지. 학교도 안 보냈을 뿐만 아니라, 열대여섯 살이 되도록 바깥출입 한 번 없이 철저하게 집구석 골방에만 숨겨놓고 길렀기 때문에 그 댁에 지체아가 있다는 소문조차 돌지 않았어. 그땐 정태가 무슨 병을 앓고 있었는지 몰랐지만…… 알고 보니 신경성 유창성장애 때문에 말을 더듬었어. 게다가 고관절이형성증인가 뭔가 하는 병까지 겹쳐 뒤뚱뒤뚱 오리걸음에 다리까지 절었지."

"D시 근교에 있는 요양시설에 장기 입원중이라는 소문이 있긴 했지요. 그 이상은 나도 모릅니다."

"그런데 비가 내리는 중에 이 노친네가 어디로 간 걸까?"

"나중에 다시 찾아뵙기로 하고 일어서지요."

문득 나는 권씨 댁 뒤뜰에 있었던 오래된 우물을 떠올렸다.

"이 집 뒤뜰에 선비나무로도 부르는 배롱나무 몇 그루가 있었고, 그 옆으로 오래된 우물 하나가 있었지 아마?"

"우물이요? 있어요, 지금도. 그런데 그 우물 꽤나 오래전에 덮어버렸을 텐데요?"

"그건 나도 알아. 내가 어렸을 때부터 쓰지 않던 우물이었으니까."

12

새아버지는 공격적인 언사로 나를 구박하거나, 노골적인 적대감을 드러내진 않았다. 하지만 항상 의심의 눈초리를 거두지 않는 어머니의 눈길을 아슬아슬하게 피해가며 나를 집적거리곤 했다. 새아버지가 간지럼을 태울 때면, 나는 때굴때굴 구르며 자지러질 듯 웃음을 토해내야 했는데, 새아버지는 그 웃음이 울음소리로 이어질 때까지 곡절 없는 간지럼을 태우곤 했다. 나를 업고 둥개둥개 할 때면, 꼭 나를 엉덩방아를 찧을 때처럼 바닥에 팽개치듯 내려놓았다. 언젠가는 새 고무신을 사다주기도 했는데, 발에 겨우 걸릴락 말락하는 큰 신을 가져와서는, 내 발에 꼭 맞다고 우기는 것이었다. 그런 신발을 질질 끌고 학교에 가면 선생님은 당연히 질질 끄는 걸음걸이를 트집잡아 나를 혼쭐내곤 했었다.

새아버지가 어머니의 눈치를 보기 시작한 것은, 그가 외삼촌이 알고 있었던 것처럼 수중에 돈푼깨나 굴리는 처지가 아니라, 무일푼의 홀아비였다는 것이 들통나고부터였다. 장춘옥에 드나들면서 외삼촌에게 중고품 자전거를 사주며 접근할 때까지만 해도 일본에서 징용살이를 청산할 때 돈푼깨나 챙겨서 고국으로 돌아온 사람으로 알았다. 그러나 어머니와 동거를 시작한 지 달포도 지나지 않아 본색이 드러나고 말았다. 그는 주머니를 뒤집고 털어보아야 먼지만 풀썩거리는 빈털터리였다. 어머니는 새아버지와 외삼촌을 싸잡아 "내 등골을 빼먹지 못해 눈깔이 시뻘건 날건달 둘을 데리고 산다"고 중얼거리곤 했다.

새아버지를 맞아들인 어머니의 선택이 재앙이 된 것은 내 가슴속에 자리잡게 된 수치심 때문이었다. 그것은 발뒤꿈치에 생긴 굳은살처럼 문질러도 문질러도 지워지지 않는 아픔의 흔적이었다. 집안에 생겨난 음습함, 막연했으나 돌이킬 수 없는 모순, 빼앗긴 듯 허전한 삶에 가슴이 쓰렸고, 두 사람 사이에 자리잡은 어떤 진실과 대면하는 것이 지극히 불편했다. 그것은 내가 감당할 수 있는 것이 아니었다. 나의 십대는 그렇게 야금야금 메마르기 시작했다. 나는 집 밖을 맴돌며 배회하거나 내 나이와는 전혀 어울리지 않는 마을의 나이 든 머슴들과 어울리기 시작했다. 그들만은 나를 내치거나 탐탁잖게 여기지 않았기 때문이었다.

달갑잖아하는 새아버지를 피해 나는 곧잘 어머니가 품앗이 하고 있는 권씨 댁으로 몰래 숨어들곤 했다. 어머니가 말한 대로 배롱나무 꽃이 계속해서 피고 지고 있는지 그리고 어머니가 잘 있는지 확인하고 나서야 마음의 안정을 얻을 수 있었다. 그러던 어느 날 새삼 집 뒤꼍에 있는 오래된 우물이 눈에 들어왔다. 그 우물에는 언제나 판자로 짜 맞춘 뚜껑이 덮여 있었다. 사시사철 언제나 뚜껑이 덮여 있다는 것이 내 호기심을 자극했다. 나는 소풍 때 들고 갔던 우명주발처럼 분명 중요한 무엇이 그 우물 속에 감춰져 있기 때문일 것이라 생각했다.

어느 날, 사람들이 없는 틈을 타서 우물 뚜껑을 열어보기로 했다. 그다지 깊은 우물은 아니었지만, 마을에 있는 다른 우물과는 전혀 다른 구조물이 그 안에 걸려 있었다. 누구라도 우물 밑바닥까지 손쉽게 내려갈 수 있도록 작은 사다리 하나가 우물 벽에 기대어져 있었던 것이다. 그리고 다리의 가로목에는 작은 소쿠리까지 걸려 있었다. 당연히 호기심이 발동했다. 나는 우물 아래로 내려가보기로 마음먹었다.

그 밑바닥에 권씨 시아버지가 즐겨 먹는다는 추어탕의 재료인 미꾸라지가 살고 있을지 몰랐다. 어쩌면 갈겨니, 버들치, 붕어, 꺽지, 피라미, 갈치, 고등어, 조기, 가오리 같은 물고기들이 살고 있을지도 몰랐다. 사다리에 걸려 있는 대나무 소쿠리가 그런 상상을 하게 만들었다. 난간에 걸쳐진 사다리에 한 발을 내려놓는 순간, 나는 짜릿한 전율까지 느꼈다. 사다리를 떠받치고 있는 석축에는 검은 이끼가 끼어 있었다. 한발 한 발 아래로 내려가면서 소낙비만 내려도 벽장 속으로 숨어들 만치 겁쟁이였던 나는 어느덧 가슴속의 두려움들이 사라지는 것을 느꼈다. 우물 밑바닥에는 물이 차 있었지만, 깊이는 내 종아리를 넘지 못했다.

나는 사다리 가로목에 걸려 있는 소쿠리로 우물 바닥을 훑기 시작했다. 몇 번의 실랑이를 거듭한 끝에 개구리 한 마리가 걸려들었다. 우물 안의 개구리라는 어른들의 말이 이런 것을 두고 하는 말 같았다. 예상대로 미꾸라지 몇 마리도 걸려들었다. 미꾸라지가 잡히자, 자신감이 생기기 시작했다. 가오리나 갈치가 잡힐 수도 있을 것 같았다. 생선을 좋아하는 권씨 시아버지가 온갖 물고기들을 잡아다가 그 안에 넣어두고, 먹고 싶을 때마다 소쿠리로 건져다가 생선회를 먹는 것이 아닐까 싶었다.

나는 땀을 뻘뻘 흘려가며 우물 바닥 여기저기를 샅샅이 뒤지며 소쿠리질을 거듭했다. 그러나 가오리나 갈치는커녕 멸치 한 마리 잡히지 않았다. 지치고 따분했다. 그때 우물 위쪽을 일별하는 순간 가슴이 철렁 내려앉았다.

뻥 뚫려 있는 우물 위로 바라보이는 하늘은 어느새 어두워져 별들이 총총 빛나고 있었기 때문이었다. 그제야 나는 상상 속의 물고기들을 쫓느라 많은 시간을 허비해버렸다는 것을 깨달았다. 심장 뛰는 소리가 귓가에 선명했다. 당장 손에 들었던 소쿠리를 내던지고 허둥지둥 사다리를 기어올랐다. 그러나 두번째 가로목을 헛디디면서 나는 흙탕물 속으로 엉덩방아를 찧고 말았다. 게다가 삭은 채로 겨우 매달려 있던 가로목이 떨어져나가버려 더이상 사다리로 오를 수도 없게 되었다. 또다시 가슴이 철렁 내려앉았다. 비로소 오한이 온몸을 파고들어 사시나무 떨듯 했다. 나도 모르게 입에서 울음이 터져나왔다. 발버둥도 치지 못하고 다만 목청껏 소리내어 울었으나 우물 속에 갇혀 울고 있는 내 존재를 알아차릴 사람은 없었다.

내 두려움을 알아챈 밤은 빠른 속도로 깊어갔다. 하늘은 더욱 깜깜해졌고, 야속한 별들은 더욱 총총히 빛났다. 얼마나 울었을까. 그때 전혀 예상하지 못했던 상황이 우물 밖에서 벌어졌다.

밤하늘을 배경으로 뭔가가 상반신을 우물 속으로 깊숙이 밀어넣고 있었다. 우물귀신이다. 숨은 멎고 울음소리도 순식간에 옹알이로 변했다. 내 의지와는 상관없이 별안간 모습을 드러낸 귀신으로부터 잠시도 시선을 뗄 수 없었다. 고개를 돌리는 순간, 바람처럼 훌쩍 뛰어내려 내 목덜미를 조여 숨통을 끊어놓을 것 같았다. 우물귀신의 자리를 내가 차지한 것에 대한 복수는 뻔했다. 굴러온 돌이 박힌 돌을 빼버린 대가는 혹독하고도 더할 수 없이 비참할 게 분명했다.

하반신이 보이지 않았기 때문에, 상대가 도깨비가 아니면 귀신이란 것은 의심의 여지가 없었다. 사람의 형용을 쏙 빼닮은 귀신의 얼굴은 어둠 속에서도 매우 창백했다. 머리를 박박 깎은 귀신은 열대우림에 살고 있는 오랑우탄처럼 두 팔을 크게 벌려 우물 정#자로 쌓아올린 통나무 귀퉁이를 잡고 있었다. 내가 우물 밖까지 무사히 올라간다 하더라도 그 긴 팔로 내 뒷덜미를 답삭 낚아채서 내동댕이칠 것처럼. 사람을 얼마나 많이 잡아먹었는지 수박만한 얼굴에 살이 올라 피둥피둥했다. 살갗을 파고든 냉기가 이젠 오장육부까지 퍼졌을 텐데도 나는 식은땀을 흘리고 있었다. 그때 귀신이 말했다.

"거기 가, 가오리 읎다."

그 소리는 우물 바닥에 서 있는 내게 확성기를 대고 말하는 듯 크게 울려왔다. 내 맘속을 꿰뚫어보는 귀신이 아니라면 할 수 없는 말이었다. 귀신은 진작부터 내 소쿠리질을 지켜보았을 수도 있었다. 나는 오싹했다. 대꾸조차 할 수 없었다. 그런데 귀신은 다시 한번 똑같은 말을 반복했다.

"거기 가, 가오리 읎다."

저 귀신도 이 우물 속에 들어와 가오리를 잡겠다고 소쿠리질을 한 적이 있었던 걸까. 그러고 보면 이 우물에 사다리를 놓고 소쿠리를 가져다둔 것도 모두 저 귀신이 한 일일까. 넋이 나간 가운데서도 그런 생각이 뇌리를 스쳐갔다. 그때까지도 우물귀신은 비켜나지 않고 두 팔을 우물 벽 가녘에 걸친 채 나를 내려다보고 있었다. 한동안 뜸을 들이고 있던 귀신의 입에서 괴이한 한마디가 흘러나왔다.

"너네 국시 어, 엄마 집, 집에 갔다."

애초부터 말문이 막힌 내가 아무 대꾸도 못 하자 귀신은 했던 말을 다시 또 반복했다.

"거기 가, 가오리 옳다. 히히히히."

그 웃음소리에 가까스로 지탱하고 있던 정신이 까물까물 사라지고 있었다. 나도 모르게 지린 뜨거운 오줌이 사타구니를 타고 흘러내렸다. 가까스로 흩어진 의식을 수습하려는 순간, 내 입에서 나도 모르게 한마디가 흘러나왔다. 그것은 외삼촌이 길거리에서 자주 구사하던 건방지고 공격적인 어법을 빼닮은 것이었다.

"시끄러워. 무슨 놈의 얼어 죽을 물귀신이야. 얼른 꺼내주기나 해."

극도의 공포심에서 일어난 앙칼지고 담대한 언사에 귀신은 순간 흠칫하는 기색이었다. 전혀 예상치 않은 전과를 거둔 셈이었으나 귀신도 호락호락하지 않았다.

"야 인마, 나, 나한테 땡깡 부리지 마. 그러면 바, 밧줄 안
내려준다. 히히히……"

나는 굴하지 않고 다시 한번 외삼촌의 언사를 흉내냈다.

"야 인마라 그랬냐? 야 인마, 내가 밖으로 나가기만 하면,
넌 나한테 맞아 죽을 줄 알어."

"……그, 그래. 기다려."

예상치 않은 대답이었다. 내 공갈이 효험을 발휘한 모양이
었다.

드디어 별빛을 가로막고 있던 귀신의 상반신이 우물가에서
물러나고 그 등뒤에 갇혀 있던 별빛이 유리로 빚은 세공품들
처럼 좌르르 우물 속으로 쏟아졌다. 얼마 지나지 않아 밧줄
하나가 석축을 타고 내려왔다. 내가 원숭이처럼 냉큼 밧줄을
잡고 매달리자, 밧줄은 마술처럼 천천히 위로 올라가기 시작
했다. 귀신은 과연 힘이 장사였다. 나는 밧줄에 대롱대롱 매
달려 금세 우물 밖으로 탈출할 수 있었다. 막상 밖으로의 탈
출이 성공하게 되자, 우물 속에 갇혀 있을 때의 참혹함이 별
것 아니라는 생각이 들었다. 그리고, 곧 그 귀신이 다름아닌
소문으로 떠돌던 권씨의 아들 정태란 것을 깨달았다. 키꼴은
성큼했으나 목소리는 계집애들처럼 모기 소리를 냈다. 내가
우물 밖으로 첫발을 내디딘 순간 귀신인 줄 알았던 그가 잔뜩

주눅이 들어 당부하는 것이었다.

"나 죽이지 마."

나는 짝짓기를 앞둔 수개구리처럼 뱃구레를 과장되게 부풀리며 말했다.

"안 죽일 테니까, 대신 너도 나 봤단 얘기 아무한테도 하면 안 돼. 알았어?"

"나는 니, 니 봤다. 구, 국시 아줌마 아들이지?"

"그래, 인마. 내가 국시 아들이어서 기분 나뻐?"

"기분 안 나뻐."

"안 죽일 테니까, 방에 들어가서 자빠져 자."

나는 평소의 나답지 않게 대담해졌다.

"나 안 자."

"왜 안 자, 인마."

정태는 나보다 네 살이나 다섯 살 정도 손위가 분명했으나 내키는 대로 이 새끼, 저 새끼라고 불러도 전혀 불쾌한 기색을 보이지 않았다. 괜히 우쭐해진 나는 계속해서 인마, 점마라 부르며 그를 윽박지르기 시작했다.

"나는 낮에 많이 잔다."

"그래서 밤에는 잠도 안 자고 도깨비처럼 돌아다니나?"

"내 두, 두깨비 아닌데……"

"알어, 인마."

"내 인마 아냐."

"그럼 뭐야, 인마."

"내, 내 한정태야, 한, 한정태."

"정태라도 인마는 인마야."

"그래, 내 인, 인마다."

"너 세상구경 못 해봤지?"

"장에 못 가봤다."

"장 구경시켜줄까?"

"히히히히……"

"병신새끼야. 귀신처럼 웃지 말고 따라와."

"나는 못 가."

"왜 못 가, 인마."

"그, 그냥 못 가."

"너 여기서 가오리 잡아봤어?"

"응."

"몇 마리 잡았어?"

그는 두 손을 들어 손가락 열 개를 부챗살처럼 펴 보였다.

"열 마리?"

대꾸는 않고 고개를 끄덕였는데, 가뜩이나 사두증으로 뒤통수까지 삐딱한데 입매까지 삐딱해서 아니라고 대답하는 것처럼 보였다. 나는 그에게 종주먹을 들이대면서 이를 악물었다.

"너 거짓말하면, 나한테 죽을 줄 알어."

"나 가오리 잡아봤어."

나는 그제야 고개를 끄덕였다. 정태가 이 우물 속에서 소쿠리로 잡은 것은 필경 개구리였을 것이다. 그것을 가오리라 말하는 것일 테다. 나는 정태를 봐주기로 했다. 그가 아니었다면, 나는 밤새도록 우물 속에 갇혀 있었을 것이다. 그를 붙잡고 괜히 잘난 체한다는 것이 부질없는 짓인 듯했다. 문득 그에게 연민이 느껴졌다. 그 나이 되도록 희로애락의 단서가 한 번도 스쳐간 적이 없는 듯 보이는 얼빠진 얼굴로 그는 그렇게 서 있었기 때문이었다.

"너 정말 장터 구경하고 싶어?"

"응."

"꼭 해야 되겠어?"

"응."

"그럼 기다려. 내가 널 데리고 나가서 장터 구경시켜줄 테니까. 가보면 별것도 없어. 하지만 딱 한 번이야. 니가 나를 우물에서 건져주었기 때문에 널 세상구경시켜주는 거야. 딱 한 번이야. 너네 엄마가 눈치채면 날 죽이려 할지도 몰라. 내일 밤 여기서 꼼짝 말고 기다려."

나는 권씨 댁에서 무사히 탈출했다. 정태는 대문을 소리나지 않게 열고 족제비처럼 날렵하게 떠나는 나를 넋을 빼고 바라보고 있었다. 밤이 상당히 깊은 줄 알았으나, 집으로 오는 도중 아직 불 켜진 집들이 많은 걸 보고 생각보다 늦지 않았음을 알았다. 방으로 돌아오자마자 그대로 쓰러졌다. 나는 겨울 삭풍 앞의 사시나무처럼 떨었고, 그로부터 이틀 동안이나 방 안에서 엎치락뒤치락하며 몸살을 앓았다.

13

나는 한참을 망설였다. 별일은 없겠지만, 불쑥 그런 말을 꺼내면 아우가 고깝게 받아들일 수도 있었다. 어린 나이에 고향을 떠나온 후 지금까지, 나는 어머니의 안부는 물론이고 고향의 일들에 대해서는 어떠한 관심도 보이지 않았었다. 고향 사람을 만나 정담을 나누는 일 따위는 생각조차 하지 않았다. 어쩌다 고향에 들를 일이 있어도 술이나 마시다가 바람처럼 사라지곤 했었다. 그것은 아우 역시 너무나 잘 알고 있는 사실이었다. 그런데 케케묵은 그 얘기를 다시 꺼낸다면, 아무리 외면하는 척했어도 결국 고향과의 연을 끊지 못하고 있었음을 증명하는 꼴이 될 것이었다. 그래도 그 얘기만은 해야 했다. 아우에게서 또다른 얘기를 들을 수 있을지도 모른다는 기대 때문이었다. 그 이야기에는 나를 아끼고 사랑했었던 애숙이 누나가 연결되어 있었다. 비에 젖고 있는 앞산의 진달래를 바라보며 머뭇머뭇하던 나는 드디어 운을 뗐다.

"사실은 말이야……"

"계속하십시오. 무슨 얘깁니까."

"칠팔 년 전인가. 여기저기 수소문해서 D시에 있는 요양원으로 정태를 면회하러 간 적이 있었어."

"그랬습니까? 무슨 일로요?"

"그냥 까닭 없이 간절했었어. 왜 그런 거 있잖아. 곤하게 잠들었다가 한밤중에 문득 깨어났을 때, 어둠 속에 선명하게 그려지는 그런 얼굴. 한때 내 인생에 상처 남기고 떠난 여자도 아니고, 가까운 친척도 아닌데, 간절하게 보고 싶은 사람이 있잖아."

"참 별일이네요. 냉담한 형님에게도 그런 간절한 구석이 있었습니까. 차돌처럼 차가운 분인 줄만 알았는데……"

"놀랄 만도 하겠지. 그러나 정태와 나 사이에는 혈육이나 다름없는 끈끈한 무엇이 있었어."

"그 사람, 정신지체로 언어장애까지 있었다면서요?"

"그랬었지. 그런데 내가 요양원으로 찾아갔을 때는 증세가 많이 호전되어 있었어. 어린 시절에 만났던 나를 대뜸 알아보더라고. 어쩌면 내가 그랬던 것처럼 그 사람도 내가 궁금했는지도 모르지."

"하긴 권씨가 아들을 면회하러 다닌다는 얘긴 들었습니다만, 별 관심을 두지 않았지요. 그런데 형님이 그 사람을 찾아갔다는 사실이 좀처럼 믿어지지 않네요."

"이제 와서 실토정을 하지만, 어린 시절 나를 사람대접해준이는 이 마을에서 정태 한 사람뿐이었어. 창피스런 말이기도 하지만 정말 그랬어. 어른들은 나를 의붓아비 슬하에 빌붙어 눈칫밥 먹는 천덕꾸러기 취급했고, 또래들은 품팔이해서 빌어먹는 여자의 자식이라고 따돌림을 하였지. 그러나 정태는 이러저러한 사정을 알 턱이 없었고, 알아보았자 뭐가 뭔지 몰랐을 테니 나를 온전한 친구로 대해준 거였어. 이제 와서 고백하지만, 사실 고향을 등지고 떠난 이후 한동안 제일 많이 생각나는 사람이 엄마도 너도 아닌 정태였어. 정태가 집을 떠난 지 오래라는 것도 그 늙은 어머니 혼자서 집을 지키고 있다는 것도 진작 알고 있었어."

나는 잠시 숨을 골랐다. 그러나 내 왼쪽 볼에 꽂혀 있는 아우의 시선은 비켜날 줄 몰랐다.

"너는 잘 몰랐겠지만, 그 사람과 밤중에 남몰래 만나 장터며 냇가며 축담 밑으로 다니면서 어울렸지. 내가 이 새끼, 저 새끼 하고 대중없이 욕설을 퍼부어도 스스럼없이 받아주던 유일한 사람이 정태였거든. 어디 그뿐이겠어. 이 마을에서 내가 가자면 따라가고 오자면 따라오는 사람도 바로 정태였어.

그래서 애써 요양원을 수소문해서 찾아가게 되었지. 막상 가보니, 나처럼 나이가 들었을 뿐, 오히려 멀쩡해져 있더군. 그런데 옛날 생각만 하곤 대뜸 야 인마, 하고 다가갔다가 엄청 면박을 당했지."

"왜요?"

"손윗사람에게 막말하는 게 아니라며 점잖게 꾸짖더군."

"그랬군요."

"삐뚤어진 눈코입은 옛날 그대로였지만, 정신은 강력세제로 빨아 햇볕에 널어 말리기라도 한 것처럼 말짱해져 있었어. 그러나 난 뻔뻔스럽게 말했지. 야, 우리 옛날 방식대로 하자. 안 그러면 재미없지 않겠냐고 넉살을 떨었지."

"뭐랍디까?"

"'너 가지고 온 사과박스 들고 냉큼 꺼져. 살다보니까 별놈 다 보겠네. 너 언제 날 봤다고 버릇없이 구느냐'고 호통을 치더군. 문득 사람을 잘못짚은 것은 아닌가 할 정도로 아주 정색을 하고 대드는데, 진땀을 뺐다니까."

"그렇다면 진작 퇴원을 했었어야 하는 거 아닙니까?"

"그렇게 되었어야 정상이겠지. 그래서 나중에 사무실에 가서 물어봤는데…… 퇴원하라고 등을 떠밀어도 버티고 나갈 생각을 않는다더군. 그 요양원 생활에 익숙해져서 오히려 바깥세상이 더 두려워졌던 게지. 항상 무거운 짐을 지고 다니던 사람이 빈 지게로 길을 나서면 오히려 걸음이 잘 옮겨지지 않는 것과 같은 이치겠지. 사무실에서 자꾸 나가라 하면 자살해버리겠다고 되레 으름장을 놓더래. 게다가 권씨가 때마다 기숙경비를 챙겨서 보내주니까 요양원에서도 부담을 느끼지 않고 그대로 두고 보는 것 같았어. 그후에 어떻게 되었는지 따로 알아보지는 않았어."

"그런데 이상하네요. 지금 이 댁은 아들의 요양비를 꼬박꼬박 지불해줄 형편이 못 되거든요……"

"내가 정태를 찾아간 것은 문득 보고 싶기도 했지만, 어릴 때 애숙이 누나하고 혼담이 오갔던 게 기억나서였어. 언젠가 누나가 그런 말을 했었거든."

"두 사람이 결혼했답디까?"

"그랬다면 줄곧 요양원에 갇혀 있지 않았겠지."

"혼담이 깊이 오간 것은 사실이었지요. 외삼촌이 꾸민 일이었는데, 결국 실패로 끝났지만 말이에요."

"너도 소상하게 알고 있었구나."

아우는 얼굴만 붉혔을 뿐 말을 잇지는 않았다.

어머니는, 두 번이나 사내를 갈아치운 여자가 감당해야 할 이웃의 조소와 경멸을, 모질고 벅찬 노동으로 자신을 학대함으로써 극복하려는 것 같았다. 그래서 되도록 사람들의 눈길

을 피해 새벽같이 일을 나갔다가 해가 빠지고 어둑어둑해서
야 집으로 돌아왔다. 새아버지가 집에 들어온 후 마을을 배회
하고 다니던 나와 맞닥뜨릴 때면, 어머니는 나를 손짓으로 불
러 머릿수건으로 인중을 타고 흐르는 콧물을 훔쳐주곤 했는
데, 그때마다 나는 매몰차게 뿌리치고 도망치듯 돌아섰다. 돌
아설 때마다 그렁그렁 눈물이 고였지만, 그런 앙탈을 멈출 수
없었다. 그때는 어머니의 심기를 괴롭힐 수 있다면 천둥 번개
와도 담대하게 맞설 각오가 되어 있었다. 그럴 때면 어머니는
한동안 미동도 않고 그린 듯이 서 있었다. 그때마다 한 번도
집으로 돌아가라는 말은 없었다.

새아버지가 나타난 이후, 나는 안방에서 어머니와 맨살을
비비면서 잠드는 달콤한 수면을 누릴 수는 없게 되었다. 한
이불 속에서 어머니의 가슴 속에 손을 넣고 잠들 수 없게 되
면서 나는 일찌감치 천덕꾸러기로 전락하고 있었다. 그것은
치명적이었다. 새아버지가 안방의 권력자로 군림하게 된 이
후 어머니는 눈치를 살펴가며 나를 곁에서 재우려 했지만 새
아버지는 그것을 용납하지 않았다.

새아버지가 나를 노골적으로 적대시하는 건 아니었다. 다
만 그의 안중에 내가 없을 뿐이었다. 새아버지에겐 오직 한
사람, 어머니뿐이었다. 그러나 어머니는 그것을 부담스러워
했다. 당신 곁에 그저 남편이라는 사람이 존재한다는 그 자체

로 충분하다고 생각하는 듯했다.

어쩌다 안방에서 깜박 잠이 드는 경우가 있었는데, 그런 때면 나는 깊은 계곡이 내려다보이는 낭떠러지 위, 허공을 날아가는 꿈을 꾸었다. 새아버지가 잠에 곯아떨어진 나를 그대로 안아올려 썰렁한 건넌방에다 옮겨 누일 때였다. 대부분 깊이 잠들어 있었지만, 언젠가 따뜻한 기적 때문에 눈을 뜬 적이 있었다. 놀랍게도 안방을 몰래 빠져나온 어머니가 나 혼자 잠이 든 건넌방으로 건너와 나를 가만히 껴안은 채 오열하고 있었다. 어머니가 흘린 눈물에 모로 누운 내 뒷덜미가 젖어들자, 나 역시 눈물이 울컥 쏟아졌다. 내게도 어머니가 존재한다는 것을 뼈저리도록 확인하는 순간이었다.

나는 어머니의 가슴을 파고들며 소리내어 울고 싶었다. 하지만 그러다가 새아버지가 알아채기라도 하면 어머니와의 소중한 시간이 순식간에 깨어져버릴지도 몰랐다. 나는 어머니 가슴에 등을 맡긴 채 몰래 눈물을 삼킬 따름이었다. 그러나 이튿날 아침 눈을 뜨고 나면, 나는 여전히 방바닥에 코를 묻은 채 건넌방에 혼자 잠들어 있었다. 하지만 어머니가 지난밤에 남기고 떠난 고약같이 멍울진 체온의 기억은 아침까지 내 가슴속에 남아 있었다. 어머니의 체온에는 정체를 알 수 없는 어떤 신비함이 묻어 있는 듯했다. 정태 그리고 아우 심지어 새아버지와도 수차례 껴안아보았지만 그날 밤 어머니가 내게 남겨준 따뜻한 체온만큼 달짝지근한 감촉을 느낄 수는 없었다.

처음엔 새아버지와 담대하게 맞서서 어머니를 지키겠다는 결의를 다지곤 했지만, 내 앞에 모습을 드러낸 새아버지는 고개를 한껏 뒤로 젖히고 올려다보아야 할 만치 우람한 체격을 갖추고 있었고, 내가 가지지 못한 시커먼 털을 가지고 있었으며, 구레나룻을 타고 내린 시퍼런 면도 자국은, 나 따위는 감히 범접하기 어려운 완력의 상징처럼 보였다.

나는 수업이 끝나고 난 뒤에도 몰래 학교에 남아 마룻장 아래로 기어들어가 먼지와 거미집 속을 뒤지거나, 아이들의 책상 서랍을 샅샅이 뒤지는 일에 몰두했다. 그러다가 노을이 지면, 집 없이 태어난 방게처럼 옹기전 항아리 속으로 들어가 새우잠을 자는 것이었다. 그때 항아리 속으로 쏟아져들어오는 별빛을 보며 떨고 있노라면 두 볼에는 까닭 없이 눈물이 흘러내리곤 했다. 언제나 밤은 깊어갔지만, 어머니가 나를 찾는 간절한 목소리는 들려오지 않았다.

항아리 속에서 바라보는 은하수의 세계는 우물 속에서 보았던 것보다 한층 더 영롱하고 눈부셨다. 정태가 그랬던 것처럼 어머니가 나타나 항아리 속으로 손을 뻗어 나를 와락 껴안아 올려주었으면. "경원아, 집에 가서 자자" 하고 내 이마를 쓰다듬어주었으면. 그러나 밤이 깊고 먼 데 개 짖는 소리가 요란해지도록 달덩이 같은 어머니의 얼굴이 머리 위로 떠오르지는 않았다. 손발이 저려오고 옆구리에 차갑고 시린 찬바람이 스며들어도 어머니의 목소리는 끝내 들려오지 않았고, 그렇게 오들오들 떨다가 깜박 노루잠이 들곤 했다.

노루잠에서 설핏 깨어나면 항아리는 열기구처럼 높디높은 밤하늘을 둥둥 떠다니면서 별나라의 골목길을 누비고 다녔다. 별나라의 골목길에선 애숙이 누나가 얼굴을 내밀었고, 정태가 나타났다. 간혹 외숙모나 새아버지가 나타나기도 했지만, 어머니의 얼굴은 찾을 수 없었고, 별들의 수효는 어느새 기하급수적으로 늘어나 내 가슴을 짓눌러왔다. 나는 잠시 흐느꼈고, 곧 다시 얼음장같이 차가운 항아리에 볼을 붙이고 잠들곤 했다.

아무것도 생각할 수 없었다. 모든 것은 산만했고, 공부 따위는 지겨웠다. 책을 펴고 책장을 넘길 때마다, 구레나룻에 시퍼런 면도 자국이 선명한 새아버지의 음험한 두 눈이 나를 노려보고 있었다. 방과 후까지 교실에 남아 선생님에게 회초리를 맞아가며 암기해두었던 구구단도 어디론가 횅하니 사라지고 없었다. 나는 어느새 생각하기 자체를 두려워하는 아이가 되어 있었다. 그리고 철저하게 혼자였다. 다른 무엇도 생각할 수 없었다. 언제나 가혹한 현실이 바싹 다가와서 으름장을 놓거나 무언가를 다급하게 재촉했다. 나는 조급증에 시달렸다. 그 현실 앞에서, 무언가를 생각하기보다 일단 행동부터 해야 했다.

생각 없이 내 입에서 나오는 말들은 너무나 과장되거나 속임수투성이어서, 이젠 또래는 물론 어른들조차도 내 말을 믿으려 하지 않았다. 나의 과장과 속임수는 그 발단이 어머니를 증오하는 데서 비롯되었고 증오가 깊어갈수록 이상하게 가슴속은 편안했다. 나는 마을 여기저기를 혼자 배회하면서 밤이 오기를 기다렸다가 정태를 만나기 위해 권씨 댁으로 숨어들었다. 그리고 나도 마침내 정태처럼 말을 더듬는 데 성공했다. 대장간의 반벙어리 노인처럼 그리고 정태처럼 심하게 말을 더듬을 수 있는 사람은 또래 중에서 나 혼자뿐이라는 뿌듯한 자부심까지 생겨났다. 내가 권씨 댁 뒤뜰로 숨어들면, 정태는 언제나 배롱나무 가지 위로 올라가 언젠가 나타날 나를 기다리고 있었다.

정태의 첫 외출은 바로 우리 집 근처의 옹기전이었다. 집 바깥에 대한 그의 호기심은 매우 절절했다. 장터 구경을 시켜주겠다는 나의 제의에 그는 목구멍에서 쇳소리가 날 정도로 흥분해서 길들여진 침팬지처럼 고개를 주억거렸다. 그러나 막상 뒤뜰에 난 작은 문을 열고 어둠 속으로 나서려는 순간, 그는 누가 등뒤에서 목덜미를 잡아당기는 것처럼 발짝을 떼어놓다 말고 흠칫 놀라 뒤로 물러섰다. 그리고 얼뜨고 멍청한 얼굴로 나를 바라보았다. 내가 느슨하게 굴면 정태는 곧장 다시 골방으로 들어가버릴 것만 같았다. 느슨하게 굴면 안 되겠다는 생각이 들었다. 정태가 몸을 돌리려는 순간, 나는 그에게 소리쳤다.

"야 이 병신아! 엄살떨지 말고 빨리 날 따라와."

정태는 순간, 그 자리에 멈춰 섰다. 그리고 꼼짝하지 않았다. 나는 고양이처럼 이빨을 드러내고 앙칼지게 쏘아붙였다.

"너 들어가면 나한테 죽을 줄 알어. 너 송아지도 한입에 집어삼키는 악어 못 봤지?"

"악어?"

"그래 인마, 내가 악어 기르는 거 우리 마을 사람들 중에 모르는 사람 없어. 너희 집 우물보다 스무 배나 큰 우물에 내가 기르는 악어가 살고 있단 말이야. 너 그거 모르고 있었지?"

"모, 몰라."

"그래도 안 가볼 거야?"

"너무 어두워."

"어둡긴 뭐가 어둡다고 그래, 이 병신아. 쥐뿔도 안 어둡다. 하늘을 봐. 쟁반같이 둥근 달이 몇 개나 떠 있네."

"어, 엄마한테, 매 맞아."

"너 정말 자꾸 이럴래? 그럼 내일부터 너 만나러 안 온다?"

"그러지 마, 나 지금 가, 가려고 한단 마, 말이야."

"그럼 빨리 나와, 이 새끼야. 빨리 안 나오면 국물도 없다, 너."

　이상했다. 정태는 다른 말에는 아무 반응도 없다가 희한하게도 국물도 없다는 말에는 늘 바로 반응을 보이곤 했다.

　"내 손 잡아줘."

　"이런 새끼 봐. 나 참 기가 막혀서. 키는 멀대같이 커가지고, 쬐끄만 날보고 손 잡아달래. 그래, 몇 발짝만 밖으로 나와 봐. 나와서 내 손 잡아."

　협박과 욕설이 먹히는 게 너무나 우쭐해서 나는 계속 그에게 욕설을 퍼부었다. 그는 잠자리를 잡으려는 사람처럼 발뒤꿈치를 들고 까치발로 다가와 얼른 내 손을 잡았다. 그것이 정태가 세상구경을 시도했다가 직면한 첫번째 시련이었다. 그렇게 우리는 옹기전에 도착했다. 옹기전 주인은 시력이 좋지 않은 첨지 노인이었는데, 그 노인네는 사람들이 좀처럼 거들떠보지 않는 옹기전을 해지기와 겨루며 하염없이 지키다가 노을께만 되면 미련 없이 집으로 돌아가곤 했다. 때문에 해가 지고 나면 옹기전은 내 차지였다. 이상한 일이었다. 시키지도 않았는데, 정태는 나보다 먼저 항아리 속에 들어가 나에게 손짓했다. 우리는 그곳에서 서로 껴안고 딱 항아리 주둥이만큼 펼쳐진 둥근 하늘을 쳐다보았다. 서로 부둥켜안고 있던 우리의 체온은 따뜻했고, 별빛은 항아리 속으로 무더기로 쏟아져 들어왔다. 우리는 손을 뻗어 그 별들을 바짓주머니에 주워담았다.

"저, 정태야!"

"왜?"

"니, 니 집에 안 가고 싶나?"

"안 가고 싶다."

"별 마, 많이 주웠으면 집에 가야지."

"난 집에 안 간다."

이상했다. 내가 말을 더듬기 시작하면서 정태의 말더듬이
증상은 야금야금 교정되어가고 있었다.

우리는 누가 먼저랄 것도 없이 비좁은 항아리 속에서 나왔
다. 밤벌레들이 울고 있는 쥐똥나무 울타리를 지날 때였다.
나는 울타리를 가리키며 그에게 물었다.

"니 이 나무 무슨 나문지 알어?"

"몰라."

"쥐, 쥐똥나무다."

"여기에 쥐가 살고 있어?"

"쥐가 지나다니면서 똥을 싸놨기 때문에 쥐똥나무다."

우리는 달빛이 깨어져 흘러가는 시냇가에 당도했다. 정태
가 태어난 이후 집에서 이토록 멀리 떠나온 건 아마 그때가
처음일 것이었다. 그것을 물어보고 싶었으나, 그가 소스라쳐
서 집으로 돌아가자 짓조르고 들까봐서 꾹 눌러 참았다. 우리

는 여울이 지나는 자갈밭에 나란히 앉았다.

"정태야…… 니, 니 내하고 멀리 도망갈래?"

"어디로?"

의외로 솔깃해하는 그의 반응이 오히려 나를 불안하게 만들었다.

"닌 어디로 가고 싶노?"

그에게 묻자 전혀 예상치 못한 질문이 돌아왔다.

"밥은 누, 누가 주는데?"

그런 일은 닥치면 어떻게든 해결되기 마련이라고 얼버무리는 어른스런 수사를 터득하기엔 난 아직은 어린 나이였다. 나는 겨우 말했다.

"도, 도시락 싸가면 된다."

"말 더듬으면 엄마가 밥 안 준다."

나는 또다시 말문이 막혔다. 그러나 도망의 유혹만은 쉽사리 뿌리칠 수 없었다.

"니, 니 자동차 타봤어?"

정태는 내 말에 정신이 번쩍 드는지 "차?" 하고 한 번 되묻고는 대답했다.

"못 타봤다."

"너 자동차 타면 굉장히 재미있다."

차를 못 타보기는 나도 마찬가지였다. 그러나 나는 내가 어떤 거짓말을 떠벌리고 있는지 깨닫지 못하고 있었다. 뿐만 아니라, 정태를 유혹하기 위해서라면 그 어떤 거짓말이라도 할 수 있을 것 같았다. 그는 나의 유일한 친구였고, 내 말이라면 사소한 거짓말이 아니라 완전한 날조라 할지라도 믿어줄 것이었다. 우리 두 사람이 어떻게든 자동차만 얻어탈 수 있다면, 그래서 가슴이 덜컥 내려앉은 어머니가 새파랗게 질린 얼굴로 내 행방을 찾아나선다 하더라도 도무지 오리무중인 머나먼 곳으로 자취를 감출 수 있다면. 그런 생각만 해도 온몸이 짜릿한 쾌감에 사로잡혔다. 어떻게 하면 어머니에게 가슴을 도려내는 듯한 통렬한 후회와 고통을 안겨줄 수 있을까. 어머니의 가슴속에 평생 씻을 수 없는 오욕의 못을 박아줄 수만 있다면, 학교 따위, 미련 없이 그만둘 수 있었다.

그해 겨울, 나는 또다시 외갓집으로 갔다. 지난여름과는 달리 누나는 벌써 외숙모의 부엌일도 거들고 있었다. 궁핍한 집안이라, 부엌일이라봐야 보리쌀 곱삶아서 밥 짓고 된장 끓이는 일 따위가 전부긴 했지만, 누나는 군소리 한마디 없었다. 문밖으로 목이 쉰 겨울바람 소리가 할퀴고 지나는 밤, 누나가 흔들리는 호롱불을 사이에 두고 내게 물었다.

"경원이 요새도 밤똥 싸제?"

"나 바, 밤똥 안 싸."

"그거 다행이구나. 어디 두고 보자, 밤똥 싸나, 안 싸나."

이상한 일이었다. 집에 있을 때는 그런 경우가 없었는데, 외가에 와서 하루 이틀만 지나면 누나의 표현대로 똥꼬가 줄줄 새기 시작하는 것이었다.

"밤똥 안 싸면 내가 참새 잡아줄게."

"누, 누나가 어떻게 차차, 참새를 잡아?"

"잡을 줄 알제. 그런데 너 이상하다. 어째서 말을 더듬고 그러냐? 너 그거 누구 흉내내다가 옮은 거야?"

그해 겨울 누나와 나는 눈이 내리기를 눈이 빠지게 기다렸다. 폭설이 내리고 혹한이 불어닥치게 되면 마을에서 멀리 떨어진 과수원 주변의 비자나무숲에 깃을 내렸던 참새들이 마을 가까이로 내려와 초가집의 구새먹은 추녀 속에 둥지를 틀었기 때문이었다. 구새먹은 구멍이 워낙 좁아 나처럼 작은 손을 가진 아이들이 큰 아이들의 무등을 타고 새집 속으로 손을 집어넣어야 했다. 언젠가 누나에게 물었다.

"누나, 뱀이 내 손 물면 어떻게 해?"

"그런 일은 없다. 학교에서 선생님이 안 가르쳐주더냐?"

"뭘?"

"뱀은 겨울이 다가오면 산속 흙구덩이 속으로 들어가서 겨울잠을 잔다더라."

외가에 도착한 지 보름째 되던 날, 새벽부터 눈이 내리기 시작했다. 두 자매와 나는 하루 종일 수시로 문을 열어보며 눈발이 푸짐하게 내려 쌓이기를 목을 빼고 기다렸다. 폭설이 오면 참새들은 앞다투어 민가의 초가지붕 속으로 숨어들 것이었다. 저녁 무렵이 되자 눈은 발목을 덮을 정도로 내려 쌓였다. 누나와 나는 자숙이가 잠들기를 기다렸다가 몰래 집을 나섰다. 눈 내린 날에는 밤길에도 불을 밝힐 필요가 없었다. 희디흰 눈밭이 길을 밝혀주었으니까. 눈길을 걸으면서 누나가 물었다.

"너네 엄마 요새 뭐해?"

누나는 그랬다. 나와 단둘이 있을 때만 내 기억의 저장소에 있는 문을 열고 들어와 어머니의 근황을 물었다. 어머니의 근황이라면 한집에 살고 있는 나보다 더 정확하게 꿰고 있으면서도 언제나 그렇게 물었다. 나는 그 노회하고 괴팍한, 그리고 위압적이기도 한 질문을 어떻게 받아들여야 할지 당황스러울 때가 많았다. 누나에겐 어머니가 엄연한 고모인데도 고모라고 부르지 않고 언제나 "너네 엄마"라 부르는 것도 기분 나빴다.

"잘 몰라."

방학이 시작된 지 이틀 만에 월전리 집을 떠나 외갓집으로 온 지 이미 보름이나 지났기 때문에 어머니의 근황에 대해서 모르는 것은 그녀와 매한가지였다.

"요사이도 그 권씨 댁과 친하게 지내지?"

"응."

"너도 그 집에 자주 가지?"

"응."

"넌 왜 대답을 그렇게 대충 해? 넌 내가 싫어?"

"몰라, 난. 누나보다 엄마가 싫어."

"얘가 지금 무슨 말을 해? 엄마가 싫다는 말이 무슨 말이 야? 그런 말 하면 안 된다. 아부지나 엄마가 들으면 니 매 맞 는다. 너네 엄마가 널 때려?"

"안 때렸다."

"그런데 네 입에서 그런 말이 나와? 못된 놈 아이가?"

누나는 걸음을 멈추고 나를 노려보았다. 한동안 그렇게 서 있던 누나는 몽당치마를 끌어내려 종아리를 덮으며 눈밭 위 에 쪼그리고 앉았다. 사타구니 아래의 눈밭을 파고드는 그녀 의 옹골찬 오줌발 소리가 몇 발짝 비켜 서 있는 내게까지 명 료하게 들려왔다. 그녀가 어깨를 으스스 떨면서 몸을 일으켰 다. 그리고 다시 한번 오금을 박았다.

"아부지하고 엄마 듣는 데서 그런 얄궂은 소리하면 안 된 다. 알았제?"

머쓱해진 나는 고개를 끄덕였지만, 누나는 날 면박을 주면 서도 궁금한 게 여전히 남아 있는 것 같았다.

"네가 그 권씨 집에 자주 가면, 정탠가 뭔가 하는 그 배냇

병신도 자주 보겠네?"

　그 순간 나는 가슴이 철렁 내려앉았다. 정태와는 밤중에 만나 밤중에 헤어지곤 했는데 누나가 어떻게 그 비밀까지 알고 있는 것일까. 나와 정태만 알고 있는 비밀, 우리는 밤의 영혼들과 만나 대화를 나누었다. 쥐똥나무 울타리에서 들리는 참새들이 날개 파닥이는 소리, 행주로 훔쳐낸 듯 말끔하게 벗겨지던 여명의 하늘, 그런가 하면 초저녁의 잿빛으로 죽어가는 듯한 우중충한 하늘, 진한 자줏빛으로 물들어가던 동녘 하늘, 별이 총총한 밤하늘, 밤 숲속에 얼기설기 비껴 있는 달그림자, 오솔길 뒤에서 피어올라 들판 멀리로 가만가만 피어오르는 밤안개, 밤바람에 흔들리는 나뭇가지가 담벼락에 그리는 기하학적이고 괴기한 그림자, 멀리서 개 짖는 소리, 그리고 바람에 떠밀린 판자 울타리들의 삐걱거리는 소리들, 밤하늘을 날아가는 기러기들의 울음소리, 그 바람을 타고 흐르는 밤의 꽃냄새들, 돌담 아래로 떠밀려가는 낙엽들의 건조한 목소리, 가로수 가지 위에 걸터앉아 흔들리고 있는 조각달, 밤빛속으로 꼬리를 늘어뜨리며 희미하게 그려지는 밭둑길, 그 밭둑길을 따라 피어 있는 하얀 메밀꽃들, 젖먹이 울음소리 같아 들려올 적마다 소름끼치는 도둑괭이의 울음소리, 하늘 끝자락을 따라 우쭐거리며 춤을 추는 듯한 산주름, 그 모든 것들이 우리들에게는 숨쉬거나 말하고 있는 듯한 밤의 영혼들이었다.

"누나, 정태 병신 아냐."

"아니긴 뭐가 아냐. 내년 봄에 그 집에 날 민며느리로 시집 보내려고 너네 엄마하고 우리 아부지가 권씨네 집을 드나들면서 숙덕거리고 있다더라. 하지만 어림도 없어. 난 죽으면 죽었지, 그 배냇병신한테 시집 안 가. 그리고 나중에 마귀할멈이 되면 이 원수를 다 갚고 말 거야."

"누나는 시집 안 가고 뭐할 건데?"

"먼 곳으로…… 너도 찾아내지 못할 곳으로 도망갈 거다. 너 지금 내가 한 얘기 누구한테도 고자질하면 안 된다. 알았지? 너네 엄마나 우리 아부지가 알게 되면 나는 맞아 죽고 말 거야. 그리고 집에 가서도 너 그 병신새끼하고 어울려서 놀면 안 돼. 그러면 너도 똑같은 병신 돼. 너가 갑자기 말을 더듬는 건 그 병신이 말을 더듬기 때문이야. 너 그 사람 닮아서 배냇병신이라고 손가락질당해도 좋아?"

"정태 병신 아냐."

"아니긴 뭐가 아냐. 너 나한테 혼나볼래?"

하지만 나는 정태를 만나지 않고는 견딜 수 없었다. 악바리라는 소리를 들어도 좋았고, 그와 같은 병신이라는 누명을 써도 좋았다. 외갓집에 있을 때는 그나마 애숙이 누나나 자숙이가 나를 상대해주었지만, 월전리 집으로 돌아가면 나를 상대

210

해줄 사람은 오직 한 사람 정태뿐이었다. 정태가 없는 세상에서 나란 존재는 공허함 그 자체였고, 무기력한 고깃덩어리에 불과했다.

정태 말고는 어느 누구도 나와 놀아주지 않았다. 어울려주기는커녕 조롱하지 않으면 다행이었다. 무슨 꼬투리를 잡아서든 아이들은 나를 에워싸고 놀려댔고, 선생님도 걸핏하면 나를 불러세워 얼굴과 손발을 씻고 다니라고, 손톱을 깎으라고, 또 저고리의 단추를 잠그고 다니라고 윽박지르고, 뒤통수를 쥐어박았다. 물론 나도 저고리의 단추를 잠그고 싶었다. 하지만 내 저고리에는 처음 사입은 며칠만 빼고 언제나 단추가 떨어져나가 있었다. 떨어져나가고 없는 단추를 잠글 수는 없는 노릇이었다. 유독 나만을 벌주기 위해 태어난 듯한 선생님에게 걸려들면, 나는 거의 화석처럼 굳어져 그 혹독한 체벌을 고스란히 감내해야 했다. 하지만, 단추 없는 윗도리를 입고 달리다보면, 날개가 달린 듯한 생각이 들게 한다는 사실까지는 선생님은 알 수 없었을 것이다. 해질녘이 되면 어두운 동굴에서 나와 공중 높이 날아가는 박쥐떼의 날갯짓처럼.

선생님은 한 달에 한두 번씩 아이들에게 쥐를 잡아서 그 꼬리를 잘라오라고 시키곤 했는데, 그럴 때면 선생님은 미운털이 박힌 나를 지목하고 다른 아이들보다 훨씬 많은 수의 쥐꼬리를 가져오라고 삼엄한 표정으로 명령했다. 시궁쥐, 생쥐, 들쥐 상관없이 스무 개의 쥐꼬리를 가져오라는 것이었다. 사리에 맞지 않다고 생각한 내가 곤혹스런 표정을 지으면 선생님은 말했다.

"넌 다른 아이들이 다 내는 월사금도 안 내잖아. 월사금 대신 생쥐를 잡아오라는 거야. 그래야 너도 다른 아이들 볼 면목이 있지. 안 그러냐?"

무리한 요구였지만, 어느 정도 가능한 일이기도 했다. 학용품을 줍기 위해 상습적으로 교실의 마루 밑을 뒤지던 나는 그 먼지 속에서 시궁쥐들이 새끼를 치고 살고 있는 것을 발견할 때가 많았는데, 그 한 집만 포획을 해도 선생님이 명령한 쥐꼬리의 수효는 일같잖게 채울 수 있었다. 반 아이들 중에서 쥐꼬리 수효를 제대로 채워오는 아이는 나 혼자뿐일 때가 많았다. 그러나 매번 선생님을 만족시키기란 어려운 일이었다. 언젠가 한번은 오징어 다리를 불에 슬쩍 그슬려 가져갔다가 눈썰미 있는 선생님에게 정통으로 걸려들고 말았다. 오징어 다리 열 개를 눈여겨보던 선생님은 놀랍게도 빙그레 미소를 띠며 이렇게 말했다.

"야 배경원, 너 앞으로 나와봐."

내가 어슬렁어슬렁 앞으로 나가자, 느릿느릿한 내 걸음걸이조차 눈에 거슬렸는지 선생님 입가의 미소가 사라졌다. 떠

들썩하던 교실 안이 갑자기 쥐 죽은 듯이 조용해졌다. 살풍경한 체벌이 내려질 조짐이었다.

"너 이거 어디서 잡은 쥐꼬리야? 너네 엄마가 시킨 거야?"

"아닙니다."

"아니라고? 이거, 쥐꼬리 틀림없지?"

나는 망설임 없이 대답했다.

"네."

당장 눈앞에서 번갯불이 번쩍하도록 따귀를 얻어맞을 줄 알았다. 그러나 평소에 성질이 급했던 선생님이 웬일인지 다시 웃음을 지었다.

"배경원, 너 지금 네라고 대답했겠다?"

"네."

교실 안에 단내가 날 만치 모두 숨을 죽이고 있었다. 그때 선생님이 불에 그슬린 오징어 다리 몇 개를 내 입속에다 밀어 넣었다. 입을 벌리지 않으려고 버티는 나와 억지로 벌리려는 선생님 사이에 실랑이가 벌어졌다. 그러나 완악한 선생님의 손가락이 내 목젖에까지 와 닿았고, 나는 할 수 없이 그걸 입 안에 넣고 우물거리며 씹기 시작했다. 아직도 그것을 쥐꼬리로만 알고 있는 아이들이 교실이 한번 들썩하도록 와 하고 함성을 내질렀다. 선생님이 물었다.

"맛이 어때?"

"……"

"뒤로 돌아서서 친구들을 향해, 여러분 쥐꼬리가 맛있습니다 하고 소리쳐."

"여러분 뱀꼬리가 맛있습니다."

"이놈 봐라? 내가 쥐꼬리가 맛있습니다 하랬는데, 난데없는 뱀꼬리가 맛있다니?"

"여러분 쥐꼬리가 맛있습니다."

선생님의 입에서 욕설이 터져나왔다.

"이놈의 자식, 대갈통을 절구통에 처박고 콱 찧어버릴라."

내게 체벌을 내릴 때 선생님은 시종일관 미소를 잃지 않았다. 그 자리에서 잇몸에서 피가 나도록 쥐어터진 것도 모자라 일주일 동안 화장실 청소를 도맡아 하라는 벌까지 내릴 때도 허다했다.

그런데 전혀 예상할 수 없었던 사태가 벌어졌다. 새아버지가 나타난 이후에 생긴 난데없는 야뇨증 때문에 낮에도 오줌을 지리기 시작했던 내게, 곁에 오는 것조차 꺼려했었던 아이들이 갑자기 관심을 보이기 시작한 것이었다. 쉬는 시간이 되자 아이들이 내게로 몰려들었다. 그리고 내게 입을 벌려보라고 졸라댔다. 입술이 찢어지도록 얻어터진 상처를 보려는 것이 아니라, 정말 쥐꼬리를 삼켰는지 알고 싶은 것이었다. 나는 주저없이 하마처럼 입을 한껏 벌려 보였다. 터진 입술에서 흐르는 피를 쥐꼬리를 씹어 삼키면서 생긴 흔적으로 착각한 아이들 입에서 함성이 터져나왔다.

쥐꼬리 세 개를 우물우물 씹어서 삼킨 아이가 있다는 소문은 새끼를 치고 부풀려져서, 나중에는 시궁쥐를 소금도 치지 않고 통째로 한입에 넣고 삼켜버렸다는 소문으로 변해 삽시간에 마을에 퍼졌다. 그래서 어른들조차 신기해하며 나에게 몰려들었다. 사람들이 정말 그런 일이 있었느냐고 물어보면, 나는 배를 내밀고 그렇다고 대답하고는, 목젖이 환하게 들여다보이도록 입을 딱 벌려 보였다. 그게 새빨간 거짓말이라는 것을 알고 있는 사람은 이 세상에서 선생님과 새아버지뿐이었다. 그 얄팍하기 그지없던 아이디어는 새아버지의 궁리 속에서 나온 것이기 때문이었다.

오후가 되자, 입안이 묵직해지고 볼따구니는 사탕을 문 것처럼 부어올랐다. 잇몸이 찢어진 탓이었다. 그것 때문에 나는 집에 일찍 들어가지 못하고 밤이 이슥하도록 마을 거리를 배회했다. 그날 밤도 정태는 자기 집 뒤뜰 배롱나무 위로 올라가 내가 나타나기를 기다리고 있을 것이었다. 그러나 왠지 그날 밤만은 그를 만나고 싶지 않았다. 겉으로는 태연한 척했지만 기분이 뒤틀려 있었기 때문이었다. 그랬다. 그날 밤 내가 만약 일찍 집에 들어갔더라면, 그대로 꼬꾸라져 곯아떨어졌을 테고, 더불어 아직도 기억이 생생한 그 놀라운 장면을 목격할 수 없었을 것이었다. 차가운 밤공기에 몸을 떨어가면서 마을을 배회하던 나는 이내 지쳐 집으로 돌아가고 있었다.

달도 없던 그날 밤, 나는 우리 집 측간 곁에 웅크리고 앉아 있다가 인기척이 나자 재빨리 부엌으로 숨어드는 두 사람의 그림자를 목격했다. 부엌으로 들어간 두 사람은 얼른 부엌문을 닫고 숨을 죽였다. 나는 곧장 그들이 어머니와 애숙이 누나라는 것을 깨달았다. 하지만 내 눈을 의심하지 않을 수 없었다. 그 시각 집에 어머니가 있는 것은 당연했지만, 애숙이 누나가 모습을 보일 까닭은 없었다.

나는 발뒤축을 살짝 들고 까치발을 디디며 문틈으로 부엌 안을 엿보았다. 두 사람은 부뚜막에 걸터앉아 있었다. 그 모습이 너무나 은밀했으므로 어머니와 애숙이 누나라는 것을 재삼 확인하고도 숨이 막힐 듯 놀랐다.

어머니가 누나가 안고 있던 보퉁이를 넘겨받았다. 그 안에 있던 옷가지를 꺼내는가 했더니, 손에 쥐고 있던 무엇을 옷가지 속에 감추고 다시 접어 보퉁이 속에 넣었다. 어머니는 소풍날 내게 주었던 우멍주발을 싸매듯 보퉁이를 꽁꽁 묶은 다음, 다시 누나에게 건네주었다. 그리고 귓속말로 뭔가를 신신당부했고, 누나는 그때마다 고개를 끄덕였다. 누나는 울고 있었다. 누나가 그처럼 서럽게 울고 있는 모습을 본 것은 그때가 처음이었다. 그것을 지켜보고 있는 나도 이상하게 눈물이 났다. 그제야 두 사람이 무슨 일을 저지르고 있는 것인지 짐작할 듯했다. 어머니는 방으로 들어가 잽싸게 젖먹이였던 아우를 들쳐업고 나섰다.

두 사람은 인기척이 없는 길을 골라 재빠른 걸음으로 앞서거니 뒤서거니 하면서 마을을 벗어났다. 마을 앞을 지나는 비포장 국도의 오른편을 따라 사십 킬로미터를 달리면 기차역이 있는 H시가 나타나고, 왼편을 따라 달리면 해변도시인 K읍내에 도착할 수 있었다. 그들은 한길을 따라 걷지 않고, 한적하고 좁은 오솔길을 따라 H시가 있는 방향으로 종종걸음을 하고 있었다. 그 순간 나는 가슴이 철렁 내려앉았다. 어머니와 누나가 짝을 지어 나를 버리고 야반도주를 하는 것이라고 생각했기 때문이다. 그러면 그렇지. 나한테 정통으로 걸려들었구나. 어디까지 가나 두고 보자는 심정으로 콧등에 먼지가 묻을 정도로 허리를 굽히고 두 사람의 뒤를 따라갔다. 그러나 밤빛으로 월전리 마을이 멀리 바라보이는 밭머리에 이르자, 두 사람은 걸음을 멈추고 밭둑에 걸터앉았다. 이상했던 것은 누나가 어머니의 지시에 어긋나는 행동을 하거나 앙탈을 부리는 모습을 전혀 볼 수 없었다는 것이었다.

잠깐 쉬고 있는 사이에도 누나는 어머니 겨드랑이에 얼굴을 묻고 흐느꼈다. 아니나 다를까. 그때 난데없이 다른 쪽 밭머리에서 인기척이 났고, 그는 곧장 이쪽 강턱에 앉아 있는 두 사람을 발견하고 숨죽이며 다가왔다. 체구가 건장한 사내였다. 그는 조금도 망설이지 않고 두 사람에게 다가와 무언가를 속삭였다. 밤빛 속이긴 했지만 그 체구만 보고도 그 사내가 누군지 알아차릴 수 있었다. 그는 권씨 댁이 경영하는 양조장에서 일하는 막일꾼이었다. 때때로 양조장을 찾아가는 어머니에게 지게미를 퍼주곤 하던 사내였다.

그때였다. 한밤중의 정적을 깨뜨리고 자지러지는 듯한 젖먹이의 울음소리가 들렸다. 어머니 등에 업혀 고개를 기역자로 떨구고 잠들어 있던 아우가 벌에라도 쏘인 것처럼 느닷없이 울음소리를 토해냈다. 바닷속처럼 적막하던 사위가 젖먹이의 울음소리로 출렁거리고 요동쳤다. 아우의 울음소리가 멀리 있는 앞산에 부딪쳐 메아리가 되어 되돌아오기라도 할까봐 내가 조마조마할 정도였다. 예상치 못한 울음소리에 등골이 오싹해진 어머니는 서두르기 시작했다. 치맛자락을 잡고 떨어지기를 못내 아쉬워하는 누나를 다독거려서 손목을 잡아 사내에게 넘겨주었다. 사내는, 누나를 덥석 안아올려 등에 업었다. 그리고 들판을 꿰고 곧장 뻗은 한길을 놔두고 칡넝쿨이 무성한 오솔길 속으로 금세 자취를 감추었다.

어머니는 울고 있는 젖먹이를 추슬렀다. 밤빛 멀리 누나를 업은 사내의 그림자가 보이지 않을 때까지 미동도 않고 서 있던 어머니는 마침내 밭둑에 털썩 주저앉더니 한참 동안 어깨를 들먹이며 흐느꼈다. 젖먹이가 다시 울기 시작했고, 어머니는 가만히 일어나 마을로 향했다. 나는 강시라도 된 것처럼 먼발치에 있는 밭둑에 그대로 엎더 있었다.

도대체 누나는 어떻게 된 것일까. 어째서 어머니의 손목도 양조장 일꾼의 손목도 뿌리치거나 앙탈 한 번 부리지 않고 순순히 뒤따라나섰던 것일까. 그녀가 평소에 소원했던 대로 먼 고장으로 도망갈 수 있어서였을까. 아니라면, 도회지에 있는 어떤 집의 부엌데기로 팔려가는 것일까. 어째서 그 자리에 외삼촌이나 외숙모의 모습은 보이지 않았던 것일까. 외삼촌이 정태와 혼인을 시키려 했다는 누나의 말은 거짓이었을까. 아니면 누나는 양조장 그 막일꾼에게 시집간 것일까. 그러나 막일꾼은 벌써 예순을 넘긴 늙은이였다. 그렇지는 않을 것이었다. 나도 이참에 누나가 바랐던 것처럼 누나를 뒤따라 먼 고장으로 떠나버릴까. 그러나 그때 벌써 어머니는 저만치 마을 쪽을 향하여 종종걸음치고 있었다.

이 세상 어느 누구보다 어머니가 밉살스러웠다. 어머니가 나 때문에 속을 썩으면 썩을수록 쾌감을 느낄 만큼 어머니가 싫었지만, 어머니를 남겨두고 집을 떠날 수는 없었다. 그러나 그날 밤의 사건은 내가 생각했던 것처럼 조용히 끝나지 않았다.

이튿날 어머니는 어쩔 셈인지 일을 나가지 않고 집에 있었다. 아니나 다를까, 새파랗게 질린 외삼촌이 꼭두새벽에 곤두박질치듯 집으로 들이닥쳤다. 벌써 눈이 시뻘게진 외삼촌은 처음엔 어머니와 나는 안중에도 없는 듯 집 안팎부터 샅샅이 뒤지기 시작했다. 그러나 누나의 흔적을 찾아낼 수는 없었다. 혼백이 떠버린 그는 안방으로 뛰어들더니, 숭어뜀을 하면서 울음소리를 토해냈다.

"아이고 누님, 이게 어인 날벼락입니까!"

어머니는 침착했다. 미동도 않고 냉담한 시선으로 외삼촌이란 얼간이의 일거수일투족을 지켜보고 있었다. 아이가 먹은 젖을 게워올리고 있었으나, 개의치 않았다. 나는 그때까지 그토록 천연덕스러운 어머니를 목격한 적이 없었다. 언제 어떤 일이 닥치든 곧장 반응을 보였고, 어떤 어려움이 닥쳐도 소의 뿔처럼 정면으로 대응했었다. 그런 어머니의 천연덕스러운 표정은 웃음이 나올 정도로 낯설었다. 외삼촌은 짐승처럼 두 손바닥을 짚고 엉거주춤 앉아 울부짖었다.

"누님, 내가 누님에게 돌이킬 수 없는 죄를 지었습니다."

어머니는 아이가 젖을 물도록 헤쳐놓은 저고리 앞섶을 수습하면서 말했다.

"동생, 무슨 일이 있었길래 꼭두새벽부터 이 난리소동을 피워쌓노? 철없는 여편네들처럼 호들갑떨지 말고, 조근조근 얘길 해야지."

"누님, 애숙이가 보이지 않습니다."

"애숙이가 어딜 갔는데?"

"어디 갔는지 알면 내가 꼭두새벽부터 이 난리법석을 피우겠습니까? 아이구, 내 팔자야…… 하느님도 야박하시지, 산골에 묻혀 사는 나 같은 숙맥에게 무슨 허물이 그렇게 많다고 이런 천벌을 내리시는지……"

켕기는 구석이 없지 않았던 외삼촌은 걸쭉한 푸념부터 쏟아내면서 눈자위를 적시는 눈물을 연신 훔쳐냈다.

"동생, 물에 빠진 사람처럼 대중없이 덤벙거리지 말고 조근조근 얘기해봐…… 애숙이가 어른들 속이나 썩일 애가 아닌데…… 몸을 숨길 만한 무슨 사단이라도 있었겠지……"

"사단은 무슨 사단입니까. 내가 저한테 몽둥이찜질이라도 했다면 갑자기 자취를 감춘 연유라도 알 것 아닙니까. 이건 마른하늘에 날벼락입니다. 누님이 아시다시피 우리 내외가 애숙이를 얼마나 애지중지 보살펴왔습니까. 지금까지 종아리에 회초리 한 번 대지 않고 등개등개 키웠다는 것은 누님도 너무 잘 알지 않습니까."

"동생, 허둥지둥하지 말고 자초지종을 얘기하라니깐 그러네."

"자초지종은 무슨 자초지종이 있겠습니까. 자고 일어나니 흔적도 남기지 않고 자취를 감춰버렸어요. 개울가도 가보았고, 봇도랑에도 가보았고, 뽕밭에도 가보았습니다. 온 동네를 가로막고 물어봐도 도대체 애숙이를 보았다는 사람이 없어요. 귀신이 곡할 노릇이지…… 이런 날벼락이 평소에도 무던하고 모질지 못하다는 평판을 듣고 사는 나한테 생길 줄은 몰랐습니다."

"마을에 낯선 사내라도 다녀간 적은 없나?"

"낯선 사람요? 어림 반푼어치도 없는 소립니다. 자전거가 생긴 후로는 볼일이 있으나 없으나, 마을을 하루에도 열두 바퀴씩 돌아다니고 있지 않습니까. 낯선 놈이 마을에 얼쩡거렸다면, 내가 먼저 알고 멱살 잡아서 내쫓았겠지요."

비로소 어머니의 얼굴에 긴장감이 돌기 시작했다. 체하지 말라고 젖 먹은 아기의 등을 가만가만 다독거리고 있는 어머니의 손이 가늘게 떨리고 있었다.

"자취를 감추었다고 단정하기는 아직 이르지 않겠나. 에미한테 손찌검이나 당하고 난 뒤 삐죽거리고 마실가서 그만 하룻밤 지내고 있는 게지. 계집아가 그 나이쯤 되면, 별일 아니라도 공연히 따분하고 울적해져서 저 또래 친구 집에도 다니러 가고 그러는 게지…… 동생이 그러면 나까지 심사가 뒤숭숭해지니까, 여기서 넋두리 말고 돌아가서 다시 한번 거처를 수소문해보는 게 상책일 것 같은데?"

나는 시치미를 잡아떼고 둘러대는 어머니의 천연덕스런 말

재간에 놀랐다. 그러나 지난밤에 일어났던 사건의 현장을 알고 있는 나로선 밀고 당기는 두 사람의 줄다리기가 자못 흥미진진했다. 어머니는 느긋하게 대응하는 반면 외삼촌은 잡은 꿩을 놓친 사람처럼 네 방 귀퉁이를 설설 기어가는가 하면, 눈을 흐릿하게 뜨고 한참 동안 천장을 바라보고 있기도 했다. 어머니가 말했다.

"등잔 밑이 어둡다는 말이 있지 않나. 아이가 마을에 있지, 달나라로 갔겠나 별나라로 갔겠나."

그 말에 외삼촌은 갑자기 벌떡, 일어나더니 자전거에 올라탔다. 자전거의 페달을 거칠게 밟았다가 체인이 벗겨져서 속을 썩이자 입에서 욕설이 튀어나왔다.

"이런 니기미…… 멀쩡하던 자전거까지 속을 썩이네."

외삼촌은 그날 오후 해질 무렵이 되어서야 눈에 띄게 수척해진 얼굴로 되돌아왔다. 체념한 듯했다. 아침처럼 넉장거리하고 울지는 않았으나, 넋이 나간 얼굴인 것은 확실했다. 초점 없는 시선으로 어머니를 바라보며 울먹울먹했다. 다시 마주친 두 사람은 서로를 멍하니 바라보았다.

"찾아나서기로 했습니다. 그러나 찾아서 집으로 데리고 오기 전에는 애숙이가 자취를 감추었다는 사실을 어느 누구도 눈치채선 안 됩니다. 만약 동네에 소문이라도 퍼지면 나는 죽은 목숨입니다."

"죽은 목숨이라니? 애만 찾으면 됐지 살고 죽는 일까지 들먹여서 뭘 어쩌려고 그러나?"

"그렇지 않습니다. 우선 누님 뵐 낮이 없고요. 방귀만 크게 뀌어도 똥 쌌다는 소문이 자자한 이런 완고한 동네에서 귀하게 키워야 할 여식을 제대로 키우지 못하고 야반도주시킨 아비의 허물이 어디 보통입니까. 내가 아무리 뻔뻔스런 놈이라해도 얼굴을 들고 다닐 수 있겠습니까. 어디 그뿐입니까. 권씨 댁에는 평생 동안 발걸음을 못 하게 생겼습니다."

"권씨는 왜 들먹이는 것이야?"

"권씨하고 밀고 당기던 혼담이 상당히 진척되어가던 중이었거든요."

"진척이 돼? 그게 무슨 말이야?"

"얘기가 나왔으니, 툭 털어놓겠습니다. 사실은 권씨 댁 외아들인 정태라고 있지 않습니까. 가두어놓고 키운 사람이어서 배냇병신에 숙맥이라는 얘기는 있지요. 그러니까 애숙이가 반려자로선 천생연분이 아니겠습니까. 누님도 알다시피 서로 짝이 맞지요. 신랑은 좀 모자라는 반면, 애숙이는 학교 문 앞에도 못 간 아이지만, 총기 있고 똘똘해서 달 없는 그믐밤에도 사람의 그림자를 찾아낼 수 있을 만큼 출중한 자질을 가졌지 않습니까. 그래서……"

어머니가 외삼촌의 말을 툭 잘라 가로챘다.

"아니, 그런 일이 있었나? 나한테 일언반구도 없이?"

"나중에 혼담이 얼추 무르익게 되면 말씀드리려고 했지요. 물어보나 마나 누님도 대찬성 아니겠습니까. 누님이 그 댁에 드난살이하고 있는 처지에 그 댁에서 애숙이를 민며느리로 들이겠다면 그런 요행이 어디 있겠습니까. 권씨가 누님에게 귀띔했을 텐데요?"

"생사람 잡네, 나는 금시초문이야."

"그렇다면 내가 진작 말할걸 그랬네요."

"대충 그렇게 꾸며대지 말어. 나는 동생이 권씨 댁하고 무슨 꿍꿍이속을 꾸미고 있었는지 듣지 않아도 보름달 보듯이 훤하게 꿰고 있구만."

"누님도 참, 꾸며대다니요. 권씨네에게 나중에 갚아드리겠다 하고 몇 푼 차용한 게 고작입니다. 목구멍이 포도청이라는 말이 있지 않습니까."

"몇 푼만 차용? 거짓말은 잘도 하네."

"누님하고 입씨름하고 있을 처지가 아닙니다. 애숙이를 반드시 찾아서 끌고 와야 합니다. 지금 당장 떠나면 멀리 가지 않아도 애숙이를 찾을 수 있겠지요. 잔소리 그만하고 여비나 좀 보태주십시오."

"여비는 권씨에게 가서 보태달라 하지. 왜 엉뚱한 나보고 내놓으라나."

외삼촌이 한숨을 푹 내쉬었다. 어머니로부터 여비를 얻어 내지 못하자, 거칠게 문을 열고 나가 자전거를 타고 어디론가 사라졌다. 어머니와 외삼촌 사이에 벌어진 소동을 엿듣고 있던 나는 양조장으로 달려갔다. 지난밤에 보았던 일꾼은 박힌 돌처럼 꿈쩍 않고 거기 있었다. 그는 다른 일꾼들과 어울려 내 키의 두 배는 되어 보이는 독을 굴리거나 씻고 있었다. 잠시 그를 지켜보았으나 그에게서 양조장의 막일꾼의 얼굴 외에 간밤 논둑에서 보았던 그 어떤 모습도 발견할 수 없었다.

그랬다. 애숙이 누나는 어머니의 도움을 받아 멀고먼 어딘가로 자취를 감춘 것이 분명했다. 다만 한 가지, 오래도록 풀리지 않는 의문이 있었는데, 왜 하필 어머니가 나서서 누나를 야반도주시켰느냐 하는 것이었다. 누나는 또 어째서 자신을 낳아주고 길러준 외삼촌 내외에게 등을 돌리고 고모인 어머니의 권유를 받아 일생을 그르칠 수도 있는 그런 모험을 감행했는지 그 속내를 종잡을 수 없었다.

보름 만에 모습을 드러낸 외삼촌은 비 맞은 수탉 꼴이었다. 보름 사이에 얼마나 수척해졌는지, 퀭하니 꺼진 두 눈이 뒤통수에 붙어 있었다. 거미 다리처럼 마른 팔다리로 어기적어기적 가까스로 걸어들어온 외삼촌은 우리 집 툇마루에 걸터앉았다. 그리고 품앗이를 하다 말고 달려온 어머니에게 고개부터 떨구었다.

"누님, 못난 동생을 용서하십시오…… 갈대밭에 떨어진 화살 찾기가 차라리 손쉬운 일입니다. 아이구, 이 몹쓸 년, 은혜를 원수로 갚다니…… 죽어봐야 저승을 알더라고, 지도 객지생활 겪어보아야 부모 슬하가 따습다는 것을 깨닫게 되겠지요. 이년이 언제고 제 가슴을 쥐어뜯으며 후회할 날이 올 것입니다. 울타리 없는 허허벌판에 나가서 지 한 몸 의지할 데가 어디 있겠어요. 화류계 아니면 식모살이겠지요."

"동생, 아무리 역증이 났다 하더라도 그런 악담 하는 게 아닐세. 어서 집에 가서 몸이나 추스르게."

이제 내게 남은 친구는 정태 하나뿐이었다. 어머니는 애숙이 누나를 그렇게 떠나보낸 이후로 내게 더 관심을 쏟는 것 같았다. 어머니가 예전과는 달리 해질녘이 되면 마을 주변을 더듬으며 나를 찾아다닌다는 것을 알게 되었다. 그때마다 나는 더욱 짜릿한 흥분을 느꼈고, 어머니가 절대로 나를 찾아낼 수 없도록 정태와 멀리로, 더 멀리로 걸어갔다. 이젠 빨리 달리지 않았다. 빨리 달리면 더 멀리 갈 수 없었기 때문이었다. 그와 나는 누가 먼저랄 것도 없이 H시에 닿을 수 있는 34번 비포장도로를 따라 하염없이 걷고 또 걸었다. 나는 누나가 사라진 방향이 그쪽이었기 때문에 그 길을 걸었고, 정태는 내가 그 길로 가고 있었기 때문에 그 길을 걸었다. 가다가 지치면 우리는 앉아 쉬었다. 두 사람이 똑같이 말을 더듬었기 때문에 이젠 굳이 이야기 따윈 나누지 않아도 되었다.

다만 2월에는 매화가 피고, 3월과 4월에는 살구꽃과 버드나무, 진달래와 목련이 핀다는 것을 알게 되었다. 5~6월에는 뱀딸기와 창포꽃과 모란이 피고, 7월부터는 배롱나무꽃이 피기 시작하며 연꽃도 핀다는 것, 그리고 그중에서 사람이 먹을 수 있는 꽃이 여럿이라는 것도 알게 되었다. 처음에는 어머니가 가르쳐준 꽃만 따먹었지만, 나중에는 길가에 지천으로 핀 민들레나 질경이도 스스로에게 최면을 걸어 이것은 먹을 수 있는 꽃이라고 주문을 외운 뒤 모두 잎을 잘라 먹었다. 주문 덕분인지 아무 탈도 나지 않았다. 어머니는 언젠가 말했었다. "육고기로 배를 두둑하게 채운들 소화시키지 못하면 아무 소용이 없다." 그것은 틀린 말이 아니었다. 정태는 그런 것을 먹으면 곧잘 게워내곤 했으나, 어머니의 말을 아로새겨 들어온 나는 어떤 조악한 음식이나 이름 모르는 풀을 뿌리째 뽑아 먹어도 토하거나 소화시키지 못하는 법이 없었다.

삼사 일에 한 번씩 정태와 나는 당일치기 밤여행을 하고 돌아오곤 했지만, 정태 어머니인 권씨는 우리들의 비밀여행을 전혀 눈치채지 못했다. 히말라야 산등성이에 숨어 살며 발자국은 물론 숨소리조차 남기지 않는다는 눈표범처럼 우리도 흔적을 남긴 적이 없었기 때문이었다. 내가 그 밤중에 월전리에서 사 킬로미터 이상 떨어진 합강리까지 갈 수 있었던 것은, 더이상 나 스스로 어리지 않다고 생각했기 때문이었다. 이제 어른의 세계에 대한 막연한 두려움조차 사라진 나는 혼자서도 어른들이 하는 일을 해내야 한다고 생각했다. 그래서 되도록 어린 모습을 보이지 않으려고 행동거지가 과장되기 시작했고, 삼밭에서 대마잎을 뜯어서 말아 피우며 하늘을 향해 고래고래 소리지르기도 했다. 나는 점점 어른들이 곧잘 이죽거렸던 것처럼 '간땡이가 부어오른 아이'가 되어갔다. 덩치만 우람했지, 딱히 할 일 없이 하루하루를 헛되게 보내는 새아버지쯤은 이제 안중에도 없었다.

정태는 밤여행 때 말고는 다리 다친 강아지처럼 자기 방에 틀어박혀 있었고, 어머니를 비롯한 품앗이하는 아낙네들이 갖다주는 끼니를 까탈 부리지 않고 싹싹 비웠다. 덕분에 정태는 언제나 건강한 편이었고, 그 안에 박힌 돌처럼 골방을 지키다가 밤이 되면 유령처럼 밖으로 기어나와 집 안을 산책하고 다시 골방으로 돌아가곤 했다.

어머니는 내가 밤중에 마을을 배회한다는 것을 눈치채고 있었다. 그러나 정태와 함께라는 것은 몰랐다. 왜냐하면 정태와 내가 어울리는 것을 단 한 번도 목격한 적이 없었기 때문이었다. 한때 어머니는 내 뒤를 밟아보려 했으나 새아버지는 밤중에 어머니 혼자 마을을 나돌아다니는 것을 용납하지 않았다. 애숙이 누나가 야반도주했다는 사실을 알고 난 뒤부터는 더욱 어머니를 닦달했다. 새아버지의 허세와 무능력, 그리고 주책없음에 적잖이 울화가 치민 어머니는 쐐기벌레에 쏘인 것처럼 성가시기만 한 외삼촌을 싸잡아 비아냥거렸으나, 눈을 부라리고 종주먹을 들이대며 으름장을 놓는 새아버지의 위협에 눌려 면전에서는 전혀 까탈을 부리지 못했다.

애숙이가 자취를 감췄다는 소문은 며칠 지나지 않아 권씨의 귀에까지 흘러들었다. 권씨는 사람을 놓아 집에서 전전긍긍하고 있는 외삼촌을 호출했다. 애당초 통이 커서 이웃에 박절하게 굴지 않았고, 선량하다는 평판을 듣는 권씨도 애숙이 누나가 자취를 감추었다는 소식을 듣고는 적잖이 충격을 받은 것 같았다. 기겁을 하고 달려온 외삼촌에게 권씨는 자초지종을 물었다. 구변 좋다는 외삼촌도 둘러댈 말이 궁했다. 혼인을 성사시키겠다는 것을 전제로 적지 않은 돈을 권씨로부터 빌려 쓴 외삼촌은 말을 더듬기 시작했다.

"어느 노, 놈이 업어갔는지 제 발로 걸어갔는지…… 대, 대구, 부산을 고쟁이 속에 이 잡듯이 뒤졌습니다만, 노, 노자만 수월찮이 탕진하고 도, 돌아왔습니다."

"부질없는 짓입니다. 대구와 부산이 어디 이웃집 마룻장 밑이랍디까."

"제 오지랖도 채, 챙기지 못하는 놈이 주책없이 살다가 이 낭패를 겪게 되었습니다. 요, 용서하십시오. 주, 죽으려 해도

죽을 곳이 없습니다. 여사님께 진작 내막을 통기하지 못하고
있었던 것도 어찌하면 여, 여식을 찾아낼 수 있을까 궁리를
하느라……"

"자취를 감춘 지 며칠이나 되었소?"

"다, 달포가 가깝게 되었습니다."

권씨 입에서 짧은 한숨이 흘러나왔다. 그녀는 허공으로 시
선을 떨구며 나직하게 외삼촌을 나무랐다.

"주책없이 굴기는 나 역시 입이 열 개라도 할 말이 없게 되
었네요. 내 자식에게 장애가 있다는 것은 세상이 다 아는 일
이었고, 그런 아이의 민며느리를 들이겠다고 경솔하게 대들
었다가 잡은 꿩 놓친 포수 꼴이 되었으니, 주위에서 알게 되
면 웃음거리 되기 십상 아니겠습니까…… 집 떠난 지 달포나
되었다면, 도회지의 본데없고 억센 사내들이 촌구석에서 올
라와 얼뜨고 수줍음 타는 가랑머리 소녀를 지금까지 가만두
고만 보았겠습니까."

그러나 애숙이 누나를 찾아내 손목을 비틀어잡고 끌고 올
희망을 버리지 못하고 있었던 외삼촌은 권씨의 오금 박는 말
에 펄쩍 뛰었다.

"아닙니다, 여사님. 잘 아, 아시지 않습니까. 우리 집 아이
가 학교라고는 문 앞에도 못 가본 까막눈이지만, 또, 똥인지
된장인지 분간 못 하는 얼치기는 아닙니다. 여사님도 아시다

시피 언문과 구구단을 저 혼자 궁리로 통달한 아이가 아닙니까. 허물없는 농담일지라도 그런 말씀하시면, 제, 제 가슴이 얼마나 쓰리겠습니까. 아, 아무리 다급한 지경에 있더라도 저를 봐서라도 희망적으로 말씀을 해주십시오. 내 여, 여식을 얼른 보면 응석받이로 언사가 순박하기만 하지요. 그러나 자기에게 위험이 닥치면, 여간 표독스럽고 강단 있는 아이가 아닙니다. 얼뜨기 사내들이 그 아이를 하찮게 여기고 날탕으로 삼키려 들었다간 크, 큰 코 다칠 것입니다."

"그 아이가 무슨 연유로 이런 난리를 저지른 것입니까?"

"아이고…… 옳은 말씀입니다. 열다섯이 되도록 애지중지 키워온 제가 아직까지 그 까닭을 몰라 복장이 터집니다. 무, 무슨 귀신이 덮어씌웠다고밖에 다른 연유를 찾아낼 재간이 없습니다. 지 에, 에미도 머리를 싸매고 생각해보았지만, 도무지 짐작 가는 것이 없다고 하네요. 그 까닭을 알면 이 아이가 어떤 곳에서 어떤 모습을 하고 있는지 얼추 짐작할 수 있을 것 같습니다만, 몇 밤을 꼬박 새워가며 까닭을 찾아봐도 짐작이 안 갑니다."

"혹시…… 우리 아이와 혼담이 오가고 있다는 것을 눈치챈 것은 아닐까요? 옛날 책에도 그런 이야기가 있지요. 신랑감이 절름발이라는 헛소문을 듣게 된 양갓집 규수가 고민 끝에 제 곁에서 수발하던 몸종을 대신 혼례식에 내보냈다는 이야기 말입니다."

"그런 이야기는 금시초문입니다만, 우리 집 여식에게는 그 애 대신 혼례를 치러줄 몸종도 없거니와, 혼담이 오가고 있었 다는 것을 귀띔해준 적도 없었습니다. 서, 성사된 이후에 일 러줘도 늦지 않다고 생각했으니까요. 먼저 얘길 했다면 조숙 한 아이라 오히려 솔깃했겠지요."

"발 없는 말이 천 리를 간다고 했습니다."

"그런 말이 있다는 것도 그, 금시초문입니다."

오줄없고 수다스런 외삼촌과는 오래 앉아서 입씨름을 나눌 일이 못 된다는 것을 깨달은 권씨가 먼저 입을 다물어버렸다. 비위가 뒤틀린 권씨가 응대를 하다 말고 고개를 돌려버리자, 안달이 난 외삼촌이 말했다.

"걱정을 끼쳐드렸습니다만, 노, 노자가 마련이 되면, 또다 시 찾아나서기로 단단히 마음먹고 있습니다. 손오공이 날뛰 어도 결과적으로 부처님 손바닥이라는 말이 있지 않습니까. 제가 발 벗고 나선다면, 그 아이를 못 찾아낼 리 없습니다. 애 간장 태우지 말고 기다려주십시오. 제, 제 발이 저려서라도 집으로 돌아오겠지요."

"내 짐작으로는 돌아올 아이가 아닌 것 같습니다. 아이가 저 혼자 자취를 감춘 것도 아닌 것 같고요. 주변에서 누가 거 들어주지 않았다면, 흔적도 없이 사라질 수가 없습니다."

석연치 않은 내막이 있다는 권씨의 말에 외삼촌은 전혀 동의하지 않았다. 애숙이 누나 주변에 그런 엄청난 일을 저지를 사람은 눈을 씻고 보아도 찾을 수 없었기 때문이었다. 권씨가 그런 말을 하거나 말거나 외삼촌은 노자가 마련되면 또다시 누나의 행적을 찾아나서겠다는 결의와 장담으로 권씨를 안심시키고 그 집을 나섰다. 집을 나서는 외삼촌의 등에서 식은땀이 흘렀다. 대문을 나서면서 그는 허공에 대고 씹어뱉듯 욕설을 퍼부었다.

"이 절구통에 처박아 찧어 죽일 년이 도대체 어느 절구통에 가서 널브러졌나."

애숙이 누나가 자취를 감춘 이후 어머니가 감내해야 할 고통은 더욱 가중되었다. 사건은 전혀 예상치 못한 방향으로 번지고 말았다. 그 고통의 바탕은 외삼촌이 이런저런 핑계를 둘러대고 권씨로부터 빌려 쓴 부채가 어머니나 외삼촌의 주변머리로는 되갚기가 어려웠다는 데 있었다. 애숙이 누나가 정태와 혼례만 치르게 되면 금액이 얼마가 되었든 유야무야되거나 차일피일 미룰 수 있었겠지만, 만에 하나 혼사가 결렬된다면 고스란히 부채로 떠안아야 할 돈이었다. 만약 권씨가 변제해줄 것을 압박해올 경우, 홀딱 벗겨도 똥 묻은 볼기짝밖에 없는 외삼촌은 객지로 날아버리면 그만이었지만, 문제는 어머니였다. 그 마을에서 태어나, 단 한 발짝도 외지로 나가본 경험이 없었으므로 그야말로 빼도 박도 못할 처지에 놓이게 된 것이었다. 게다가 이런 평지풍파를 일으킨 장본인은 바로 어머니였다. 그래서 어머니는 이 모든 액운을 당신 스스로 고스란히 받아들이기로 한 것 같았다. 그런 고통의 과부하조차 대수롭지 않게 받아들이게 된 것도 삶의 굴곡을 거치면서 겪는 억압에 길든 탓인지도 몰랐다.

어머니는 예전보다 더욱 자주 권씨네를 드나들며 품앗이를 했다. 그리고 권씨가 건네주는 품삯을 받지 않았다. 어머니의 속내를 알아채지 못한 권씨가 거의 강제하다시피 품삯을 쥐여주려 했으나, 어머니는 그때마다 손사래쳐서 내치곤 했다. 그것이 외삼촌이 만든 빚을 조금이라도 탕감하겠다는 의도라는 것을 눈치챈 권씨는 혈육에 대한 어머니의 희생과 넓은 마음씨를 침이 마르도록 칭찬했다. 그러나 그것은 두 사람 사이의 정리情理를 돈독하게 만든 것이 아니라, 오히려 소원하고 어색한 관계로 만들어버리고 말았다. 정리라는 것이 손톱처럼 그냥 둔다고 해서 자라는 게 아니라는 것을 어머니가 터득하고 있었을 리 만무했다.

게다가 그 파장은 어머니의 희생만으로 끝나지 않았다. 우리 집이 겪고 있는 궁핍의 골이 더욱 깊어지기 시작한 것이었다. 끽해야 깡조밥에 소금국으로 끼니를 때우고 수리취나 참

취 같은 산야초를 뜯어 데쳐 먹는 것을 섭생의 도리로 삼았던 소름끼치는 애옥살이는 조금의 개선의 여지를 보이지 않았다. 뿐만 아니었다. 외삼촌의 가계를 도와왔던 어머니의 영향력도 눈에 띄게 줄어들었다. 옹색하고 살풍경한 부엌에는 시큼하고 텁텁한 냄새만 가득할 뿐 향기로운 음식의 냄새는 없었다. 아침에 잠에서 깨어나 눈을 뜨면 산마루에 비단결처럼 퍼지고 있는 아침햇살을 맞이할 수 있었으나, 부엌에서 밥이 익는 냄새는 좀처럼 맡을 수 없었다. 간혹 칭얼거렸던 아우의 울음소리도 점점 커져갔다.

이젠 누나가 없는 외가댁을 아득바득 찾아갈 엄두도 나지 않았다. 누나의 행방을 수소문했지만 아무런 성과를 거두지 못해 주눅이 들어 있는 외삼촌도 그 이후로는 자전거를 호기 있게 들이대고 시량리로 가자는 얘기가 없었다. 따분함과 울적함이 우리 집 전체의 분위기를 뒤틀어잡고 놓아주지 않았다. 그런 가운데에도 가장 의아한 것은 어머니가 낮잠으로 대부분의 일과를 때우고 있는 새아버지를 잡도리하거나 돈을 벌어오라고 투정하지 않는다는 것이었다.

나는 정태에게 더욱 열중하기 시작했다. 외가댁에 갈 볼일 따위는 이제 없어졌으므로 거의 매일같이 밤만 되면 정태와 만났다. 나는 어떻게 하면 정태에게 새로운 것을 보여주고 경험하게 할 수 있을 것인지 그런 궁리만 하고 있었다. 냇가를 찾아가고 항아리 속에 들어가 밤하늘의 별을 헤는 것도 한두 번이지 매일 똑같은 것을 반복한다면, 정태도 머지않아 싫증을 내고 나를 만나주지 않을 것이었다.

내가 그에게 가장 보여주고 싶었던 것은 학교의 마루 밑이었다. 정태 역시 그것을 원하고 있었지만 애석하게도 그 탐험은 시도할 때마다 실패로 끝났다. 밑으로 들어가는 입구가 몸집이 비대한 정태가 거침없이 드나들기엔 너무나 비좁았기 때문이었다. 내가 먼저 들어가서 정태를 유인해보기도 했지만, 정태는 골통만 겨우 안으로 들이밀 수 있었을 뿐, 그 넓은 어깨는 협소한 입구에 가로막혀 꼼짝달싹할 수 없었다. 우리는 산코숭이 너머로 꼬리를 사린 산속 길로 삐걱거리며 달려가는 달구지처럼 절뚝거리며 밤길을 걷다간 무료해져서 마을로 돌아오곤 했다. 내가 그 전날 갔던 길 쪽으로 향할라치면 정태는 말했다.

"또 그 기, 길로 가?"

"그럼 이 길 말고 딴 길도 있어?"

"딴 기, 길로 가."

"야 이 병신새끼야. 딴 기, 길이 어디 있다고 지, 지랄이야. 잘 살펴봐. 우리 동네를 지나가는 길 중에 이 길 말고 또다른 기, 길이 있기나 해? 병신 같은 새끼. 너 자꾸 보채면 국물도 없다. 나니까 밤마다 널 데리고 다녀주는 거다. 너네 엄마가 너 데리고 밤마실 다니며 구경시켜준 적 있어?"

"없어."

"그러니까 입 다물고 있으란 말이야."

"날보구 욕하지 마."

그때 나는 걸음을 멈추고 정태를 째려보며 다부지게 쏘아붙였다.

"이 새끼 너 정말 나한테 맞아볼래? 내 주먹이 얼마나 센 줄 알어? 너는 나한테 죽어."

"그, 그럼 날 때려봐."

"정말?"

"그그, 그래."

그것은 지금까지 한 번도 본 적이 없는 정태의 배짱 두둑한 도전이었다. 그 도전에는 알껍데기를 뚫고 탄생하려는 새끼 악어와 같이 그가 가진 장애의 껍질을 한 꺼풀 벗겨내려는 미묘한 진화의 파장이 감지되고 있었다. 나는 아연실색했다. 그의 입에서 나와 정면으로 겨뤄보겠다는 말이 나오는 것 자체가 나의 굴욕을 의미했기 때문이었다. 나는 한동안 정태를 바라보고 있었으나, 무슨 말로 이 위기를 넘겨야 할지 막연할 뿐이었다. 내가 정말 폭력을 행사하면 정태 역시 가만있지 않을 태세였다. 단 한 주먹에 승패는 판가름이 날 것이고 패배는 응당 내 차지가 될 것이다. 그렇게 되면 정태와 나 사이의 우정은 두 번 다시 회복 불가능한 상태로 추락하고 말 것이다. 나는 위기를 느꼈다. 나는 때마침 눈앞에 보이는 냇물을 가리키며 말했다.

"저기까지 누가 먼저 헤엄쳐 건너나 내기할래?"

순간적으로 그렇게 제안하며 나는 옷을 입은 채로 첨벙 여울목으로 뛰어들었다. 아래는 어살을 친 곳이어서 다른 여울보다 깊이가 있었다. 내가 무작정 뛰어들자, 정태 역시 얼떨결에 내 뒤를 따랐다. 물론 옷을 그대로 입은 채였다. 우리는 엄벙덤벙 냇물을 헤엄치기 시작했다. 사실 정태에게 그 냇물을 건너기란, 누워서 떡 먹기였다. 정태에겐 말 그대로 땅을 짚고 헤엄쳐도 될 만한 깊이였다. 그런데도 그는 시종일관 허우적거리기만 했다. 나는 개헤엄을 치면서 계속 뒤돌아보았으나, 그는 대중없이 물장구를 치며 허둥지둥 나를 따라잡기 위해 안간힘을 쓰고 있었다. 물론 출발이 빨랐던 내가 먼저 내를 건넜고, 그는 가까스로 헤엄쳐서 냇가의 자갈 위에 이마를 박고 가쁜 숨을 몰아쉬었다.

"야 이 새끼야, 너 봤지?"

그는 대답이 없었다. 그는 완전히 기진맥진한 상태였다. 땅 짚고도 건널 수 있는 얕은 물속에서 그는 목숨을 걸고 헤엄을 친 것이었다. 나는 그가 수영을 배운 적이 없었다는 것을 몰랐고, 그는 내가 어떤 아이인지 몰랐다. 그는 강을 건너는 개처럼 본능적으로 허우적거려서 내를 건넌 것이었다. 젖은 옷을 입은 채로 기다리기 진력날 만큼 오랫동안 자갈밭에 얼굴을 박고 엎뎌 있던 정태는 내 채근을 받고서야 겨우 무거운 몸을 일으켰다. 웃지도 않았지만, 그렇다고 울지도 않았다. 추위에 떨면서도 쉴새없이 수다를 떠는 나와는 달리 그는 전혀 말대꾸가 없었다. 그리고 허둥지둥 집으로 돌아갔다.

사단이 벌어진 것은 그로부터 이틀이 지난 뒤였다. 권씨가 일을 마치고 돌아가려는 어머니를 안방으로 조용히 불러들였다. 등에 업은 아이에게 젖꼭지를 물리라 이르고 권씨가 운을 떼었다.

"집에 우리 집에도 자주 오는 경원이란 아이 있지요?"

난데없이 내 이름이 나오자 화들짝 놀란 어머니가 대답은 않고 얼른 권씨의 안색을 살폈다.

"그 아이 말인데요. 엄마가 허구한 날 집을 비워두고 이웃에 품앗이를 나간 탓에 제 혼자 크는 아이가 되었겠지요. 남들처럼 엄마가 뒤따라다니며 돌봐주지 못하니 혼자 크는 것이야 당연하겠지요. 엄마를 보겠다고 우리 집으로 몰래 숨어드는 것을 나도 먼빛으로 몇 번 본 적이 있어요. 그런데……그 아이가 학교에서도 같이 어울리는 또래가 없는가봅디다. 언제 보아도 외톨이로만 놀아요. 그처럼 혼자이니 일하고 있

240

는 제 엄마 주변만 맴도는 아이가 될 수밖에 없었겠지요."

말의 핵심으로 뛰어들지 않고 겉만 핥고 있는 것이 답답했던지 어머니가 거들었다. 외삼촌에게 덴 상처가 채 가시기 전이었으므로 처음부터 가슴이 철렁 내려앉는 것이었다.

"경원이가 무슨 일이라도……?"

"무슨 일이 있다기보다 경원이 엄마도 미처 모르는 일이 그 아이 주변에서 일어날 수도 있다는 걱정 때문이오."

"제가 남들처럼 알뜰살뜰 자식을 보살필 겨를이 없다보니…… 울타리가 없는 집에서 곤두박질치며 막살고 있어서 방학만 되면 외가에 보내서 사촌들과도 같이 어울려 지내도록 조처하고 있지요. 때로는 부질없는 짓이란 생각도 들긴 합니다만……"

거친 말투로 비위를 건드리지는 않았으나 서로의 속내를 몰랐으니 말이 서로 약간씩 어긋날 수밖에 없었다. 권씨가 정색을 하고 말했다.

"나도 미처 몰랐고 경원이 엄마도 그저 몰랐던 것입니다. 그뿐이에요. 경원이도 외로운 아이였고, 우리 정태도 가축처럼 가두어놓고 양육해왔으니 외로웠을 건 당연한 이치겠지요. 그 외로운 아이들끼리 우연히 마주쳤다면, 의기투합을 했을 것도 당연히겠지요."

어머니가 기겁을 해서 젖먹이를 밀쳐내고 앞가슴을 수습했

다. 안 그래도 애꿎은 팔자에 또 무슨 분란이 닥치는가 해서
였다.

"경원이가 아드님께 무슨 해코지를 한 것입니까?"

"해코지를 했다고 할 수는 없습니다. 우리 둘 다 아이들을
잡도리해서 기르지 못한 불찰이 있어요. 한 사람은 송아지 코
꿰듯 너무 가두어놓고 기른 불찰이 있었고, 한 사람은 너무
놓아기른 불찰이 있지요. 너무 차가운 것과 너무 뜨거운 것이
서로 맞부딪치게 되면 걷잡을 수 없는 불상사가 생겨나는 이
치와 같은 거지요. 이제부터 나도 정태를 단속할 테니 경원이
도 단속을 하세요."

그리고 젖먹이를 턱짓으로 가리키며 덧붙였다.

"이젠 경원이도 새아버지가 생겼으니, 남편더러 아이를 다
잡아서 돌봐달라고 당부를 하세요. 그저께는 둘이서 한밤중
에 나가 무슨 일을 저질렀는지 사람의 모양은 온데간데없고
온몸이 진흙투성이가 되어 돌아와서는 이틀이 지난 지금까지
고열로 거의 사경을 헤매다시피 하고 있네요. 구완을 하면 정
신차리고 일어나겠지만, 두 번 다시 이런 일이 일어나선 안
되겠지요. 나이는 아래지만 둘 중에 그나마 철이 들기는 경원
이가 먼저 아니겠어요. 두 아이가 서로 시도 때도 없이 만나
도록 방치해선 안 되겠어요."

새아버지 얘기가 권씨 입에서 흘러나오는 순간, 어머니의

얼굴은 모닥불이라도 지핀 듯 붉어졌다. 차마 얼굴을 들지 못하고 사뭇 젖먹이만 내려다보았다. 그날 집으로 돌아온 어머니는 나에게 일언반구 말이 없었다. 다만 내 머리를 쓰다듬으며 지나가는 말로 한마디 했을 뿐이었다.

"아니래도 배가 고프다고 징징거리는 니가 너무 밖으로 쏘다니면, 배는 더 고프기 마련이다. 그렇다 하더라도 니한테 무슨 허물이 있겠노. 허물이 있다면 모두 나한테 있다. 니보고 철부지라고 말하는 사람들이 있지만, 그게 아니다. 철부지는 이 나이가 되도록 올곧은 정신 못 가진 바로 내다. 지난날에 저지른 허물도 많은 내가 또다시 니 새아버지와 허물을 저지르게 되었으니 남에게 험담을 듣는다 해도 가슴 아프게 생각할 일이 아니지."

내 머리를 쓰다듬으며 어머니는 흐느꼈다. 나는 모처럼 내 머리를 어머니 품안에 가만히 기대놓고 있었다. 그러나 문제는 그것으로 끝나지 않았다. 몸살 때문에 앓아누워야 했던 정태를 그후로 다시는 만날 수 없었다. 애숙이 누나가 그랬던 것처럼 정태 역시 연기처럼 자취를 감추고 말았다. 나는 밤마다 권씨 집 주위를 맴돌며 정태가 나타나기를 기다렸다. 하루가 가고 이틀이 가고 보름이 지나고 한 달이 지났으나 정태의 흔적은 찾을 수 없었다. 나를 가장 신뢰했으며 나를 있는 그대로 대접해주었던 그가 사라지자 나는 죽고 싶었다. 산다는 것이 너무나 하찮게 여겨졌다. 나한테는 일언반구도 없이 야반도주했던 애숙이 누나, 그리고 어느 날 갑자기 바람처럼 사라진 정태, 나는 그들이 남기고 떠난 배신감에 치를 떨었다. 그들에 대해서 그리고 이 세상 어딘가에 대해서 복수하고야 말겠다는 결의를 다지고 또 다졌다. 그러나 그 복수를 어떤 방법으로 해야 할지는 아직 알 수 없었다. 어머니와 새아버지, 그리고 떠난 두 사람에게 복수하는 길은 나 또한 그들처럼 어디론가 멀고먼 곳으로 떠나는 것뿐이었다.

그것만이 그때의 내가 할 수 있는 유일한 복수였다. 그런 희망 속에서는 어쩌면 우연찮게나마 그들 두 사람을 만날 수도 있다는 짜릿한 상상까지 가능했다. 월전리와 시량리 외가댁만 다람쥐 쳇바퀴 돌리듯 오가는 것이 전부였던 내게 한길 저 밖에 있는 세상으로 나가는 일은 상상을 통해서만 가능했었다. 그러나 그것은 곧 두려움이기도 했다. 하지만 이제 내가 언제나 병신이라고 무시하던 정태도 도달할 수 있는 바깥세상에, 나름대로는 담대하고 두려움 없는 내가 가지 못할 이유도 없다는 자신감이 나를 잡고 흔들기 시작했다. 무엇보다 나는 이 월전리에서 더이상 할 일이 없었다. 선생님으로부터, 어머니로부터, 새아버지로부터, 또래들로부터 따돌림당하며 굴욕적으로 살아가느니 나를 제대로 대접해주었던 애숙이 누나와 정태를 만날 수 있다는 희망이 나를 먼 고장으로 데려다줄 것이었다.

14

우리는 고택을 나섰다. 언제 나타날지 모를 권씨를 마냥 기
다릴 수 없었기 때문이다. 대문을 나서면서 아우가 물었다.

"나선 김에 시량리에 있는 옛날 외가댁에 가보실래요?"

"비가 내리는데?"

"달리 가볼 곳도 없지 않습니까."

"집은 그대로 있는 거지?"

"물론이죠. 폐가나 다름없지만, 사람은 살고 있습니다."

"외삼촌과 연분이 있는 사람이야?"

"아닙니다. 외삼촌과는 아무런 인연도 없는 팔십 노파가 혼
자 살고 있어요. 그 집이 언제 팔렸는지는 어머니도 전혀 모
르고 있었습니다. 외삼촌이 돌아가신 뒤에 외숙모가 집을 팔
고 쫓기듯 친정집으로 이사를 했다는 소문만 들었습니다."

"어머니에겐 일언반구도 없이?"

"그랬다니까요."

"자숙이는?"

"시집갔겠지요…… 저희들과는 진작부터 연락을 끊고 살았으니까요."

어릴 때는 자전거에 실려 갔었던 외갓집이었다. 지금은 걸어서도 금방 닿을 수 있는 거리지만, 비가 내리고 있었으므로 택시를 불렀다. 외갓집은 장춘옥이 그랬던 것처럼 지난날의 모습 그대로 초라하게 엎드려 있었다. 여러 번의 수리를 거친 흔적이 뚜렷한데도 집은 뒤꼍 쪽으로 기울어져 있었다. 기둥이 썩고 있다는 증거였다. 게다가 좁은 앞마당은, 여러 번 덧입힌 아스팔트 도로보다 낮아져 마당 깊은 집이 되어 있었다. 아우가 가리키는 대로 툇마루에 엉덩이를 걸치고 앉으려는데, 인기척을 느낀 노파가 방문을 열며 흐릿한 목소리로 누구냐고 물었다. 고개를 돌려 뒤쪽을 바라본 순간, 나는 그 자리에 얼어붙고 말았다. 반몸만 일으킨 채로 문고리를 잡고 우리 두 사람을 침침한 시선으로 바라보고 있는 노파의 모습이 어머니와 너무나 닮았다는 생각이 들었다. 비교적 둥근 얼굴, 얼마 남지 않은 짧은 머리칼, 길고 고된 노동에 지쳐 갈고리처럼 변한 손가락, 때 묻은 저고리 위로 앙상하게 드러난 쇄골, 그리고 화가 났을 때나 웃을 때나 한결같던 무심한 표정까지 영락없는 어머니였다. 어째서 아무런 연고도 없다는 노파의 모습이 어머니가 환생한 것 같은 착각이 들 만큼 닮아 있는 것일까. 순간적이었지만, 그런 착시에 소스라쳐 미처 발을 뗄 수 없었다. 노파가 방문을 닫았다. 먼저 툇마루에 앉은 아우가 나지막하게 속삭였다.

"처음엔 나도 놀랐습니다. 저 노인네가 어릴 때 보았던 외삼촌과 너무 닮아서 말입니다."

사물 관찰에서 얻어내는 이미지란 것도 결국은 개인의 고정관념의 틀과 맞물려 있다는 것을 아우는 얘기하고 있는 듯했다.

"비 맞습니다. 어서 앉으세요."

우리는 집 앞으로 뚫린 도로를 마주하고 나란히 앉았다. 시선은 도로 쪽에 두고 있었으나, 정신은 등뒤의 안방에 쏠려 있었다. 아우가 내 속내와는 다른 말을 했다.

"걱정 마세요. 집이 뒤쪽으로 많이 기울어졌지만, 당장 무너지진 않을 겁니다. 하긴 이 집은 오래전부터 기울어져 있었다던데요?"

"그토록 자주 드나들었지만, 집이 진작부터 기울어져 있었다는 것은 전혀 몰랐어."

"외할아버지께서 뒤꼍에 있었던 감나무에서 떨어져 누워만 계시다가 돌아가셨다는 얘기를 들었습니다."

"감나무에서 떨어져?"

"감나무 가지 하나가 이상하게 축담 밖으로 뻗어나가 그걸 자르겠다고 나무에 올라갔었던가봅디다. 간신히 가지에 올라앉아 톱질을 하는데, 글쎄, 어이없게도 가지 바깥쪽에 엉덩이를 가까스로 의지하고 톱질을 한 모양입니다. 결국 잘린 가지와 함께 땅으로 떨어지면서 척추를 다쳤답니다. 외할아버지는 돌아가시기 전에 외삼촌에게 유언을 남겼다네요. 나뭇가지를 자를 때는 가지 안쪽에 걸터앉아 톱질을 하라구요."

"그 노인에게는 치명적인 진리였던 게지."

"그 유언 말고는 이 기울어진 집 한 채가 남기신 전부랍니다. 기실, 이 집도 일본에 징용으로 끌려간 큰외삼촌에게 남긴 것이었는데, 해방된 이후에도 큰외삼촌이 고향으로 돌아오지 않고 생사조차 알 수 없게 되자, 자연스럽게 작은외삼촌의 차지가 되었지요. 큰외삼촌은 그때 일본인 지서 주임에게 끌려간 이후, 일본 시코쿠라는 곳에 있는 동광산에서 징용살이 하고 있다는 소문만 있었을 뿐 집으로는 편지 한 장 보내오지 않았다네요. 지금까지도 행방을 알 수 없는 것을 보면 아마도 광산 갱도에서 일어난 사고로 돌아가신 것이겠지요. 아버지 말로는 그 당시 일본으로 끌려가 징용살이 하던 조선 사람들은 하루 종일 단무지만 먹어서 다들 얼굴에 외꽃이 피어 있었더랍니다."

"넌 어떻게 그렇게 우리 집 내력을 속속들이 꿰고 있냐?"

"형님은 어릴 때부터 집을 떠나 객지로 떠돌아다니면서 고향과는 일체 소식을 끊어버리고 살았지만, 나는 군대생활 빼고는 고향을 떠난 적이 없었지 않습니까."

시량리는 이웃한 Y군과의 경계에 위치한 마을이었다. 그곳으로 가는 왕복 이차선 포장도로가 추적추적 내리는 비에 젖고 있었다. 지난날에는 소달구지 한 대만 지나가도 먼지가 뽀얗게 일어나던 비포장도로였다. 우리는 오랫동안 말없이 비에 젖고 있는 도로를 물끄러미 바라보았다. 긴 침묵이 흘렀다. 마른기침을 삼키던 아우가 입을 열었다.

"형님 그거…… 알고 계십니까?"

나는 대꾸는 않고 고개를 돌려 그의 얼굴만 바라보았다.

"……애숙이 누나가 어머니가 낳은 형님 친누나라는 거."

나는 다시 고개를 돌렸다. 그리고 Y군으로 뚫린 도로 뒤편에 나지막하게 솟아 있는 산등성이를 눈으로 좇았다. 산등성이 아래로 펼쳐진 과수원엔 하얀 배꽃이 한창이었다.

"형님 아버지가 불쌍한 어머니에게 남매를 남겨두고 자취를 감춘 셈입니다."

"누가 그래?"

"세상이 모두 알고 있는 일인데, 형님만 모르고 있었지요."

"어머니가 그래?"

"어머니 아니면 누구겠습니까."

때마침 방문이 열리고, 노파가 툇마루 가녘을 따라 다가왔다. 노파의 손에는 꽃 그림이 그려진 알루미늄 쟁반이 들려 있었다. 요구르트 두 병이 그 낡고 커다란 쟁반 위에 놓여 있었다.

"할머니, 그냥 비만 피하려 잠깐 들어온 것입니다. 이런 폐를 끼치다니요."

"그래도 집을 찾아온 손님인데 맨입으로 보낼 수가 있나……"

"죄송합니다, 할머니."

작은 키에 콧등이 땅에 스칠 듯 휠 대로 휜 허리, 주름투성이 얼굴과 손등, 그리고 약간 쉰 듯한 목소리, 마른 입술 사이로 드러나 보이는 누런 틀니, 낡고 때 묻은 저고리, 그 모든 것이 어머니를 그대로 빼닮은 것이었다. 순간 눈물이 울컥 쏟아지려 했다. 나는 요구르트 병을 집어 손에 꼭 잡고 있었다.

"나도 어렴풋이 짐작은 하고 있었지…… 누나가 어머니를 부를 때, 왜 고모라 부르지 않고 꼭 너네 엄마라고만 불렀던 것인지 의구심이 생기고 난 뒤부터. 그리고 누나를 도회지로 야반도주시키는 일을 어머니 혼자서 비밀리에 주선한 것을 목격하고부터, 어렴풋이 우리가 친남매간일지도 모른다는 생각이 머리에서 떠나질 않았어…… 그러나 그 역시 살아가는 길에 바빠서 간혹 생각날 따름이었지. 그런데 막상 너에게서 그런 얘길 듣고 나니까…… 갑자기 가슴이 답답하고 진땀이 나네."

이번엔 아우 편에서 대답이 없었다. 우린 다시 Y군 관내로 뚫린 도로로 시선을 던지고 있었다. 애숙이 누나를 야반도주시킨 이후 어머니는 누나의 행방에 대해서는 단 한마디도 입을 열지 않았다. 심상한 얼굴로 권씨 댁을 드나들면서 품앗이를 했고, 저녁이면 파김치가 되어 집으로 돌아와 누가 업어가도 모를 정도로 깊은 잠 속으로 빠져들었다.

애숙이 누나는 우리에게서 연기처럼 사라져버린 존재였다. 단 한 번 그녀를 다시 떠올린 적이 있긴 했다. 칠팔 년 전에 D시에 있는 요양시설로 정태를 찾아갔을 때였다. 그러나 정태를 만났을 때도 차마 애숙이 누나 얘기를 꺼낼 순 없었다. 정태 자신도 모르고 있었을 애숙이 누나와의 혼담을 들먹여 평지풍파를 일으킬 까닭이 없었다. 여전히 시선은 Y군으로 뚫린 도로에 둔 채로 아우가 나직하게 말했다.

"혼례도 치르지 않은 형님 아버지와의 사이에 남매까지 두게 된 어머니의 애통한 생애에는 오래전 돌아가신 외할아버지와 일제시대부터 지금까지 행방불명으로 남아 있는 큰외삼촌이 존재합니다."

"그건 또 무슨 얘기야?"

"객지로 떠돌며 살았지만, 간혹은 가족들에 대해서 궁금한 적이 없었습니까?"

"……가족들에 대한 일들은 한동안 생각조차 하기 싫었어. 그뿐이겠어. 살아남는 것이 당장 발등에 떨어진 불똥이어서, 지나온 일 따위 돌아볼 엄두조차 나지 않았어. 뭐랄까…… 나 혼자 하늘에서 뚝 떨어진 사람이라고 생각하고 싶었으니까. 얼마쯤 시간이 흐르니 정말 내가 하늘에서 뚝 떨어진 존재처럼 믿어버리게 되더군."

"하지만 어머니 생각은 달랐어요. 형님 결혼식에 참석 못 하신 것을 돌아가실 때까지 자책하면서 가슴 아파했습니다. 결혼식에서조차 어머니를 찾지 않았던 형님을 원망한 것이 아니었어요. 피붙이를 끝까지 거두지 못하고 놓아버린 어머니로선 어쩌면 당연하게 받아들여야 할 처사라고 생각했겠지요. 홀몸으로 남매를 키우기가 힘들어서 애숙 누나는 외삼촌에게 의탁한 것입니다. 그 대가로 권씨 댁에 드난살이를 하면서 외삼촌 가족의 생계를 거들어준 것이지요. 그런데 약고 꾀발랐던 외삼촌이 뭐랄까…… 황당한 일을 저지르고 말았어요. 어머니는 당신 피붙이를 잠시 의탁했을 뿐인데, 시간이 지나면서 자기 소생으로 착각한 것이지요. 정태와 혼담이 오가고 그걸 핑계삼아 돈까지 빌려 쓴 사실을 어머니가 나중에 알아채고 누나를 몰래 야반도주시킨 것입니다. 그때 애숙이 누나의 처지가 어머니가 팔자를 그르친 사연과 너무 닮았기 때문에 딸에게만은 그런 애꿎은 팔자를 겪게 해선 안 되겠다고 생각한 것이지요."

우리는 우산을 받쳐들고 외삼촌의 옛집을 둘러보았다. 이토록 기울어진 집이 어떻게 지금까지 무너지지 않은 채 버티고 있는지 궁금했다. 집 뒤꼍으로 돌아가자, 비로소 기다란 지지대 두 개가 집 뒤쪽 기둥들을 받치고 있는 게 눈에 들어왔다.

"벌써 가시려고?"

노인네가 툇마루 끝까지 걸어와서 뒤꼍을 나서는 우리들에게 물었다.

"예, 할머니…… 비가 진작 그칠 것 같지가 않아 그만 나서기로 했습니다."

우리는 월전리까지 걷기로 했다. 어쩌면 두 사람 모두 비에 젖고 싶은 충동이 있었는지 몰랐다. 얼마를 걷지 않아서 구두와 바짓가랑이께가 척척 감기는 듯한 무게감이 느껴졌다. 길가의 논둑에는 조팝꽃과 할미꽃 들이 피어 있었고, 먼 산기슭 아래 마을에는 복숭아꽃이 발갛게 피어 있었다.

문득 정태와 헤어지는 계기가 되고 말았던 그날 밤 냇가의 헤엄치기 시합이 뇌리에 떠올랐다. 헤엄칠 줄 몰랐던 그를 제압하기 위한 힘겨루기일 뿐이었는데, 그것이 정태와 나의 운명까지 바꾸어놓을 줄은 상상할 수 없었던 일이었다. 어째서 아우가 나를 붙잡아두려 했는지 그제야 가슴 서늘하게 알아챌 수 있었다.

"애숙이 누나 살아 있지?"

"D시 어딘가에 살고 있다는 소문만 들었습니다. 그 이상은 몰라요. 나 역시 사는 곳을 수소문할 수는 없었습니다."

"결혼은 했던가?"

"그것도 알 수 없어요…… 했다면 지금쯤 손자까지 두었을 나이가 아닙니까."

"그렇겠지…… 객지를 떠돌며 곤두박질치는 동안 누나는 내 기억에서 자꾸 멀어지기만 했었지. 누나 편에서도 나를 애써 찾으려 하지 않았을 테고…… 서로 살기 바빠 잊고 지내 온 것이야."

월전리에 도착했을 때는 벌써 해질녘이었다. 비에 젖고 있는 월전리의 우중충한 풍경이 시야에 들어오기 시작했다. 산과 냇물만 예전의 모습을 간직하고 있을 뿐, 모든 것이 소도시의 변두리처럼 난삽하게 치장되어 있었다. 딱히 '풍경'이라고도 부를 수 없는 모습이었다. 우리는 월전리 읍내 한가운데를 관통하고 있는 이차선 도로를 바라보았다. 함석으로 지붕을 이은 작은 정미소가 있던 자리엔 붉은 글씨로 '탄다 디비라'라는 상호가 붙어 있는 한우갈빗집이 버티고 있었다. 갈빗

집 아래로 '비둘기양행' '먹고 갈래 자고 갈래' '산장다방' '난 짬뽕 넌 짜장' '국숫집 면사무소' '오손도손 어린이집'이 늘어서 있는 곳은 예전에 소금창고와 대장간이 있던 자리였다. '땅땅 치킨호프' '황제 노래연습장' '해물수제비'가 들어서 있는 곳은 논밭이었고, '단란주점 홍시' '늑대와 여우 컴퓨터' '대성전기' 같은 가게들이 들어선 곳은 이발관과 건어물상회, 그리고 작은 여인숙이 있던 자리였다. '한성농약사' '백설세탁소' '현대전파사' 같은 가게들도 좁은 도로를 사이에 두고 양쪽으로 다닥다닥 붙어 있었다. 거두는 대로 살아간다는 농촌사회의 전통 따위는 이제 옛말이 되어버렸다는 것을 천박하게 치장한 거리의 간판들이 보여주는 듯했다. 진작부터 객지를 떠돌며 살아온 내 삶 역시 지금의 이 풍경과 조금도 다를 것이 없다는 생각이 들어 가슴이 써늘했다.

"어디로 가실래요? 다시 장춘옥으로 가긴 싫으실 테고……"

아우는 벌써 출출해진 내 상태를 알아채고 있었다.

"갈빗집은 기름투성이여서 싫고…… 쓸쓸한 소주방 같은 곳은 어디 없을까."

"왜 없겠어요. 여자가 접대하는 집은 없어도 양념통닭집, 떡볶잇집, 흑염솟집…… 대도시 변두리에 있는 가게늘, 웬만한 건 다 있습니다. 없는 게 없어요. 그런데 비에 젖어 춥지 않습니까?"

"참을 만해."

맞춤한 소줏집을 찾아 상설시장 주변을 헤집고 다녔지만
실패하고, 결국은 도롯가에 자리잡은 치킨집으로 만족해야
했다. 그때 비로소 깨닫게 되었지만, 아우의 주량은 내가 미
처 따라잡지 못할 정도였다. 나는 육십을 넘긴 후부터 몇 잔
만 들이켜도 나도 모르게 출렁거리거나 흔들리기 시작했다.
그 자리에서 소주 세 병을 비우는 동안 나는 비틀거리는 걸음
걸이로 화장실을 세 번이나 들락거렸지만, 아우는 처음 앉은
그 자리에 자세 한 번 흐트리지 않고 앉아 잔을 기울였다. 그
러나 말수는 많아졌다.

"아까도 잠깐 말했지만, 어머님 팔자가 그처럼 꼬이게 되었
던 배후에는 일본에 징용으로 끌려갔던 큰외삼촌과 외할아버
지가 있습니다…… 형님 아버지 되시는 배아무개씨는 그 당
시 이 지방에서 내로라하는 유력자였답니다. 간단하게 얘기
하면, 외할아버지는 큰외삼촌이 징용에 끌려갈 조짐이 보이
자, 바로 그 유력자에게 줄을 댄 것입니다. 집안의 기둥이 될
큰아들을 징용에서 빼내기 위해서 말입니다. 동분서주하면서
영향력 가진 유력자를 찾던 중에 형님 아버지를 만나게 되었
겠지요. 산골에서 살아온 외할아버지는 가진 농토도 없었고
농사꾼도 아니었어요. 밤낮을 마작판에서 지새우는 가난뱅이

256

였답니다. 달리 방도가 없었던 외할아버지는 그분이 어엿한 유부남이란 것을 알고 있었으면서도 당신의 큰아들을 건지기 위해 어머니를 희생시키기로 작정한 것입니다. 학교라고는 문 앞에도 못 가본 첩첩산골의 시골뜨기 댕기머리 처녀가 세상물정을 알았겠습니까? 오빠가 징용에 끌려가지 않게 하려면 어머니가 희생할 수밖에 없다는 외할아버지 설득에 굴복하고 만 것이지요. 그러나 결과는 어땠겠습니까. 그런 엄청난 희생을 치렀는데도 결국 큰외삼촌은 징용에 끌려가고 말았지요."

아우의 눈에 그렁그렁 눈물이 고였다. 아우가 바짓주머니를 한참 뒤지더니, 구겨진 화장지 한 장을 꺼내 내 눈에 흐르는 눈물을 찍어내면서 말했다.

"형님도 눈물 흘릴 줄 아시네요. 이 말을 하지 않으려고 결심을 했었는데…… 취중에 그만 발설하고 말았습니다. 그랬더니 속은 시원하네요…… 애숙이 누나를 몰래 야반도주시킨 이면에는 슬하에 함께 거두지 못한 피붙이에게 당신이 겪으신 애꿎은 팔자까지 물려주어선 안 되겠다는 결심이 있었기 때문입니다. 어머니가 왜 그토록 고향 떠나는 것을 두려워했는지 이제는 아시겠지요? 형님도 알고 있듯이, 어머니는 그 참혹했던 육이오전쟁 때도 시랑리에서 멀지 않은 산협마을로 피난가 살면서 수시로 집에 들렀을 정도로 집에 애착을 보이지 않았습니까. 왜 그랬는지 아시겠습니까? 만에 하나 오빠가 돌아오지나 않을까 해서였답니다. 철없는 남매를 가난하고 소심하고 머뭇거리는 시골 여자인 엄마에게 떠넘기고 소식을 끊어버린 분의 행방은 일찌감치 단념하고 찾지 않았지만, 자신을 희생시킨 배후인물인 오라버니는 이제나저제나 돌아오실까 해서 몇십 년을 두고 우직하게 기다린 것입니다. 평생 동안 말입니다. 아버지와 동거하게 된 것도 아버지 역시 당신의 오라버니처럼 일본에서 징용살이로 고초를 겪었다는 동병상련을 생각했기 때문이 아니겠습니까. 생각해보면 세상에 그처럼 서러운 일이 또 있을까요……"

서늘하게 식어버린 치킨은 소주 네 병째를 마실 때까지 접시에 고스란히 남아 있었다. 희뿌연 김이 서린 작은 창밖으로 이제 막 작은 잎사귀들이 돋아나기 시작하는 느티나무 한 그루가 바라보였다. 어릴 때는 마을 남쪽 들머리에 서 있던 나무였는데, 지금은 마을 한가운데 서 있었다. 그나마 그 나무가 있었기에 이곳이 월전리라는 것을 알 수 있는 셈이었다. 어느새 비는 그쳐 있었고, 나뭇가지들이 바람에 시달리고 있었다.

나는 열다섯 살이 될 무렵, 집을 떠나 객지를 떠돌기 시작했다. 맨 처음 나를 거두어준 사람은 H시의 동쪽 다리 위 헌병초소에 근무하고 있던 군인이었다. 나와는 일면식도 없던 사이였다. D시로 가는 트럭을 얻어탈 심산으로 초소 주변을 배회하고 있는 나를 유심히 관찰하고 있던 병사가 내게 다가왔다. 그는 강아지 달래듯 내 신상에 대해 이것저것 묻기 시작했다. 그 병사를 만나기 시작하면서 내 거짓말은 날개를 달기 시작했다. 그날 이후 지금까지 세상에 대해서 헛발질을 할 때마다 거짓말로 일관된 삶을 살아온 셈이었다. 내가 그 다리 위를 배회하고 있었던 것은, 그곳이 H시에서 D시로 가는 길목이기 때문이었다. 애숙이 누나와 한정태가 아무래도 D시라는 큰 도시로 갔을 것이란 생각이 내 머릿속을 떠나지 않았다. 나는 잔심부름을 거들면서 한 달 가까이 그곳에 머물렀다. 문득문득 어머니가 보고 싶기도 했지만, 월전리로 돌아갈 수는 없었다. 어느덧 한 달이 다 되어갈 때쯤 한 노파가 나타났다. 병사의 어머니라던 그 노파는 인정 많고 자상한 늙은이였다. 나를 데려다가 D시에 있는 과자점 점원으로 취직시켜주었고, 야간학교에 다닐 수 있도록 주선해주었다. 훔치지 않고 당당하게 과자를 먹을 수 있어서 좋았다. 맛있는 과자처럼 내 거짓말도 나날이 날개를 달고 발전하고 있었다. 오래지 않아 객지생활과 거짓말은 찰떡궁합이란 것을 나는 알아채고 말았다. 거짓말이 아니면 나는 어느 누구의 주목도 받을 수 없는 사람이었다.

나는 맞은편 의자에 앉아 있는 아우가 유리벽 뒤쪽의 사람처럼 흐물흐물하게 보일 정도로 취하고 말았다. 결국 엉망으로 취한 나를 아우가 들쳐메고 집에다 내려놓았다. 내가 눈을 뜬 것은 이튿날 아침 오전 아홉시가 넘어서였다. 아우는 지난밤 일에 대해선 일언반구 말이 없었다. 서울로 돌아갈 시각이었다. 이제 더이상 월전리에 남아 있어야 할 명분이 없었다. 나를 잡아두려 애썼던 아우 역시 서울로 돌아갈 채비를 하고 있는 나를 묵묵히 바라보고만 있었다. 그러나 그게 다가 아니었다. 아우의 가족들과 작별인사를 나누고 버스터미널로 걸어가는 도중에 아우가 꼬깃꼬깃하게 접혀 있는 메모지 한 장을 내게 건네주었다. 처음엔 그가 여비를 건네는 줄 짐작하고 손사래를 치다가 메모지라는 것을 알고는 냉큼 받아들었다. 메모지에는, 다른 이름 없이 '최보살네 집'이라는 메모와 함께 D시 칠성동에 있는 어떤 주소가 적혀 있었다. 나는 대뜸 그것이 애숙이 누나의 주소라는 것을 깨달았다.

"너…… 누님 어디서 살고 있는지 모른다고 했잖아."

"몰랐습니다. 그 메모지는 어젯밤에 권씨 노인네가 집으로 찾아와서 놓고 간 것입니다."

"권씨가 누님 주소를 진작부터 알고 있었다는 거야?"

"옛날부터 알고 있었는지 근래에 알게 되었는지는 모르겠지만, 메모지를 애들 엄마에게 건네주면서 집으로는 찾아올 필요가 없다고 하더랍니다."

"놀라운 일이군."

"나선 김에 D시도 들러서 가시죠."

나는 월전리에서 H시로 가는 버스에 올랐다. 갑자기 뛰기 시작한 가슴은 버스가 H시에 도착할 때까지도 진정되지 않았다. 그러나 H시에서 D시로 가는 직행버스로 갈아타자 잠이 쏟아지기 시작했다. 피곤에 절었던 나는 몇 번인가 차창에 이마까지 찧어가면서 곯아떨어졌다. D시에 도착하자마자 곧장 택시를 잡아타고 칠성동 동사무소로 찾아갔다. 주소지를 확인하고 또다시 택시를 잡았다. 메모지를 들여다보던 기사가 혼잣말로 중얼거렸다.

"칠성동 점쟁이들 골목이네요……"

기사가 중얼거렸듯이 그 이면도로는 사주관상을 보거나 점치는 집들이 죽 늘어서 있었다. 그런 집들 사이로 수예점, 이발관, 연탄가게, 바느질집, 시계방처럼 70년대에서 단 한 발짝도 더 나아가지 못한 초라하고 비좁은 가게들이 박혀 있었다. '최보살네'라는 간판이 걸린 집은 그 골목 들머리에 있었다. 쥐 죽은 듯이 조용한 그 집 대문 앞에서 나는 꽤 오래 망설였다.

선뜻 발걸음을 떼어놓을 수 없었다. 곧장 뒤돌아 서울로 직행해야겠다는 생각까지 들었다. 그러나 알 수 없는 무엇이 나를 끌어당기며 놓아주지 않았다. 게다가, 권씨가 메모를 건넨데에도 그만한 이유가 있을 것이었다. 마음을 다잡고, 반쯤 열려 있는 푸른색 철제 대문을 밀치고 마당 안으로 들어섰다. 낡은 한옥이 자리잡은 마당은 정갈하게 정돈되어 있었다. 시멘트로 덧입힌 마당 한쪽에 밖으로 삐죽하게 튀어나온 수도꼭지가 보였다. 깨끗하게 씻어둔 알루미늄 대야가 그 옆에 놓여 있었다. 툇마루 서쪽 끝에 고양이 한 마리가 위태롭게 걸터앉아 해바라기를 하고 있었다. 한참을 망설이고 있는데 마치 기다리고 있기라도 한 것처럼 갑자기 방 안에서 나를 힐난하는 목소리가 들려왔다.

"빨리 안 들어오고 뭐하고 있어요."

닫혀 있는 미닫이문 안쪽에서 들려오는 목소리는 그러나 젊은 여자의 목소리였다. 나는 다시 멈칫했다. 집을 잘못 찾아온 것은 아닌가 싶었다. 분명 '최보살네'란 간판이 걸려 있었는데…… 그때 문이 활짝 열리며 파마머리를 단정하게 빗어넘긴 젊은 여자가 밖으로 얼굴을 내밀었다.

"사주 보러 온 거면 얼른 들어오세요."

다소 위압적인 언사를 구사하는 그녀는 이 집의 집사쯤인 듯했다. 그녀의 안내를 따라 방문을 열고 안으로 들어서니, 애숙이 누나는 내가 찾아올 것을 이미 알고 있었다는 얼굴로 작은 소반 하나를 앞에 놓고 그린 듯이 앉아 있었다. 화들짝 놀라거나, 호들갑을 떨며 반색하지도 않았다. 불안한 시선을 굴리고 있는 나를 가만히 바라보고 있을 따름이었다. 오십 년이란 수상한 세월이 우리들 남매를 스쳐갔다. 그럼에도 불구하고 우리는 곧장 서로를 알아보았다.

그녀가 앉아 있는 뒤쪽 벽 전체는 흰 천으로 된 휘장으로 가려져 있었다. 그것 말고는 방 안 어디에도 사주나 관상을 보는 집이란 징표 따위는 찾아볼 수 없었다. 아주 정갈하고 깨끗한 방이었다. 혼자 사는 여자의 차갑고 정갈한 공기가 방 안에 가득할 뿐이었다.

"엄마 돌아가셨단 소식, 권씨 노인네가 연락해주었어. 뒤늦게 알게 되어서 가보진 못했지만 혼자서 많이 울적했다. 나도 수십 년 동안 엄마하고는 소식 끊고 지냈거든. 네가 내려가서 장례를 치렀다니 그래도 다행한 일이었네."

"어머니 평소 하시던 말씀대로 치렀어요. 장례라고 하기엔 부끄러운 일이죠."

"그렇다 하더라도…… 엄마는 죽음으로써 너와 화해하기를 바란 것 아니겠느냐. 장례 그 자체보다 그것의 의미가 더 컸을 게다."

"누님은 예나 지금이나 모르는 것이 없군요."

"남남처럼 서로 연락두절하고 있었지만, 네가 열다섯에 집을 나온 이후 지금까지 살아가는 모습을 한시도 놓치지 않고 지켜보고 있었다."

"서울에서 살 때까지도?"

"물론이지. 네 슬하의 아이들 생일날이 언제인지, 네가 어떤 직업을 가지고 있는지 그것도 알고 있다. 그래서 그런지 오십 년을 서로 연락 않고 살았어도 낯설지 않네."

"할 말이 없네요."

"엄마는 널 잠시도 버린 적이 없었다. 네가 H시의 헌병초소에서 지낼 적에 찾아가서 널 D시의 과자점에 취직시켜준 노인네 기억하겠지? 그 노인네, 실은 월전리 권씨 댁 친정집 친척이었다. 아니다, 그만두자. 이제 와서 이런저런 군동내나는 사연들을 들추어서 가슴 쓰려 할 일이 뭐 있겠나. 지나간 과거란 다시 고칠 수도 없는 것, 그만 묻어두자."

그제야 누나의 모습이 어머니를 쏙 빼닮았다는 것을 깨달았다. 비교적 둥근 얼굴, 성긴 손가락, 앙상하게 드러난 저고리 속의 쇄골, 약간 쉰 듯한 건조한 목소리, 허리 아래까지 늘어뜨린 낡은 스웨터. 그 모두가 어머니나 시량리 집에서 보았던 그 노인네의 모습과도 흡사했다.

"헤어져 있던 동안…… 너도 많이 컸구나."

나는 자신도 모르게 불쑥 웃음이 흘러나왔다. 그러나 누나는 처음 만났을 때처럼 여전히 표정에 변화를 찾아볼 수 없었다. 내가 대답했다.

"예."

"무슨 대꾸가 그렇게 밋밋하냐?"

"글쎄요. 달리 할 말이 없어서요. 나를 키운 것은 뭐랄
까…… 분노와 술뿐이었다는 말이 맞을 것 같네요."

그 순간 누나는 정색을 하고 나를 정면으로 바라보며 말했다.

"분노와 술? 너 안색을 보니 무슨 뜻인지 대강은 알겠다
만…… 어린 시절의 기억이란 것이 마치 칼날과 같아서 혀를
베일 수도 있다. 눈 나라에서 살고 있는 사람들은 늑대를 잡
을 때, 칼날에 짐승의 피를 묻힌 다음 그 칼을 짐승들이 지나
다니는 길목에 거꾸로 세워놓는단다. 밤중에 늑대가 지나다
가 피 묻은 칼을 발견하고 다가가서 밤새도록 칼날을 핥다가
나중엔 제 피를 모두 소진하고 죽게 된다는 얘기를 들었다.
참말인지 거짓말인지 잘 모르겠지만, 그럴싸한 얘기가 아니
냐. 너가 어린 나이에 집 나가서 겪은 고통과 상처를 아직까
지 가슴속에 넣고 다닌다면, 너가 바라볼 수 있는 세상의 넓
이도 고통과 상처뿐인 게다…… 너가 가출해서 겪은 갖가지
우여곡절을 구구절절이 가슴속에 넣고 다니게 되면, 늘어나
는 것은 포원뿐이다. 분노와 술뿐이었다는 말은 지금까지 누
굴 사랑해본 적이 없다는 말과 다르지 않구나. 사랑할 줄 모
른다면 출세한들 무슨 소용이 있겠나. 가슴속에 응어리진 결
기를 죽여라. 너 관상을 보자니 나이 육십이 넘도록 그 무거

운 것을 고스란히 가슴속에 담고 있구나. 그런 미련한 놈이 어디 있느냐…… 너도 적은 나이는 아니지만, 나처럼 나이를 먹게 되면 한 가지 좋은 것이 있는데…… 부질없는 것에 매달리지 않게 된다는 것이야."

"누님은 괴로운 것이 없겠네요?"

"왜 없겠나…… 가장 괴로운 것은 젊은 시절이 떠오르는 것이야. 그 시절의 외로움과 원망이랄까 고통이랄까…… 그래서 될 수 있는 대로 그 시절 기억은 머릿속에서 지워버리려고 애쓰고 있지. 구차한 것에 매달리지 말아야지 하고 그때마다 다짐을 한다. 너를 만나면 맨 처음 묻고 싶었던 것이 어떻게 살아왔느냐는 것이었다. 그런데 막상 대면하고 보니 그 또한 부질없는 말이란 생각이 든다. 결국 우리 인생에서 남는 것은 혼자 가만히 앉아 있으려면 딱히 누구랄 것도 없이 막연하게 그리움이 있다는 것, 그 한 가지뿐이라는 것이다. 채우지 못한 무엇이 있어서겠지."

"나도 마찬가지입니다. 누굴 사랑해본 적이 없었다는 말 가슴에 남네요. 그래요. 지금까지 살아오면서 누굴 간절하게 사랑해본 기억이 없네요. 그딴 것 모두 쓰잘데없고 인생을 낭비하는 것이라고만 생각했지요."

"그럼 됐다."

우리는 꽤나 오랫동안 말없이 가만히 앉아 있었다. 수다스럽게 할 말도 없다는 생각은 두 사람 모두 마찬가지였기 때문이었다.

"누님도 지금까지 결혼하지 않으셨네요."

"그랬지…… 널 과자점에 취직시켜준 사람이 권씨네 친척이었다는 것을 뒤늦게 알고 결혼하지 않기로 결심하고 말았다. 하지만 결혼하고 안 하고가 무슨 대수냐. 반드시 결혼해야 사람 구실 한다는 명분이란 게 어디 있겠나. 오히려 단출하고, 걸리적거리는 것 없고, 물불 안 가리고 돈 벌지 않아도 되고, 자식들 때문에 애간장 태우지 않아도 되고, 남의 눈치 안 봐도 되는 독신생활이 훨씬 더 편안하다는 것을 살다보니 깨닫게 되더라."

정태를 D시에 있는 요양시설로 보내고 난 뒤 얼마 지나지 않아 권씨는 우울증에 빠지고 말았다. 바라만 봐도 부담을 느끼는 큰 고택을 혼자 지키고 있으려니 밤마다 가위에 눌려 불면증에 시달린 결과였다. 집 어디선가에서는 쉴새없이 삐걱거리는 소리가 들렸고, 추녀를 스쳐가는 소슬한 바람소리는 마귀들의 휘파람소리처럼 매서웠다. 사람의 흔적이라고는 자신밖에 없는데도 밤만 되면 넓은 마루 위로 누군가가 쿵쾅거리며 걷는 소리가 들리곤 했다. 뿐만 아니었다. D시의 요양시설에 있어야 할 정태는 하루가 멀다 하고 꿈속에 모습을 드리냈다. 그때마다 뒤꼍에 있는 우물물을 한 바가지씩이나 뒤집어쓴 몰골이었다. 우물을 메워버릴까도 생각했고 집을 처분해버릴 수도 있었다. 그러나 우물을 메워버리는 일이나 주택을 처분하는 일 따위는 워낙 주저가 많고 주변머리가 없는 아낙네에겐 딱 부러지게 결정할 수 없을 만큼 큰일이었다. 고택의 존재가 그녀에게 우울증을 유발시켰다 하더라도 선대가 물려준 유산을 함부로 처분하는 경솔함은 그녀 스스로도 용납할 수 없는 일이었다. 그녀가 가장 두려워하는 것은 자신과 자신의 주변이 무엇이든 변화하거나 뒤틀어지는 것이었다. 그 모든 것이 그녀는 두려웠다.

그러나 우울증에 시달리다 못한 그녀는 한 가지 묘책을 생각해냈다. 어머니를 설득하여 이 고택에서 같이 살자는 것이었다. 그러나 어머니는 그때마다 완곡하게 거절했다. 고택이라지만 문간방에서 살아야 한다는 것이 싫었고, 가세가 기울 대로 기울어져 망조가 든 그 집에서 살게 되면 그 해악이 자식들에게 미칠지도 모른다는 두려움도 있었기 때문이었다. 그러나 권씨는 어머니를 끈질기게 설득하려 들었고, 어머니 또한 여러 가지 핑계로 끈질기게 거절했었다.

누나가 정태가 있는 D시 근교의 요양원을 찾기 시작한 것은, 그가 요양원에 입원한 지 칠팔 년이 지난 뒤부터였다. 물론 정태는 불쑥 모습을 드러낸 젊은 여자가 누군지 알 턱이 없었다. 누나 역시 자신이 누군지 굳이 밝히지 않았다. 정태는 그때마다 누나를 자원봉사단체에서 나온 사람으로 알고 무덤덤하게 상대했다. 그러나 말벗으로 친숙해지면서 정태는 누나를 기다리게 되었다. 누나를 만나는 날에는 그래서 말도 더듬지 않으려 했고, 걸음걸이도 올바르게 떼어놓으려 애썼다. 그렇게 호전되는 정태의 상태를 보면서 누나 역시 면회를 멈출 수 없었고, 언제부턴가 완전히 몰락한 권씨네가 아들의 요양원 숙식경비조차 납부할 수 없는 지경에 이르렀다는 사실을 알게 되면서부터는, 그 모든 금액을 지금까지 누나가 기꺼이 떠안아 뒷바라지해왔다. 나는 미처 알 수 없었던 세상을 누나가 감당하고 있었던 셈이었다. 나는 그런 내막들을 이웃 사람들의 얘기처럼 소곤소곤 대수롭지 않게 말하고 있는 누나를 물끄러미 바라보고만 있었다. 둔기로 뒤통수를 얻어맞은 기분이었다. 그러나 어째서 사주팔자나 봐주는 직업을 갖게 되었는지 그것에 대해선 전혀 해명이 없었다.

"네가 월전리로 왔다는 소식을 듣고, 권씨가 주소를 받아쓰도록 전화를 걸었다. 그분도 지금은 많이 늙었지?"

"만나보지 못했습니다."

"왜?"

"노인네가 손수 메모지를 들고 와서 아우네 집에 몰래 놓고 간 모양입디다."

"저런…… 널 만날 면목이 없다고 생각하셨구나."

"그래도 만나뵈었어야 하는 건데, 생각이 거기까지 미치지 못했습니다."

"넌 부부간에도 금슬이 탐탁지 않다며?"

"그냥 그렇게 지냅니다."

"오늘 내 집에서 자고 갈래? 아니면 시내 어디 좋은 숙소를 잡아줄까?"

"아닙니다. 나중에 다시 오더라도 밤차로 올라갈랍니다."

"그래…… 하긴 하룻밤을 여기서 지체한다 해서 무슨 의미가 있겠나……"

"사실 팔구 년 전쯤 되겠네요. 그때 나도 문득 정태를 면회 간 적이 있었습니다."

"알고 있다. 그 사람이 그러더구나. 옛날 고향친구가 찾아왔었다고. 그 사람이 어릴 때처럼 만나자마자 다짜고짜 욕설을 퍼부어서 속으로는 기분이 참 좋았다고 그러더라. 그래서 너인 줄 알았지."

누나는 내가 하직하고 일어서는데도 앉았던 자리에서 미동도 하지 않았다. 역시 젊은 여인이 대문 밖까지 따라나와 배웅했다. 집을 나설 때 나는 비로소 툇마루 한쪽에 휠체어 하나가 놓여 있는 것을 발견했다. 나는 고개를 돌려버리고 말았다. 앉아서 돈을 버는 직업을 선택한 누나의 처지를 짐작할 수 있었다. 역으로 가는 택시를 잡아타고 꺼두었던 핸드폰을 다시 켰다. 아내로부터 대여섯 통의 전화가 걸려와 있었다. 역에 도착해서 회신 버튼을 누르자, 아내가 냉큼 전화를 받았다.

"왜 그러나?"

"당신 지금 어디 있어요?"

"시골…… 월전리에 들렀어."

어머니 장례를 치렀다는 말은 하기 싫었다.

"월전리? 거기서 신선놀음하고 있어요?"

"왜? 또 무슨 심술이 나서 대뜸 빈정거리는 거야?"

"지금 그 회사선 당신 잠적했다고 난리 북새통이 벌어졌답디다."

"왜들 그런데?"

"당신이 잠적해버리자, 김사장이 전화를 걸어서 나한테 분통을 터뜨립디다."

"김사장이 왜 엉뚱한 사람한테 분통을 터뜨리나."

"자세한 내막은 모르지만, 들어보니 그럴 만합디다."

"무슨 얘긴데?"

"횡설수설하는 말을 듣고 보니…… 당신이 그 회사에서 작품 만들어 설치해주겠다는 핑계를 대고 가져간 선수금이 수월찮게 많다네요. 능력도 달리고 예술적 열정도 바닥났다면 선수금 받는 것쯤은 일찌감치 사양해야 옳았어요. 주제넘게 그게 무슨 짓입니까. 게다가 요 얼마간은 연락조차 끊어버리고 행방불명이 됐다고 아무래도 수배령을 내리든지 고소할 수밖에 없다고 내게 협박을 합디다."

"나, 그 사람들하고 인연 끊었어."

"느닷없이 무슨 얘기예요? 빚진 돈은 어떻게 하려고?"

"못 알아들어? 나 그 일 그만두겠다고."

내 말이 단호했던 만큼 아내 역시 발끈해서 억양이 거칠어졌다.

"당신 진정이야? 누구 맘대로 그만둬."

"그거 한 가지 맘대로 못 할 것 같아?"

"정말 월전리 가서 산신령 만나 신선놀음에 도취해서 앞뒤 돌아볼 겨를이 없었던가보네. 당신 정신 똑바로 차리고 하는 말이야?"

"아무래도 좋아. 정신을 차렸든 졸고 있든 그만둔 건 확실해."

"이제 보니 당신 완전히 돌았네. 그 알량한 밥통조차 걷어차겠다는 거야? 당신 미쳤어?"

나는 그 순간 들고 있던 휴대폰을 멀리로 내던져버렸다. 맞은편 선로 건너편 승강장에 떨어진 휴대폰이 박살나서 조각조각 흩어졌다. 허공에는 난데없는 나비들이 날기 시작했다. 북쪽으로 가는 것인지 남쪽으로 가는 것인지 알 수 없는 열차한 대가 멀리서부터 역구내로 스멀스멀 기어들었다. 그 순간, 또다시 아무런 소리도 들리지 않았다. 나는 오랫동안 벤치에 앉아 있었다. 그러다가 해질 무렵 행선지도 분명하지 않은 열차에 홀쩍 올라탔다. 자리에 앉자마자, 온몸으로 피곤이 덮쳐왔다. 나는 고개를 떨구고 눈을 감았다. 눈을 감았는데도 무언가 어렴풋이 내 시선에 떠오르는 것이 있었다. 먼지였다. 내 심장을 덮고 있던 미세한 먼지들이 어둠 속으로 흩어져 날아가고 있었다. 안치실 냉동 캐비닛에 갇혀 있었으므로 성에가 하얗게 끼었던 어머니의 얼굴이 떠올랐다. 소주잔을 들이켜며 눈물을 훔치던 아우의 얼굴이 어둠 속 멀리로 흩어지는 먼지 사이에서 선명하게 떠올랐다. 어둠이 깔리는 차창 밖으로 산기슭에 기대 있는 작은 산골마을이 지나갔다. 완만한 언덕을 기어오르는 사래 긴 보리밭이, 동구 앞 들머리를 푸른 잎으로 가득 채운 느티나무가, 바람에 떨고 있는 상수리나무가, 허리 굽은 소나무와 쥐똥나무 울타리가, 냇가의 논둑에 홀로 서 있는 백양나무가, 비틀거리는 자전거를 타고 가는 산골 아이들의 모습이 풍경처럼 스쳐갔다. ■

작가의 말

어머니는 나에게 크나큰 행운을 선물했다. 어머니와 내가 함께한 시간 속에서 어머니는 나로 하여금 도떼기시장 같은 세상을 방황하게 하였으며, 저주하게 하였고, 파렴치로 살게 하였으며, 쉴새없이 닥치는 공포에 떨게 만들었다. 그러나 그것이 바로 어머니가 내게 주었던 자유의 시간이었다. 그것을 깨닫는 데 너무나 많은 시간이 걸렸다. 아니 어머니께서 우리와 유명을 달리하고 나서야 비로소 그것을 깨달았다. 어머니는 자신의 관점에서 자신의 삶을 살았다. 사람들로부터 유린당하고 희생당하면서도 그런 질곡과는 무관심한 채로 일생을 보냈다. 오히려 그 참혹한 공포심을 끌어안고 흡사 아무런 구애도 없었던 것처럼 그것이 자신의 것이든 혹은 남의 것이든 진솔하게 끌어안고 살았다. 드디어 어머니는 자신을 찾아온 죽음조차도 아무런 불평이나 두려움 없이 받아들인 것이다. 그러므로 죽음이 곧 함정은 아니란 것을 나에게 가르쳤다. 그래서 철부지 시절부터 지금에 이르기까지 내 생애에서 가슴 속 깊은 곳으로부터 우러나오는, 진정 부끄러움을 두지 않았던 말은 오직 엄마 그 한마디뿐이었다. 그 외에 내가 고향을 떠나 터득했다고 자부했었던 사랑, 맹세, 배려, 겸손과 같은 눈부신 형용과 고결한 수사 들은 속임수와 허물을 은폐하기 위한 허세에 불과하였다. 이 소설은 그처럼 진부했었던 어머니에 대한 섬세한 기록이다.

김주영

1939년 경북 청송에서 태어나 서라벌예술대학 문예창작과를 졸업했다. 1971년 단편소설 「휴면기」로 『월간문학』 신인상을 받으면서 작품활동을 시작했다. 『객주』『활빈도』『천둥소리』『고기잡이는 갈대를 꺾지 않는다』『화척』『홍어』『아라리 난장』『멸치』『빈집』『뜻밖의 생』『광덕산 딱새 죽이기』 등 다수의 작품이 있고, 유주현문학상(1984) 대한민국문화예술상(1993) 이산문학상(1996) 대산문학상(1998) 무영문학상(2001) 김동리문학상(2002) 은관문화훈장(2007) 인촌상(2011) 김만중문학상(2013) 한국가톨릭문학상(2018) 만해문예대상(2020) 등을 수상했다.

문학동네 장편소설

잘 가요 엄마
ⓒ 김주영 2012

| 1판 1쇄 | 2012년 5월 14일 |
| 1판 15쇄 | 2021년 5월 28일 |

지은이 김주영
책임편집 이경록 | 편집 박지영 백다흠 조연주 | 디자인 이경란 유현아
마케팅 정민호 이숙재 우상욱 정경주
홍보 김희숙 김상만 함유지 김현지 이소정 이미희 박지원
제작 강신은 김동욱 임현식 | 제작처 영신사(인쇄) 경일제책(제본)

펴낸곳 (주)문학동네 | 펴낸이 염현숙
출판등록 1993년 10월 22일 제406-2003-000045호
주소 10881 경기도 파주시 회동길 210
전자우편 editor@munhak.com | 대표전화 031)955-8888 | 팩스 031)955-8855
문의전화 031) 955-3578(마케팅) 031) 955-8864(편집)
문학동네카페 http://cafe.naver.com/mhdn

ISBN 978-89-546-1825-0 03810

www.munhak.com